KB268428

한·중·일 여류 한시선

한·중·일 여류 한시선

송준호

한·중·일 여류 한시선

한시로 읽어 보는 동아시아 옛 여인들의 마음

태학사

　이 번역 작업의 애초 동기는 내가 아직 소년이던 시절 할머니(함안 조씨咸安 趙氏)께 약속한 바를 너무 늦게나마 지켜 드리기 위한 것에 있었다. 할머니께서 항상 신사임당申師姙堂의 시와 함께 몇몇 수의 한시를 외워 풀어 주시고는 "네가 나중에 공부하고 나서는 옛날 우리나라 부인들의 시(漢詩)를 꼭 잘 풀어서 세상 사람들에게 읽게 해라. 너희 할아버지만 시 잘하시는 것도 아니고 네 아비만 시 짓는 것도 아니다"라고 하시면서 나에게 꼭 그렇게 하라는 명령 아닌 명령을 하셨거니와, 이 시들은 할머니께서 당신의 친정어머니(기계 유씨杞溪 兪氏)께 배워 외웠다고 하셨으며, 지금은 그 작품들이 어떤 것들이었는지 다 확인할 수는 없지만 꽤 많은 시를 외우신 것만은 기억에 남아 있다.

　이런 연유로 해서 깜냥 없이 필자가 학부 4학년 때(1961) 학생회(연세대 문과대 학생회)지인《문우文友》에 우리 여류시인들의 한시에 대한 논문을 한 편 발표한 적이 있거니와, 그 후 50년을 넘기도록 그 약속을 못 지켜 드려 죄송하기 그지없으면서도, 실로 이 번역을 잘할 만한 능력이 아직도 부족하다는 것을 실토하지 않을 수 없다.

　그런데 이 작업에 대한 나의 의도를 안 몇몇 지인들이, 기왕 할 바에는 같은 유교문화권에 있으면서 같은 갈래와 문자로 창작 행위를 수행

해 온 한·중·일 삼국의 여류시인 작품들을 함께 번역함으로써 그 각각의 동질성과 이질성을 비교적으로 확인해 볼 필요가 있다는 간곡한 권유에 따라, 여러 가지로 부실할 것을 염려하면서도 함께 번역해 보기로 결정하였다.

시인이란 나라의 다름과 시대의 다름을 막론하고 정情의 화신化身이요 정의 악사樂士요 정의 자수장刺繡匠이지만, 특히 옛날 이 세 나라의 여류시인들은 딸자식으로서, 아내로서, 어머니로서, 때로는 한 남성의 정인으로서 사랑의 원천이요 사랑의 요람이요 사랑의 전도사요 사랑의 보호자가 되어 온 운명적 주인공들이다. 어버이를 향한 정, 남편을 향한 정, 자식들을 향한 정, 벗들을 향한 정, 사랑하는 이를 향한 정 등 온통 정을 가슴에 아름답고 깊게 품고 기뻐하고 슬퍼하고 그리워하고 애태우며 삶의 보람을 온통 이 정에 매어 놓고 한평생을 살다가 간 사람들이다. 그래서 우리는 이들의 시를 읽으며 이들의 그리움과 기쁨과 즐거움과 고마움과 은근함과 아쉬움과 노여움과 아픔과 슬픔과 원통함과 안타까움의 온갖 마음을 다 만나게 되지만, 결코 어디에서도 무절제한 환희나 섬뜩한 미움은 보이지 않는다. 절정의 기쁨도 조용히 가슴속으로 갈무리고 극단의 노여움도 매섭게 감춰 삭이는 것을 볼 뿐이다. 오히려 놀라운 인내와 희생의 모습들을 볼 뿐이다.

이것은 동아시아에 있어서 여성에게 내수의 미덕으로 강조되어 온 희생과 순종이 인격화된 결과이기도 하지만, 이것들은 단순히 피동적, 타율적으로 교화된 결과로만 볼 것이 아니라 오히려 자신들의 적극적인 자아 수련으로 이루어진 덕성의 결과로 보는 것이 마땅하다. 비록 육체적으로는 지극히 약하지만 사랑이란 정신력으로는 기막히게 강인함을 보여 온 이 세 나라의 여인들은 이렇게 다져진 인격을 바탕으로 어머니로서, 아내로서, 연인으로서 때로는 남성들의 강포强暴

한 성격과 격렬한 감정을 진정, 순화시키기도 하였고, 때로는 남성들의 고통과 절망을 감싸고 어루만져 안정시키기도 하였음을 실제 역사에서 확인할 수 있어 더욱 그렇다.

사랑이 인간의 생존과 행복을 위한 기본적 요건이라는 점을 새삼 상기할 필요도 없이, 우리는 어떤 인간적 사랑의 요람 속에서 삶을 영위하며 역사를 이어 왔는가를 확인하기 위해서, 그 사랑의 요람으로서 모성의 역사를 되짚어 볼 필요가 있거니와, 이를 위한 작업의 하나가 동아시아 여인들의 한시를 이해하는 일이다. 이런 전제에서 이 한시 작품들의 번역은 나름대로 의의를 지니는 것임을 자신하며 수행하기로 하였다.

우선 한·중·일 삼국이 공통적으로 유교적 이념을 바탕으로 한 군주 체제의 역사로 유지되어 온 정치 문화 속에서 남성의 권위와 여성의 순종이나 희생이 미덕으로 강조되어 온 것을 전제로 해 보면, 비록 애초에는 타율적이었을망정 여성들은 공통적으로 순종과 희생을 운명적으로 수용하고 인격적으로 체화함으로써 이들의 시 작품들이 필연적으로 거의 주정적이면서 또한 흥보다는 한恨이 주류를 이루고 있는 것을 확인하게 된다. 따라서 이들의 시가 공통적으로 남성들의 시와 확연하게 변별되는 가장 큰 특징은 남성들의 시에는 대상을 객체적으로 대상화하여 지적으로 회화화한 작품들을 흔히 볼 수 있는 데에 비해, 대상을 거의 다 주정적으로 수용하여 시화하고 있으며 객체화하여 회화화한 시가 상대적으로 많지 않다는 점이다. 그리고 남성들의 시와 매우 달리 서정적이든 서경적이든 외향 확산적이 아니고, 철저하게 내향 수렴적이라는 점이다.

또한 이 세 나라 여류들의 작품들 상호 간에 있어서는, 그 각각의 생태적 근원으로서의 민족적 개별성과 생활 문화적 차이로 인한 편차만큼의 상이한 면면을 보이는 것 또한 사실이다. 실제로 지은이로서 이 세 나라 여류시인들과 그 작품들을 비교하여 일별하면, 우선 한시의 종주국인 중국의 경우, 한국과 일본에 비해 수적으로 다수이며 또한 지은이 개개인의 인적 사항이 비교적 소상하게 전해지는 경우가 많고 작품의 창작과 상관된 사연도 적지 않게 전하고 있다. 따라서 한국이나 일본의 작가와 작품들의 경우에 비해서 작품의 질량적 변별이 뚜렷한 것을 확인할 수 있으며, 이것은 물론 중국의 여류작가들에게 있어서는 그 시상이나 구문 자체가, 한국이나 일본의 여류작가들의 경우와 달리, 그들 개개인의 일상적 어문 생활과 맞닿아 있었기 때문이었다.

어쨌거나 이제 이 세 나라 여류들이 남긴 한시 작품들에서 우리는 우리들의 옛 어머니, 할머니, 딸, 며느리, 아내로서 희로애락의 삶을 절실하게 살아온 참된 모습과 아름다운 마음을 읽게 되는 것이다. 뿐만 아니라 이 작품들을 통해 동아시아 세 나라 역사를 움직이고 엮으며 살아온 주인공들로서의 남편과 아들과 딸들이 이렇게 오늘날까지도 사뭇 삶을 건강하고 바르게 영위할 수 있게 감싸 온 정신적 품 안, 그것도 가장 깊은 사랑과 아름다운 희생으로서의 보금자리를 마련해 준 이들이 바로 이 여류시인들이었음을 되짚어 확인할 수 있어, 무한히 고맙고 자랑스럽기도 한 것이 사실이다.

이들은 무엇보다 현대의 여성들과는 물론, 당시에 있어서도 서구 문명권의 어떤 여성들과도 확연히 다른 매우 폐쇄적이고 획일적인 인간 관계의 환경 문화 속에서 살아왔다. 집 안이라는 물리적 공간을 벗어날 수 없이 이 한정된 공간에서 부모, 형제, 친척이라는 일정한 상대들과만 관계를 가질 수 있었고, 이 혈연적 상대가 아닌 인물들로서는 극히 일부의 친우가 있을 뿐이었다. 따라서 인간적 교류의 대상들이 거의 혈연과 친척 중심의 한정된 소수 인물들이라 감정의 교류가 편중적이었고, 또한 외부의 무수한 사물이나 인물들과의 개방적인 감정 교류가 이루어질 수 없었기 때문에 이 친척 중심의 혈연적 대상들과의 감정적 교류는 자연히 절절하게 심화될 수밖에 없었다. 그래서 혈연 친척이 아닌 새로운 삶의 동반자로서의 유일한 이성적 대상인 남편이나 정인들은 이들에게 완전히 새로운 감정 교환의 통로요 새로운 탈출구였으므로, 이 남편이나 정인들과의 육체적, 정신적 교류는 새로운 삶의 전개요 나름대로 새로운 삶의 영역 확대였다. 그러나 이 남편 내지는 정인들과의 감정적 교류도 역시 한 사람이라는 한정된 대상과만의 사이에서 이루어진 것이 대부분이었기 때문에 불가피하게, 아니 윤리나 도덕적으로도 자성적으로 철저하게 절제하는 사랑이어야 했으므로 그 어문적 표현의 이면에는 감정의 내함적 정도가 한층 집약적으로 강화될 수밖에 없었다.

이상과 같은 삶의 역사 속에서도 지은이 자신들이 의미의 부여와 함께 받은 이름이나 자 혹은 호 등에서, 또는 지은이 자신들의 자의로 창작해서 갖게 된 이름이나 자 혹은 호 등에서 이들의 인격적 수양 의지나 풍류 의식의 면면들을 추정해 볼 수 있어, 이것들 역시 작품들의 이해를 위한 중요한 참고의 자료가 된다는 것에 유의할 필요가 있다. 그녀들은 그 이름이나 자 혹은 호를 자신들의 현실적 실체상의 상징이면서 이상적 정체성의 표상이라는 의식이, 항렬이나 관례에 따른 이름이나 호를 지녔던 남성들에 비해서 훨씬 예민하고 집착적이었을 것이기 때문에 더욱 그렇다.

우리나라뿐만 아니라 중국이나 일본에 있어서도 당시에는 제도적으로 이 한문장漢文章을 학습할 수 있는 기회가 여성들에게는 자유롭게 허여되지 않았으며, 더구나 귀족이 아닌 평민층 여성들에게는 아예 이 한문장을 접할 수 있는 계기나 학습할 수 있는 여지가 없었다. 다만 기녀妓女라는 신분의 여성들은 당시 그녀들과 접촉한 관료나 문인 계층의 남성들과의 교유를 통해 한정적이지만 한문장을 학습할 수 있는 기회를 가질 수 있었을 것으로 추정될 뿐이다.

그런데 이렇게 아예 학습의 기회를 얻을 수 없었거나 제한적인 기회만을 얻었을 뿐임에도 이만큼의 질량적 성과를 보이는 작품들을 남겼다는 사실은, 시의 창작이 한문장의 이해와 표현에 있어서 상당한 수준의 능력을 구비한 사람에게만 가능하다는 사실을 감안하면, 그녀들 개개인의 천부적 재능이 출중하거나 노력이 남달랐음을 보여 주는 것이라, 문학사적으로도 매우 값진 의미가 있다.

이미 위에서도 언급한 대로, 두드러진 특질은 일체의 대상을 지극한 사랑의 눈길로 수용하여 주관화하였으므로 정감을 울려 내는 소리의 시가 대부분이었고 그 대상들을 객체화하여 회화화한 시가 많지 않다는 점이다. 이는 물론 여성이 생태적으로 정에 우세한 인성이라 필연적인 결과라 할 수도 있으나 매우 제한적이고 폐쇄적인 자연이나 인격과의 교류의 공간에서 일정하게 한정된 대상의 인격체들과만 교류가 허용됨으로써 지은이의 자기감정을 중심으로 집중화하여 일체의 자연 풍경이나 인간사들도 모두 자아 감정의 촉발 유도체로 수용되어 주로 내적 자아의 무한한 한이나 이따금 흥 풀이를 위한 보조적 기능만을 해 왔기 때문이다.

그래서 이 작업에서도 지은이 자신들의 현실적 삶을 중심으로 한 진솔한 일상과 간절한 감정, 그리고 오롯한 의지들을 담아 읊은 작품들을 주로 하여 번역하였으며, 다만 번역된 문맥이 현대시와 같은 상징이나 비유의 표현 수법보다 산문적 표현이 많은 것은, 한시의 원문 자체가 현대시만큼의 상징이나 비유를 활용하지 않고 있을 뿐만 아니라 작품들의 주지와 그 의미망의 구조를 독자들에게 가능한 한 쉽게 이해

시키기 위한 것이었으며, 이런 목적에서 더 나아가 번역된 모든 작품
은 번역문 말고 작품의 내용을 이야기로 다시 풀어서 뒤에 함께 실었
음을 밝혀 둔다.

뿐만 아니라 당시 이 한·중·일 여인들의 이름이나 자字, 호號 등의
의미는 그 자신들의 자기 현시顯示를 위한 상징이기도 하였고, 자기
인격의 독려나 수양을 위한 지표이기도 하였으므로, 이것들의 함축적
의의를 나름대로 분석하고 탐색하여, 그 인성의 여하는 물론 작품 자
체들의 내적 자질도 상관적으로 이해할 수 있게 하였다.

끝으로 이제까지 한가롭고 평온한 일상의 여유를 든든한 뒷심으로
하여 이 글을 쓸 수 있게 해 준 고마운 이에게 끝없이 감사한 마음을
전하고 싶다.

2013년 6월

송준호

차례

머리말 5

2부 중국의 여류한시 女流漢詩

3부 일본의 여류 한시 女流漢詩

1부

한국의 여류 한시 女流漢詩

    아무리 우리 선대 여인들의 한시라고 해도 그 모든 작품을 다 번역할 수는 없었다. 우선 신라 진덕여왕眞德女王의 작품이라고 알려진 〈치대당태평송致大唐太平頌〉같이 그 실제 지은이의 사실 여부 문제가 제기될 수 있는 경우는 제외하였고, 많은 중국의 전고典故를 원용하였거나 수준 높은 유교적 교양이나 덕목의 가치를 강조하는 등의 작품들 역시 현대 독자에게 그 이해와 수용이 쉽지 않을 것으로 판단되어 제외하였다.

    그래서 서문에서 말한 대로, 역시 우리 민족의 여성사적 생활 공간에서 그 주인공들로서 지은이 자신들의 현실적 삶을 중심으로 한 진실한 일상과 간절한 감정, 그리고 오롯한 의지들을 담아 읊은 작품들을 위주로 번역하였다.

    그리고 중국 여류시인들과 그 작품들에 비해서, 그 수단과 용기容器로서의 한자와 한시의 양식을 수용함에 있어서 후발 국가라는 점과 창작 주체로서 지은이들의 어문적 불일치라는 여건으로 인해 필연적으로 낙후성을 면할 수는 없는 것이 사실이다.

    또한 지은이들의 인적 사항을 확인할 수 있는 자료의 부실함과 특히 작품의 창작과 상관되는 자료의 희소성, 그리고 인격적 수양 의지나 풍류 의식의 측면들을 상관적으로나마 추정해 볼 수 있는 자료로서의 이름이나 자 혹은 호 등이 족보에도 실리지 않아 후손들에게도 알려지지 않은 경우가 대부분이라, 오히려 그것들이 알려진 경우가 중국과 일본에 비해서 매우 적기 때문에 지은이는 물론 작품을 올바로 이해하고 번역하는 데에 있어서도 일부의 제약이 되기도 하였다.

　뿐만 아니라 작품과 상관되는 지은이 자신들의 삶이 중국의 그것들과 달리 보다 극적인 경우가 많지 않아 필연적으로 작품의 제재적 흥미나 문예적 미감이 비교적 단조로움을 면하지 못하는 아쉬움이 있는 것 또한 사실이다.

　그리고 대부분 작품들의 내적 자질이 역시 정한情恨으로 주류를 이루고 있는 것은, 이들 지은이들의 삶이 인간 본래의 무상감無常感을 바탕으로 한 존재 의식에 더하여 보다 현실에서 제약적인 삶의 역사로 인해 빚어진 결과로 거의 한애恨哀와 상탄傷嘆의 내향적 새김질로 읊어진 것이기 때문이다.

공후가락 노래 箜篌引

여옥 麗玉

"임이시여 강 건너지 마시옵소서"　　　　　　　　公無渡河
임께서는 끝내 강을 건너시더니　　　　　　　　公竟渡河
강물 속에 떨어져서 궂기셨으니　　　　　　　　墮河而死
이젠 임을 어떻게 해야 합니까?　　　　　　　　當奈公何

 지은이 여옥은 아주 옛날 고조선 시대 여인이다. 중국의 최표
崔豹라는 사람이 《고금주古今注》라는 책에 적어 놓은 내용에
는 "조선진朝鮮津이라는 나루터의 관리인인 곽리자고霍里子
高가 어느 날 새벽에 일찍이 배를 젓고 있는데, 머리가 허옇게 센 미친
늙은이가 머리를 풀어 헤친 채 술병을 갖고 강물에 뛰어들어 건너가
자, 그 아내가 뒤따라가서 애타게 말렸으나 당해 낼 수가 없이 그 늙은
이는 물에 떨어져 죽고 말았다. 이에 그 아내는 공후를 타면서 '임이시
여 강 건너지 마시옵소서'라는 노래를 지어 부르자 그 소리(가락과 가
사)가 너무 슬펐고 노래가 끝나자 자신도 강물에 빠져 사망하였다. 이
광경을 본 곽리자고가 집에 돌아와 아내인 여옥에게 그 애절한 가사와
가락을 말해 주자, 여옥도 역시 슬퍼하며 공후를 가지고 그 가사와 가

락대로 부르며 연주하여 듣는 사람들이 모두 눈물을 흘리게 하였으며, 여옥은 이 가락을 이웃에 사는 여용麗容에게도 전해 주었다"라고 되어 있다. 이 내용을 살펴보면, 이 〈공후인〉이라는 작품에 담긴 실제 감정을 실제 말로 노래한 사람은 원래 머리 센 미친 늙은이의 아내이고, 지금 우리가 보고 읽을 수 있게 한자로 적어 세상에 남겨 놓음으로써 작자가 된 사람은 여옥이라고 할 수 있다. 따라서 이 작품으로 읊어지고 있는 절박한 심정의 실제 주인공은 물에 빠져 사망한 머리 센 미친 영감의 부인이지, 글로서의 이 작품의 지은이가 되어 있는 여옥이 아니라는 것을 잊지 말아야 한다. 다시 말하면, 기록상의 지은이인 여옥은 자신의 상황과 자신의 감정이 아닌 죽은 영감의 아내의 그것들을 대신 글로 기록해서 전해 주고 있다는 것이다.

지은이의 여옥麗玉(고운 옥)이라는 이름은 이미 당시에도 여성의 정결한 인격 수양을 강조하고 있었음을 시사해 주는 중요한 단서가 된다.

애타게 말린 남편의 죽음, 그 급박한 상황 앞에서
직설적으로 토해 낸 절박한 하소연

새삼스럽게 풀이할 것도 없이 직설적인 노래 형식의 매우 짧은 시지만, 물에 떨어져 죽은 남편을 보고 너무도 절박한 상황 앞에 처음은 오히려 머엉해진 채 넋을 잃었다가 이내 몸부림치며 지천할 수 없는 눈물을 흘리면서 이 노래를 부르고는 투신했을 여인의 참혹한 모습이 눈에 서언히 보이는 듯하다.

속세로 돌아가고픈 노래 返俗謠

설요 薛瑤

마음 구름 되자 하며 정숙하려 골몰해도	化雲心兮思淑貞
온 골짝은 적막한 채 세상 사람 안 보이고	洞寂寞兮不見人
귀여운 풀 곱게 자라 생각 온통 들떠 가니	瑤草芳兮思芬蒕
나는 장차 어찌 하나? 꽃다운 이 청춘을!	將奈何兮靑春

지은이 설요는 신라 성덕여왕(700년대) 시대의 여인으로, 당나라의 시집인 《전당시全唐詩》라는 책에 따르면 아버지인 승충承冲을 따라 중국 당나라에 가서 성장하였으며, 15세 때 아버지가 죽자 삭발하고 승려가 됐다가 6년 만에 이 노래를 지어 부르고 절에서 나와 곽원진郭元振에게 첩으로 시집갔다고 하였다. 진자앙陳子昂이 지은 그의 〈묘지명墓誌銘〉에는 그녀가 어렸을 적부터 매우 아름답고 다정다감하였다고 하였다. 어쨌거나 이 작품에서는 부친 사망으로 절감한 인생의 허무함에 충격받아 불교에 귀의했으나, 한창 젊고 아름다움으로 인한 자아의식이 봄을 맞은 적막한 산사에서 끝내는 수도하는 자아를 포기하고 청춘이 못내 아까워 세속적이지만 지극히 인간적인 자아로 돌아가게 하였다.

　지은이의 설요薛瑤(설씨 성에 아름다운 옥)라는 이름은 아무래도 지은이의 인격 수양을 위해 아버지거나 그 누군가가 지어 준 것으로 추정된다.

산사의 봄을 맞아 수도와 육체적 젊음 사이의 갈등으로 아파하는 여인의 애처로운 노래

허허로운 구름처럼 되자고 해 보는(텅 비우자고 하는) 마음, 정숙해지자는 마음, 이 마음들은 분명 아직은 완전히 비워진 마음, 완전히 가라앉은 마음은 아니다. "골짝이 적막한 것"이나 "사람이 안 보이는 것" 등은 분명 수도하는 데에 좋은 경지이건만, 속세의 연을 끊지 못하는 자신이라 이런 상황은 오히려 인간적 고독을 더욱 자아내게 하고, 더구나 봄을 맞아 곱게 자라나는 풀들은 인간적 무상감을 대비적으로 조장하는 판이니, "이 꽃다운 나의 청춘을 장차 어찌하면 좋으냐?"라는 탄식을 하게 하는 것이다.

　비록 안타까운 파계의 신음이긴 하지만 지극히 인간적인 속세 귀환의 예고가 아닐 수 없다. 그리고 넷째 구 "장내하혜청춘將奈何兮靑春"은 원래 "장내하혜오청춘將奈何兮吾靑春"에서 '오吾(이 내)' 자가 자연스럽게 생략되어 전해진 것이 아닌가 싶기도 하다.

　＊化雲心(화운심) '구름으로 변하자는 마음'이라는 말이면서 '구름이 돼 버린 마음'이라는 말도 되는 것으로, 불교에서 강조하는 바대로 어디에도 얽매임이 없이 자유자재로 떠도는 구름 같은 마음이면서, 아예 흔적도 없이 사라져 없어지는 구름 같은 마음, 곧 인체가 비워지고(空) 없어진(無) 마음을 말하며, 여기서는 이렇게 불교의 참 경지로 귀의하자는 자기 자신의 다짐을 말한 것이다.

송 좌막 님 국첨께 바치는 시呈宋佐幕 國瞻

우돌吘咄

광평 마음 철이라서 굳은 것을 일찍 알아
저는 본래 한 베개로 잘 마음이 없었으며
단 소원은 이 하룻밤 시·술 있는 자리에서
서로 도와 풍월 읊는 좋은 인연 맺깁니다.

廣平腸鐵早知堅
兒本無心共枕眠
但願一宵詩酒席
助吟風月結芳緣

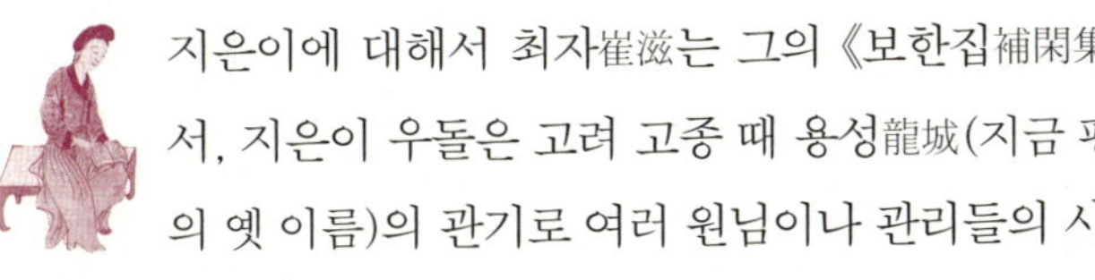

지은이에 대해서 최자崔滋는 그의 《보한집補閑集》 아래 권에서, 지은이 우돌은 고려 고종 때 용성龍城(지금 평안남도 용강의 옛 이름)의 관기로 여러 원님이나 관리들의 사랑을 받으며 잘 모셨다. 그런데 개성의 선비 송국첨宋國瞻이 서북 지역의 군사 고문관으로 이곳에 와서는 우돌에게 전혀 관심을 갖지 않았다. 그래서 우돌은 이 시를 지어 바쳤다고 하였다.

지은이의 이름 우돌吘咄(탄식하며 혀를 참)은 아무래도 지은이 자신이 오만한 남성들을 향해 하고 싶은 행위를 암시하는 말로, 지은이 자신이 스스로 붙인 이름이거나 어떤 사람이 지은이를 위해 지어 준 것으로 추정되며, 그래서 이 작품과도 상관이 되는 것이라 할 수 있을 뿐만 아니고, 사실은 지은이가 이 작품 속에서 하고 있는 행위를 보여 주는 용어인데 사람들이 이 행위 용어를 지은이의 이름으로 세상에 전한 것으로 추정되기도 하는 것이다.

오히려 상대의 마음을 넘겨짚어 능치듯이 읊어 낸 풍류의 몸짓 송국첨 당신께서는, 중국의 당나라 때 철장석심鐵腸石心(쇠 같은 장기와 돌 같은 마음)을 가졌다는 송경宋璟처럼 의지가 굳다는 것을 일찍부터 알았기 때문에, 저 자신은 처음부터 사또 님을 모시고 잘 생각을 하지 않았고, 다만 시 짓고 술 마시는 이 자리에서 서로 흥취를 돋우며 시를 함께 짓는 인연이나 맺는 것을 원했을 뿐이라는 말이다. 어쨌거나 상대방의 마음을 먼저 잘 넘겨짚고 오히려 상대방보다 더 태연하게 멋 부리듯 사설조로 읊고 있다.

내 자신을 풀어 읊다 自敍

동인홍 動人紅

기생집의 여인들과 양갓집 여인	倡女與良家
그 마음들 물어보자 얼마 다른가?	其心問幾何
애처롭다 맵게 지켜보려는 절개	可憐栢舟節
죽는대도 딴 뜻 없다 맹서하건만!	自誓死靡他

지은이 동인홍은 고려시대의 기생이다. 고려시대 최자崔滋의 《보한집補閑集》 아래 권에는, 이 동인홍이 바둑을 두던 지방의 관리들, 그리고 어떤 글공부하는 선비와 시 짓기 내기를 했다는 이야기와 함께, 또 과거 보러 온 선비와 더불어 한자리에서 이 시를 지었다고 하였다.

지은이의 동인홍動人紅이라는 이 이름은, 시의 내용이나 내력과는 어떻게 상관될 수 있는 것일까 하는 해석을 시도해 볼 만한 암시를 하고 있다. '사람을 벌겋게 발동시킨다'는 이 말뜻은 보는 사람들의 얼굴을 벌겋게 상기시킨다는 뜻이라 할 수 있다. 이렇게 보면 이 기생이 매우 미인이었기 때문에 보는 사람들이 모두 그렇게 감정이 발동, 상기됐다는 것일 수 있다. 그러므로 많은 사람(앞에서 본 대로 관리들과 선비들)이 이 기생을 유혹했을 수 있고, 따라서 기생이 자신을 마구 노는 여인으로 보는 그들에게 항변으로 지은 시일 수 있다. 이렇게 해서 누군가에 의해서 해학적으로 이 기생의 이름이 '동인홍'으로 붙여졌을 수도 있다.

참 나를 몰라주고 천시하는 데에 대한 가슴 아픈 항변과 매서운 각오

이 작품은 물론 기생 신분인 지은이가 "나 같은 기생과 양반집 여성이, 실제 절개를 지키려는 마음의 차이가 얼마나 되느냐?"는 질문을 넘어선 항변을 하고 있으며, 진정 자신도 신분의 여하를 떠나 절개를 지키려는 굳은 다짐을 하고 있건만, 모두 기생이라는 것에 대한 선입관과 통념에 사로잡혀 몰라준다는 애처로운 항변이요 하소연이다.

  *栢舟節(백주절)《시경詩經》'용풍鄘風'에 나오는 시 얘기로, 공강共姜이 공백共伯에게 시집갔다가 남편이 죽자, 친정 부모가 개가시키려 해서, 절대 개가하지 않겠다는 맹서를 한 것을 말한다.

청상과부의 시(제목이 없음)

청상과부 靑孀寡婦

그 말 위에 하얀 얼굴 뉘 집 신랑이시온지	馬上誰家白面郎
지금까지 석 달 동안 그 이름도 몰랐더니	邇來三月不知名
이제서야 '김태현'이 성명인 건 알았는데	如今始識金台鉉
가느란 눈 긴 눈썹이 남몰래 정들게 해요!	細眼長眉暗入情

지은이와 작품의 내력이 《고려사高麗史》 〈열전列傳〉 권23에 나오는 충렬왕 때 김태현의 이야기다.

김태현은 일찍이 아버지를 여의고 부지런히 공부를 했을 뿐만 아니라 태도도 단정하고 외모도 빼어났다. 벗들과 함께 선생님을 찾아가 공부하는 중에 선생님이 특별히 아껴 음식도 제공하였는데, 청상과부가 되어 친정에 와 있던 그 선생님의 딸이 말을 타고 오가는 김태현의 준수한 외모를 보고 애태우다가, 어느 날 이 시를 지어 창틈으로 던져 주자, 이 시를 받아 본 김태현은 다시는 그 선생 댁에 가지 않았다고 하였다.

말을 타고 오가는 그 하얀 얼굴의 준수한 신랑이 뉘 집 분이신가 기막히게 궁금해하면서도, 석 달 동안 그 이름도 몰랐더니, 이제야 그 이름이 김태현이라는 걸 알기는 했지만 그것만일 뿐 더 이상 아무것도 할 수 없는 채, 그냥 당신의 가느란 눈과 긴 눈썹이 나로 하여금 남모르게 정들게 하여 애가 탄다는 호소이다.

시에 딸린 김태현의 이야기는, 물론 선비로서의 단호한 의지가 매우 가상한 것은 분명하지만 이 애타는 여인의 마음도 어루만질 수 있는 여유도 가졌더라면 하는 아쉬움을 남기는 것이기도 하다.

변방으로 출정하시는 서방님을 보내 드리면서 送夫出塞

이각부인 李恪夫人

그 어느 곳 모랫벌 위 푸른 깃발 멈추실까?	何處沙場駐翠旗
초소 노래, 되놈 피리 꿈속서도 슬프지만	戍歌羌笛夢中悲
거리 버들 본들 제가 무슨 후횔 하겠어요?	陌頭楊柳吾何悔
다만 귀환 안장 매단 적장 머릴 기다릴 뿐!	只待歸鞍繫月支

지은이 이각의 부인은 성도 알려져 있지 않지만, 이각이 고려 말의 사람으로 조선 왕조에 벼슬한 것을 기준으로 보면 조선조 초기의 사람임을 알 수 있다. 이각은 함길도咸吉道 병마도절제사兵馬都節制使로 가서 공을 세웠고 명明나라에 사절로도 다녀와 외교적인 임무도 잘 수행하였으며 강계절제사江界節制使로 야인들을 물리치기도 하였다. 이런 사실로 봐서 이 작품은 아마도 이 두 번의 절제사로 부임하는 어느 땐가에 지어진 것으로 추정된다. 그리고 남편인 이각의 지위로 봐서 아마도 덕수 이씨德水 李氏 족보에는 이각 부인의 성씨도 전해지리라 추정될 뿐이다.

이별의 아픔을 참고 서방님의 출정과 승리의 귀환을 축원하는 곱고 매운 여심

그 어느 곳인지는 알 수 없지만 아마도 그 북쪽 변방 국경 모랫벌 위 어딘가에 가셔서 지휘 깃발을 멈추시고 지휘소를 설치하실 테고, 그러고 나면 그곳 국경 초소에서 병사들이 부르는 노래나 적의 지역 되놈들의 피리 소리가 꿈속에서도 슬프게 들릴 것이라 매우 삭막한 지역일 것이라 너무 안타깝기는 하지만, 봄을 맞아서 거리 위에 버들가지들이 휘늘어져서 서방님과 작별한 저의 마음을 아프게 환기한다 해도 제가 서방님을 작별해 보내 드린 것을 어찌 후회하겠어요? 그냥 외롭고 애처로운 심정을 속으로 잠재우고서 다만 서방님께서 돌아오시는 말안장 위에 적 장군의 벤 목을 매달고 개선하셔서 나라 위한 충성을 다하시고 큰 공을 세우셔서 후세 자손들에게까지 명성을 전하게 되시기를 기다리고 있겠다는 다짐이요 약속이다.

정녕 너무 안타깝고 애처롭기 그지없을 작별이건만 애써 태연한 척 자신을 다독이면서 오히려 내 마음의 사연이 아닌 서방님이 가 주둔하실 그곳의 황량, 처량할 상황을 설정해서 제시하고는, 이내 대장부로서의 나라 위한 충성과 공명을 이룰 것을 권장하면서 자신의 감정은 매섭게 매듭을 짓고 있다.

---

* 月호(월지) 옛날 중국의 서쪽에 있던 부족국가로 중국의 변경을 자주 침략해서 중국에서는 여러 번 토벌하였으며, 여기서는 우리나라를 침략하는 외적을 비유하여 쓴 말로 이 외적의 우두머리를 가리키는 말로 쓰였다.

두견화(진달래꽃)를 읊다 詠杜鵑花

정씨鄭氏

어젯밤에 봄바람이 안방 불어 들더니만	昨夜春風入洞房
구름 비단 펼친 듯이 붉은 송이 활짝 펴서	一張雲錦爛紅芳
이 꽃들이 피는 곳에 두견 울음 들릴 테니	此花開處聞啼鳥
한 번 우는 자태마다 한 번 창자 끊기겠네!	一詠幽姿一斷腸

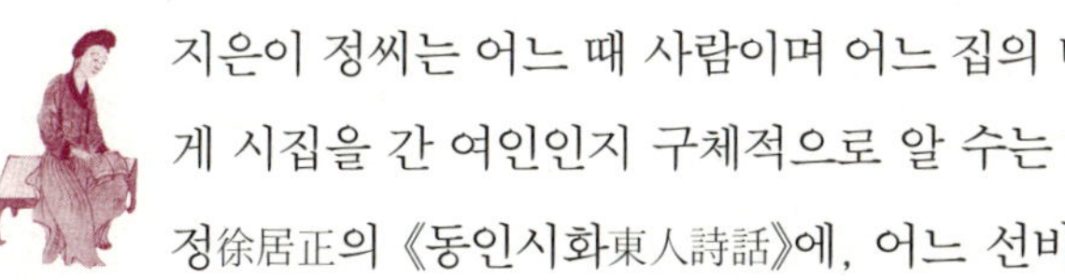

지은이 정씨는 어느 때 사람이며 어느 집의 따님으로 누구에게 시집을 간 여인인지 구체적으로 알 수는 없다. 다만 서거정徐居正의 《동인시화東人詩話》에, 어느 선비 집안의 따님으로 공부하는 오빠와 동생 옆에서 듣고 보면서 한문을 공부하여 제법 시를 짓게 되었는데, 시집을 가서 어느 봄날 두견화(진달래꽃)가 만개하자 남편이 이것을 제재로 시 짓기를 청해서 바로 이 시를 지었다는 기록만 전해지고 있다.

두견화의 고운 자태를 읊다가 두견새의 한에 함께 울고

간밤에 봄바람이 안방에도 불어오나 싶더니만, 아침에 산을 보니 온통 구름 비단을 펼친 듯 붉은 두견화(진달래꽃) 송이들이 흐드러지게 피어났는데, 이렇게 두견화가 피면 바로 두견새도 우는 소리를 함께 들을 수 있을 테니, 이 예쁜 두견화들을 시로 읊고 나서는, 옛날 중국 촉蜀나라의 임금 망제望帝가 임금 자리를 억지로 물려주고 한이 되어 죽은 뒤에 두견새로 변해 진달래가 피는 봄이 되면 "귀촉도歸蜀道(촉나라로 돌아가자)"라며 울었다는 그 새의 한에 함께 애를 태우며 울게 됐다는 것이다.

실제로 두견화가 피면 동시에 두견새가 우는 것은 아니고 두견새는 좀 더 뒤에 운다. 그런데 예부터 두견새가 한스럽게 울면서 피를 두견화 꽃에다 토해 놓아서 꽃빛이 붉게 됐고, 그래서 꽃 이름도 두견화가 되었다는 전설이 있어서, 이 작품에서는 두견화를 보고 자연스럽게 두견새도 동시로 연상하여 그 새의 한스러운 설화에 동참하며 시로 읊은 것이다.

안개를 제재로 삼아 짓다 賦煙

궁 아가씨 비취 宮姬 翡翠

꽃에 끼어 벌들 길을 잃게 하고는　　　　　　羃花蜂失路

대숲 얽혀 새들 둥질 숨겨 놓더니　　　　　　籠竹鳥迷巢

황혼 무렵 잠시나마 비가 되어선　　　　　　黃昏成小雨

창밖에서 다시 소릴 우수수 내네!　　　　　　窓外更蕭蕭

지은이 비취는 조선조 문종 때의 사람으로, 당시의 예술적 풍류객이었던 안평대군安平大君에 의하여 재능과 미모로 선발된 양갓집의 딸로 대군의 궁 안에 들어간 열 명의 아가씨 중의 한 사람이며, 대군이 시문과 글씨를 가르쳐 상당한 수준에 이른 사람이었다고 알려져 있다.

지은이의 비취翡翠라는 이름은 분명 출생 후 집에서 지어 받은 것이 아니고(양갓집에서는 딸에게 이런 이름을 붙여 주지 않음) 대군에게 선발되어 궁 안에 들어온 뒤에 대군으로부터 지어 받은 것이 분명하며, 따라서 대군의 총애를 받았음을 알 수 있다.

안개의 변화를 재미있게 살펴 읊은 재치

안개가 피어 있는 꽃송이들에 짙게 끼어서는 꿀을 따러 찾아가던 벌들이 길을 잃게 해 놓고는, 다시 대숲에 얽혀서 이 대숲에 둥지를 틀고 사는 새들이 제 둥지를 찾을 수 없게 숨겨 놓고 있더니, 황혼 무렵이 되어서는 잠시나마 비가 되어 내리면서, 창밖에서 다시금 우수수 소리를 내고 있다는 말이다.

지극히 사실적인 묘사이지만 안개가 움직이며 변화하는 상태를 실제로 추적하여 살펴보며 재치 있게 그려 내는 듯이 읊고 있는 시다.

안개를 제재로 삼아 짓다 賦煙

궁 아가씨 보련宮姬 寶蓮

짧은 골짝 푸른 그늘 속에만 있고	短壑靑陰裏
긴 제방 밑 흐르는 물 속만 있다가	長堤流水中
능히 사람 사는 세상으로 하여금	能令人世上
급히 푸른 구슬 궁궐 되게 하누나!	急作翠珠宮

지은이 보련은 역시 앞 작품의 지은이와 같이 안평대군安平大君의 궁 안에 있었던 열 명의 아가씨 중 한 사람이다.

지은이의 이 이름도 부모로부터 지어 받았거나 지은이 자작이 아니라 아마도 궁으로 선발되어 가서 안평대군에게 받은 이름으로 추정되며, 따라서 대군의 총애를 받았을 것이 분명하다.

안개를 사유하며 새롭게 얽어 낸 시상

이 안개가 애초 저 짧은 골짝에 드리워져 있는 푸른 그늘 속에서는 그냥 기체의 상태인 습기로만 있었고, 역시 애초 긴 제방 밑 계곡에서는 그냥 액체의 상태인 물로만 흐르고 있었다. 그러다가 드디어 골짝 그늘 속에 있던 습기도 안개가 되고, 계곡에서 흐르던 물도 증발하여 안개가 되어 있다가는 저 공중에서 액화하여 싱그럽게 푸르른 빗방울로 쏟아지면서, 능히 우리 인간들이 사는 이 세상으로 하여금 마치 구슬 알들로 이루어지는 궁궐 안이 되게 한다는 말이다.

따라서 빗방울이 쏟아지는 이 인간 세상을 푸르른 구슬알들로 가득해지는 궁궐 안이라고 한 것은 매우 새로운 상상의 구성이 아닐 수 없다.

가난한 집 여인의 노래 貧女吟

임벽당 김씨 林碧堂 金氏

곳이 외져 사람 왕래 거의가 없고	地僻人來少
산이 깊어 속세 일은 뜸하지마는	山深俗事稀
집 가난해 말술은 없는 처지라	家貧無斗酒
잘 손님이 밤에 되레 돌아가누나!	宿客夜還歸

 지은이 임벽당은 의성 김씨로 조선 중종 때 사람이며 별좌 김수천金壽千의 딸로서 현량과 시험에 합격한 선비 유여주兪汝舟의 부인이 되었다. 문집이 한 권 있고 글을 잘 지을 뿐만 아니라 글씨도 잘 썼으며 그녀의 시가 중국의 《열조시집列朝詩集》에도 실렸다고 하였다.

말 없는 자존심을 뒷심으로 둔 가난 타령

살고 있는 곳이 시끄러운 세상의 도시로부터 멀리 외떨어져 있는 곳이라, 그래서 오히려 그 속된 세상 사람들이 오가는 경우가 거의 없으며, 거기다가 아주 깊은 산속이라 속된 세상의 복잡한 일 같은 것도 드문 편이라 참으로 깨끗하고 조용한 곳이다. 그래서 전구와 결구의 술이 없는 가난함과 손님이 돌아가는 상황은 자기 상황에 대한 한탄이나 미안함만을 말하려 한 것이 아니고 한편으로 자신의 가난함을 편안하게 여긴다(安貧樂道)는 것을 말하고 한편으로는 술이 없다고 돌아가는 손님이 오히려 속된 사람임을 은연중 말하고 있는 것으로 보는 것이 옳다. 왜냐하면 술의 양을 '되'나 '잔' 같은 적은 것으로 표현하지 않고 '말'이라는 많은 것으로 표현한 것으로 봐서도 그렇다. 몇 말이나 되는 많은 술을 두고 마시는 것을 결코 자랑스럽게 여기지 않기 때문이다.

따라서 이 시는 글의 표면상으로는 남(가난한 집 여인)의 가난 타령을 대신하는 것 같지만, 사실은 탈세속적 생활 속의 작자 자신의 맑은 가난이 오히려 자랑스럽다는 것을 말없이 뒷심으로 깔고 읊은 것이 분명하다.

작별한 분께 드리다 贈別

임벽당 김씨 林碧堂 金氏

한스럽게 이별한 지 3년 넘기며	恨別逾三歲
갖옷 입고 홀로 겨울 막아 왔는데,	衣裘獨禦冬
가을바람 짧은 살쩍 불어제치고	秋風吹短鬢
찬 거울엔 늙은 얼굴 비출 뿐이니,	寒鏡入衰容
나그네 꿈 바람 먼지 끝을 맴돌며	旅夢風塵際
이별 시름 변방 일선 겹쳐 쌓인 채,	離愁關塞重
배회하며 거기 여길 생각하다가	徘徊思遠近
눈물 흘러 방 창틀에 흥건합니다.	流淚滿房櫳

임 이별 3년을 넘기고 또 추운 겨울을 홀로 맞으며 애태우며 눈물 흘리는 여인

한스럽게 작별한 지 3년을 넘기면서 매해 겨울을 갖옷을 입고 홀로 그 혹독한 추위를 막아 왔다고 하고 있거니와, 이것은 그냥 겨울의 추위를 막아 냈다는 것이 아니라 이 겨울이라는 말로 비유되는 견디기 어려운 고독을 정말로 매섭고 결연한 인내심으로 이겨 냈다는 것이다. 그런데도 가을바람이 빠지고 짧아진 귀밑털을 불어제치고, 찬 거울 속을 들여다보자 늙어 빠진 내 얼굴만 비출 뿐이라, 곧 다시 다가올 겨울을 또 넘겨야 하고 기막힌 고독을 또 견뎌야 할 생각을 하니, 서방님이 그리워지는 정한을 견딜 수 없어 꿈속의 나그네가 되어 서방님이 계신 곳을 찾아서 바람과 먼지 속을 헤매다가, 이내 이별로 인한 시름에 젖어 서방님이 계실 것으로 추정되는 저 변방 일선 지역을 거듭 맴도는 채로 있다가 끝내 꿈을 깨고서는, 방 안에서 홀로 서성거리며 (내가 있는) 이곳과 (임이 계신) 그곳을 생각하다가 가슴에 저려 오는 슬픔을 참지 못하여, 눈물을 주르륵 흘려 밖을 내다보고 서 있던 창문틀을 온통 흥건하게 적셨다는 것이다.

남모르는 고독과 슬픔에 홀로 방 안에서 한없이 울고 서 있는 여인의 모습이 서언하게 그려지는 시다.

종성 귀양지로 떠나시는 미암 공자님을 따라가며

從眉庵公子鍾城謫所

송씨宋氏

가다 가다 드디어는 마천령에 이르르니	行行遂至摩天嶺
동해바단 끝도 없이 거울처럼 펼쳤는데	東海無涯鏡面平
만 리 먼 곳 부녀자가 무슨 일로 왔겠는가?	萬里婦人何事到
삼종지의 귀중하고 내 한 몸은 경해설세!	三從義重一身輕

지은이 송씨는 신평 송씨로 조선조 중종 때 송준宋駿의 딸로서 이름은 '덕봉德奉'이다. 일찍부터 글을 지을 줄 알았으며 특히 시를 잘 지었다고 알려졌고 미암眉庵 유희춘柳希春에게 시집갔으며, 이 시는 남편 유희춘이 명종 정미년 이른바 양재역良才驛 벽서壁書 사건에 연루되어 제주도로 귀양을 갔다가 다시 종성으로 옮겨지게 됐을 때 지어진 것으로 추정된다.

이 시에서 지은이가 스스로 자신의 삶에 있어서 아주 귀중한 덕목으로 체화하여 실천하고 있는 '삼종지의三從之義'는 '삼종지도三從之道'와 같은 것으로, 첫째는 여성이 시집가기 전에는 아버지의 뜻을 따르는 의리요, 둘째는 여성이 시집가서는 남편의 뜻을 따르는 의리요, 셋째는 여성이 남편이 죽으면 아들의 뜻을 따르는 의리를 말하며, 여기서는 두 번째의 의리를 따른다는 말이다.

　당시 유교 문화권에서는 여성의 필수적인 윤리적 덕목으로서 강조되어 왔으므로 이것들의 실천은 당연하면서도 적극적으로 추장되었다.

일체의 노고를 무릅쓰고 오직 서방님을 따르겠다는 '삼종지의三從之義'의 선언

여성의 약한 몸으로 가다가 가다가 드디어는 높고 험한 함경도 단천端川의 마천령에 이르러 동쪽을 보니, 동해바다는 끝도 없이 거울처럼 펼쳐져 있다마는, 그 누구가 "고향 호남에서부터는 만 리나 될 듯한 이 먼 곳에 남성도 오기가 쉽지 않은데 여성으로 어떻게, 아니 왜 왔는가?" 하고 물어본다면, 서슴없이 "남편을 따라야 하는 삼종지의는 너무 귀중하고 내 한 몸쯤은 하찮기 때문이라"고 말하겠노라는 선언 같은 자문자답형의 시다.

지정 남곤께 노래로 불러 드리다 歌贈南止亭衮

조운朝雲

부귀거나 공명일랑 가히 접어 둘 수 있고	富貴功名可且休
산이 있고 물 있으면 즐겨 놀기 넉넉하니	有山有水足遨遊
임과 같이 한 칸짜리 집에 함께 누운 채로	與君共臥一間屋
맑은 바람, 밝은 달 속 백발 맞고 싶습니다!	淸風明月成白頭

지은이 조운은 조선조 중종 때 사람으로 전주의 기생으로 알려졌다. 이 작품은 아마도 남곤의 사랑을 받아서 그와의 인연을 끊김 없이 평생 함께하고 싶은 간절한 소망을 담았으므로, 그냥 주는 것이 아니라 노래해서 준다고 한 것으로 보인다.

　지은이의 이름 조운朝雲은 분명 조운모우朝雲暮雨(초나라의 양왕이 꿈속에서 무산의 선녀와 사랑을 나누고 나서 선녀가 떠나려 하자, 양왕이 "이다음에 어디서 다시 만날 수 있느냐"고 묻자, 선녀는 "나는 아침에는 무산의 구름이 되어 있고 저녁에는 무산에 내리는 비가 되어 있을 것이니, 그 구름과 비를 보시면 됩니다"라고 하였다)에서 온 것임을 보면, 지은이는 기녀로서의 풍류의 끼가 있었던 여인임을 알 수 있다.

부귀공명은 접어 두고 자연 산수 속에서 진실하게 평생을
해로하고 싶다며 마음을 떠보는 여심, 그 뒤에 능쳐서 숨긴 풍자

이 작품은 문면상으로는 분명, 세상 사람들은 부귀와 공명을 제일로
여겨 다투어 쟁취하려 하지만 나는 그것들을 전혀 괘념하지 않아 마음
에서 접어 두고, 그저 아름다운 산과 물이 있는 곳에 가서 살 수만 있
다면 그것만으로 몸과 마음을 얼마든지 즐기며 노닐 수 있으니, 이런
곳에서 사랑하는 서방님과 함께 겨우 한 칸짜리 초가집에서나마 누워
지낼 수 있다면 이것만으로 더없이 행복해서, 맑은 바람이 부는 속에
서나 밝은 달빛이 비추는 속에서 함께 머리가 허옇게 세도록 늙어 가
고 싶다는 간절한 소망이요 청원이다. 그러나 공명심과 권세욕에 사로
잡혀 산 남곤에게 이 시는 좋은 말로 능쳐 은연중 말 밖의 풍자를 숨기
고 있는 것을 쉽게 추정해 볼 수 있는 시라고도 할 수 있다.

서방님 봉래께 부치다 寄蓬萊

양봉래 소실 楊蓬萊 小室

긴 길 슬피 바라보며 사립문도 안 닫은 채	悵望長途不掩扉
밤 깊어져 내린 이슬 비단옷을 적시건만	夜深風露濕羅衣
양산 관사 그곳에는 꽃 천 그루 있을 테니	楊山館裏花千樹
매일매일 꽃구경에 오실 거요 마실 거요?	日日看花歸未歸

지은이 양봉래 소실은 조선조 명종 때 양사언楊士彦의 소실로 알려졌을 뿐 그 성명은 전혀 알려져 있지 않다. 시는 비록 두 수가 전할 뿐이나 그 작품의 수준은 꽤 높으며 풍류객이던 양 사언의 사랑을 받았을 것으로 봐서 미모와 재능을 갖추었을 것으로 추 정된다.

밤이슬에 치마를 적시며까지 기다리건만,
계신 그곳 무수한 꽃구경하시느라 오실는지 안 오실는지
―가시 돋친 심상의 그 '꽃'
저 문 앞에 길고 긴 길을 혹시 서방님이 오시지 않을까 하여 슬픈 눈으 로 바라보며 사립문도 안 닫은 채, 밤이 깊도록 밖에 서서 있노라니 내리는 이슬에 비단 치마저고리가 다 젖건만, 서방님께서 원님으로 계시는 그곳 양산(황해도 안악) 관사에는 꽃나무가 천여 그루 있을 테니, 매일매일 그 꽃들을 구경하시느라 이곳 저에게로 오실 겁니까, 안 오실 겁니까? 하고 묻는 것이지만, 사실 말하는 자신의 심중으로는 이미 안 오실 거라고 믿고 있다는 것이다. 왜냐하면 작자가 시에서 말하는 꽃은 분명 그곳 관청에 속한 수많은 기생을 상징하여 쓴 말이며, 서방님이 분명 그 여인들에게 매일매일 혹해서 보낼 것을 알기 때문이다.

따라서 이 시에서 지은이가 꽃을 말하고 그 꽃을 서방님이 구경하실 거라는 추정을 하는 것은 다른 여성에게 계속 혹해 있을 서방님에 대한 불신을 우회적으로 풍자하기 위한 가시 돋친 설정이라 할 수 있다.

대관령을 넘다가 친정을 바라보면서 踰大關嶺 望親庭

사임당 신씨 師任堂 申氏

백발 되신 어머님만 강릉 저기 계시는데	慈親鶴髮在臨瀛
내 몸 혼자 서울 향해 떠나가는 심정이라	身向長安獨去情
북평 향해 머리 돌려 때로 한번 바라보니	回首北坪時一望
흰 구름이 날아 앉는 저문 산만 푸르구나!	白雲飛下暮山靑

지은이 사임당 신씨는 평산 신씨로 조선조 연산군 10년(1504)에 출생하여 명종 6년(1551)에 48세로 생을 마쳤다. 진사 명화命和의 딸로 일찍부터 어머니께 한문을 배웠고 당시 여성의 덕행을 위한 교범인 《여범女範》을 익혀 학문과 부덕을 갖춘 현철한 여성으로 성장하였다. 어머니와 함께 외가인 강릉의 북평北坪에서 살다가 19세에 덕수 이씨 원수元秀에게 출가하였으나 아들이 없는 부모님을 모실 수밖에 없어 친정에 그냥 머물다가 아버지가 궂긴 후에 서울 시댁으로 상경하였으며, 그 후에도 홀로 계신 어머니를 위해 강릉에 여러 차례 다녀갔다. 그래서 셋째 아들인 율곡 이이를 강릉에서 낳기도 하였다. 호를 중국 고대의 현명한 여성으로 일컬어지던 주나라 문왕文王의 어머니 태임太任을 본받으라고 해서 '사임당師任堂'이라고

한 것처럼 어머니로부터 학문과 덕행의 훈도는 물론 서화의 기예도 물려받았는지 놀라운 작품을 남겼으며, 일곱 살에 안견安堅의 산수화를 본떠 그림을 그렸고 특히 포도와 초충草蟲(풀벌레)을 잘 그렸다.

이런 덕성과 학문과 예능으로 율곡 같은 대현을 낳아 길러 냈다. 그래서 지금도 우리 여성사에 모범적 인물로 꼽히면서 현행 지폐의 중요 인물과 자료로까지 국민의 사랑을 받게 되었다. 시는 비록 두 수만 남아 전하지만 그 문예적 수준은 매우 원숙한 솜씨와 진실한 서정성을 보여 주는 좋은 작품들임을 확인할 수 있다.

오롯한 추억과 소복한 정이 쌓인 친정을 떠나면서
백발의 어머님을 못 잊어 하는 애틋한 효심

뒤로 돌아보는 저기 강릉에는 머리가 허옇게 센 어머님만 홀로 계시는데, 내 몸만 혼자 서울로 떠나가는 이 심정은 뭐라고 말로 할 수 없이 죄스럽고 슬프고 아플 뿐이라, 내가 태어나 자랐고 지금 어머님이 계신 저 북평 마을을 끝내 잊을 수 없어 그냥 바로 떠나지 못하고 한 번 또 한 번 머리를 뒤로 돌려 멀리 바라보건만, 북평 마을은 잘 안 보이고 저 멀리로 흰 구름이 날아서 내려앉는 그 아래로 해가 져 가는 푸른 산만 보일 뿐이라는 말이다.

해가 져 가고 있는 대관령 고갯마루에서 가마를 멈춘 채 머리를 돌려 몇 번이고 친정 마을 북평 쪽을 바라보고 있었을 모습이 지금 우리 눈에도 잡힐 듯하다.

어머님을 생각하며 思親

사임당 신씨 師任堂 申氏

천 리 저 먼 내 고향은 만 겹 산봉 가렸어도
갈 맘만은 꿈속에도 사뭇 갖고 있는 터라,
한송정의 둘레에는 한 쌍 둥근달이 뜨고
경포대의 앞쪽에는 한 판 바람 불어오며,
모랫벌 위 백구 항상 모였다가 흩어지고
파도 머린 어선 매번 저쪽 이쪽 오가련만,
어느 때쯤 강릉 그 길 다시 밟아 찾아가서
곱게 춤출 색동옷을 어머님 앞 지어 볼꼬!

千里家山萬疊峰
歸心長在夢魂中
寒松亭畔雙輪月
鏡浦臺前一陣風
沙上白鷗恒聚散
波頭漁艇每西東
何時重踏臨瀛路
綵舞斑衣膝下縫

눈에 삼삼이는 고향 풍경의 감상도, 어머님 무릎 앞에서의
동심의 보람도 재현할 수 없어 애태우며 어머님을 그리는 마음

천 리나 먼 거리인 강릉은 만 겹의 산들로 가려져 있으니, 여성의 몸으로 쉽게 갈 수는 없는 처지라 귀향 염원은 현실로는 풀이 죽은 채로 있을 수밖에 없지만, 이 귀향 생각만은 꿈속에서도 잊지 않고 그냥 갖고 있는 터라, 친정이 있는 옛 고향 강릉 한송정에는 지금도 옛날처럼 한 쌍 둥근달이 뜨고, 경포대에도 옛날처럼 한 판씩 바람이 불어오며, 모

랫벌 위에도 옛날처럼 백구들이 항상 모였다가 흩어지고, 파도 머리에
도 옛날처럼 매번 어선이 이쪽저쪽으로 오고 가고 있으련만, 언제쯤
다시 강릉의 그 길을 밟아 어머님 계신 북평 친정집에 찾아가 어머님
무릎 앞에서 옛날처럼 다시 색동옷을 지을 수 있을꼬? 하며 안타까워
하는 간절한 그리움을 읊고 있다. 그래서 다소곳이 창 앞에 앉아 애틋
한 상념에 잠겨 있었을 신부인의 모습이 명료하게 연상된다.

얼음병을 읊다 詠氷壺

빙호당 氷壺堂

상머리서 좋은 술을 담아 놓기 딱 맞는데　　　　最合床頭盛美酒
어찌해서 작은 계곡 가장자리 옮겨 놨나?　　　如何移置小溪邊
꽃 사이에 해 뜬 대낮 능히 비도 뿌려 대니　　花間白日能飛雨
이제 병 속 별난 천지 있는 것을 믿게 됐네!　　始信壺中別有天

지은이 빙호당은 조선조 선조 때 왕가의 근족인 숙천령肅川令이 아무개의 부인으로 능히 시와 글을 잘 지었다고 알려져 있을 뿐 성씨도 알려진 것이 없지만《선원보략璿源譜略》에는 확실한 내용이 있을 것으로 추정된다.

　시적 재능도 놀라웠던 것으로 추정되는 연구聯句로 비 내리는 것을 보고 지었다는 "옥 새끼줄은 하늘에서 이어져 곧고, 은방울들은 땅에 떨어져 둥글구나!(玉索連天直 銀鈴落地圓)"와 선조대왕의 행차를 보고 읊었다는 "하늘에는 새로 뜨신 해와 달이요, 임금님의 마차 아랜 전부터의 신하와 백성들일세!(天中新日月 輦下舊臣民)"라는 것들은 세상에 잘 알려진 수작들이다.

　지은이의 호가 빙호당氷壺堂(얼음병)인 것을 보면 지은이 자신이 스스로의 인성 수양을 독려했을 뿐만 아니라 실제의 인품도 이 얼음병처럼 매우 맑고 깨끗했었을 것으로 추정된다.

봄 계곡에 남아 있는 얼음병의 신기함에서 연상하는 신선과 자아

이 작품은 봄날 계곡 속에 아직 녹지 않은 채 병의 형태로 남아 있는 얼음을 보고 읊은 것이다. 그래서 승구에서는 "왜 술이 담겨 상머리에 있지 않고 이 계곡 가에 와 있느냐?"고 하였다. 그리고 시 내용을 봐서 이 병 모양 얼음 속으론 계곡물이 비 오듯 뿜으며 흐르고 있었던 것으로 추정된다. 어쨌거나 지은이는 정녕 깊은 산속 계곡이겠지만 꽃이 피어 있는 봄날 해가 높이 뜬 대낮 산속 깊은 계곡에서 아직 녹지 않은 채 맑고 깨끗한 병 모양을 하고 있는 이 얼음을 보고 매우 신기하고 반가워서, 계곡물이 뿜어지며 흘렀을 이 병 모양 얼음 속의 광경을, 우리가 사는 인간 세상이 아닌 이른바 신선의 세계로서 흔히 일컬어져 온 '호중건곤壺中乾坤(병 속의 세상)'으로 연상했을 것이며, 나아가서는 맑고 투명하고 깨끗한 심성의 인격을 지녔으면 싶은 자아로도 유추하여 연상했을 것이다. 자신의 호를 빙호당이라고 한 것으로 봐서 바로 그렇게 연상되기 때문이다.

---

　*壺中天(호중천) '호중천지壺中天地(병 속의 천지)'의 준말로, 옛날 중국에 비장방費長房이라는 사람이 시장의 감독관이 되어 근무를 하던 중에, 차를 파는 한 영감이 가게에 매달아 놓고 장판이 끝나면 남몰래 그 병 속으로 들어가는 것을 봤다. 그래서 그 영감에게 간청을 해서 그 병 속으로 함께 들어가 보니 그 안에는 새로운 하늘과 땅이 있고 화려하게 옥으로 지어진 집에다가 맛있는 술과 음식이 차려져 있었는데, 여기가 바로 신선의 세계라고 하였으며 그래서 비장방도 이내 신선이 되었다고 하였다.

가을밤의 감회 秋懷

승이교 勝二喬

서릿발 속 날아가는 기러기 소리	霜雁墮飛聲
적막 속에 이 산성을 지나가는데	寂寞過山城
임 그리던 외로운 꿈 깨어나 보니	思君孤夢罷
가을 달만 창문 환히 비춰 드누나!	秋月照窓明

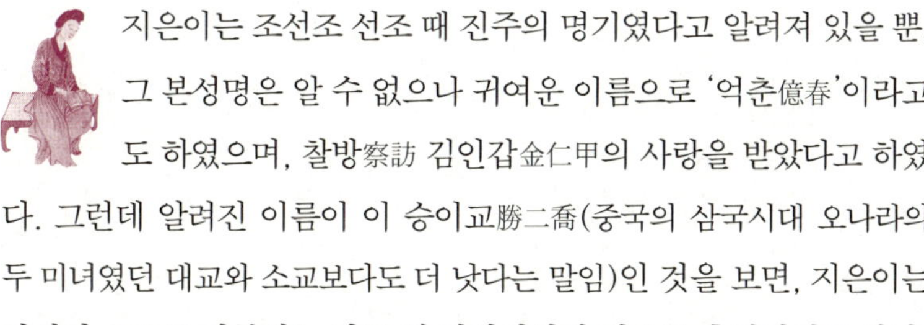

지은이는 조선조 선조 때 진주의 명기였다고 알려져 있을 뿐, 그 본성명은 알 수 없으나 귀여운 이름으로 '억춘億春'이라고도 하였으며, 찰방察訪 김인갑金仁甲의 사랑을 받았다고 하였다. 그런데 알려진 이름이 이 승이교勝二喬(중국의 삼국시대 오나라의 두 미녀였던 대교와 소교보다도 더 낫다는 말임)인 것을 보면, 지은이는 자신이 스스로 자부하는 만큼 꽤 미인이었던 것으로 추정되기도 한다.

임 그리던 외로운 꿈 깨어난 가을밤, 기러기 소리에 달빛만 비춰 드는 빈 방 안

어느 산성 마을의 적막한 가을밤, 모처럼 잠이 들어 애타게 그리운 임을 꿈속에 찾아가다가 미처 만나지 못하고 깨어 버린 채 외롭게 누워 있는 나, 내리는 서릿발 속에 이 산성 마을을 날아 지나가는 기러기 소리만 들리고 저 창문에는 가을 달빛만 환하게 비칠 뿐이라는 슬픈 하소연이다.

가을밤이라는 시간과 적막 속의 산성이라는 공간의 설정에다 기러기 소리와 밝은 달빛 등의 배치가 잘 배합된 좋은 시다.

안방에서 애타는 정한 閨情

이옥봉 李玉峰

약속하곤 오시는 건 왜 늦습니까?	有約來何晚
뜨락 앞의 매화꽃은 지려는 땐데	庭梅欲謝時
가지 위의 까치 소릴 홀연 듣고선	忽聞枝上鵲
헛될망정 거울 보며 눈썹 그려요!	虛畫鏡中眉

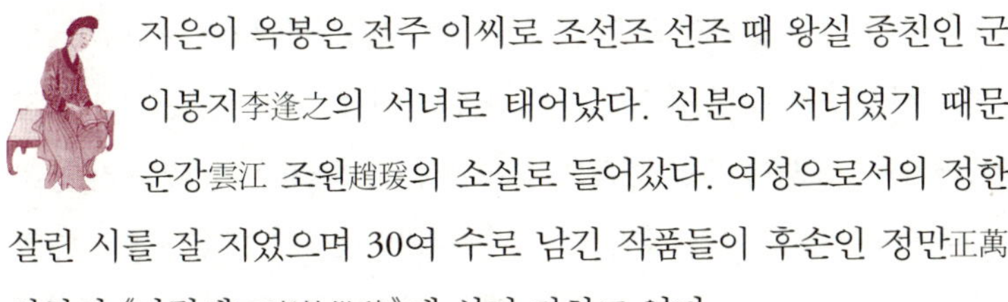

지은이 옥봉은 전주 이씨로 조선조 선조 때 왕실 종친인 군수 이봉지李逢之의 서녀로 태어났다. 신분이 서녀였기 때문에 운강雲江 조원趙瑗의 소실로 들어갔다. 여성으로서의 정한을 살린 시를 잘 지었으며 30여 수로 남긴 작품들이 후손인 정만正萬에 의하여 《가림세고嘉林世稿》에 실려 전하고 있다.

이 옥봉玉峰이라는 호로 봐서 지은이는 비록 서녀로서 정실부인이 아닌 소실의 위치에 있던 여인이기는 하지만, 역시 당시 왕실의 근족이라는 나름대로의 혈통적 자부심도 있었고 천부적인 재능을 갖추어 스스로의 인격을 귀한 옥玉에 비겼을 가능성이 있다.

객지에 계신 서방님이 정녕 편지를 보내서 "매화꽃이 필 때쯤엔 집으로 돌아가요"라고 했던 모양인데, 뜨락 앞의 매화가 다 피고 나서 이제는 지려고 하는 때인 데에도 오시지 않더니, 홀연 매화나무 가지 위에 까치가 날아와서 짖어 대니, 혹시 서방님이 오시려는 기쁜 소식인가 싶어서 거울 속을 보며 헛된 짓이 될지도 모르지만 눈썹을 그려 본다고 하였다. 까치 소리를 기왕 믿고 싶었으면 그냥 기대만 하며 그릴 일이지 왜 "헛될망정"이라고 하며 하고 싶지 않은 절망의 우려를 하고 있는 것일까. 이는 정녕 과거에 똑같은 약속에 똑같은 위약으로 실망을 한 적이 있었음을 암시하는 것으로, 이 '허虛(헛될망정)'란 한 글자는 또 속임을 당할지언정 그것을 의도적으로 부정하고 서방님을 끝까지 믿으면서 자신을 안타깝게 달래 보려는 맵고 처절한 자세를 보이는 것으로서, 이 작품의 시상이 함축하고 있는 참 깊이를 읽어 내는 데에 있어서 키가 되는 글자라고 할 수 있으며, 지은이 옥봉의 서방님을 향한 깊은 사랑과 애틋한 몸짓을 서언하게 그려 볼 수 있는 눈짓을 하고 있는 글자다. 그래서 옛날 중국의 화가 장승요張僧繇가 용을 그려 놓고 마지막에 눈동자를 그려 넣자 용이 살아나서 날아가 버렸다는 이른바 그 눈동자와 같이, 아주 시 작품 전체 시상의 생명을 좌우하는 '시의 눈알(詩眼)'이 되는 글자라 할 수 있다.

뿐만 아니라 이 작품은 외롭다는 말 한마디, 보고 싶다는 말 한마디 하지 않으면서 외롭다, 보고 싶다는 마음을 가장 잘 암시하고 있는 아주 잘 지어진 시다.

서방님 운강께 드리다 贈雲江

이옥봉 李玉峰

근래까지 모른 안부 묻사오니 어떠세요?	近來安否問如何
망사창에 달 비치면 첩의 한은 한량없어	月到紗窓妾恨多
만약 꿈속 영혼 발길 자췰 남게 한다면은	若使夢魂行有跡
서방님의 문 앞 돌길 문득 모래 됐으리다!	門前石路便成沙

달빛만 비춘 창 앞 정한의 넋두리
—꿈속 발길 남긴다면 서방님의 문 앞 돌길 모두 모래 됐으리다!

이 작품은 다른 사람에 의해 시조로도 개작된 시다. 그리고 그의 시집인 《옥봉집玉峰集》에는 제목이 '자술自述'로 되어 있으며 결구의 "편便" 자도 "이已" 자로 되어 있다. 그러나 작품 내용의 전체적인 성격으로 봐서 이 제목과 이 글자가 더 좋은 것으로 판단하여 《대동시선大東詩選》에 실린 대로 따르기로 하였다.

　무엇보다 먼저 객지에 가 계신 서방님의 요즈음 안부가 너무 궁금해 어떠하시냐고 묻고 있다. 서방님이 보고 싶은 애타는 심정을 처음부터 사설처럼 풀어 놓고 싶을 수 있건만, 우선은 자신의 감정을 곱접고 서방님의 안부를 가장 먼저 물으며 깍듯한 여인의 맵시를 보이고 있다.

그러나 승구에서는 망사창으로 비춰 드는 달빛을 보노라면 저 달을 보
고 계실 서방님이 불현듯 너무 그리워져 이 첩은 끝도 없는 정한을 못
견뎌 하게 된다고 하였다. 그래서 매일 밤마다 서방님이 계신 곳을 찾
는 꿈을 무수히 꾸며 보냈기로, 만약 이 첩이 매일 밤 꾼 꿈의 발길이
실제로 발자취가 있다면, 이 무수한 발길로 인해서 서방님이 계신 그
집 앞의 돌길이 닳고 닳아서 모래가 됐을 거라는 넋두리 같은 끝맺음
을 아주 잘하고 있다.

원통하다고 호소하는 사람을 위해서 爲人訟寃

이옥봉 李玉峰

세수할 젠 물동이로 거울을 삼고	洗面盆爲鏡
머리 빗곤 물로 기름 삼아 바를 뿐	梳頭水作油
첩의(저의) 몸이 베를 짜는 직녀 아닌데	妾身非織女
임이 어찌 소 끌고 간 견우겠어요?	郎豈是牽牛

재판도 파격으로 유도한 재치

─저의 몸이 직녀織女(베 짜는 여인)가 아닌데
  서방님이 어찌 견우牽牛(소를 끌고 가는 도둑)일 수가 있습니까?

이 작품에 대해서는 매우 재미있는 일화가 이수광李睟光의 《지봉유설芝峰類說》에 전하고 있다. 마을에 사는 어떤 여인이, 자기 남편이 소를 도둑질한 죄로 관가에 잡혀가 곧 재판을 받게 되어, 남편을 변호하는 소원장을 원님에게 제출해야 하는데 무식해서 글을 쓸 여지도 없거니와 무엇이라고 써야 할지 모른다며, 이 소원장을 대신 써 주십사 하며 옥봉에게 간청하였다. 이 간청을 받아들여서 소원장 대신 지어 준 것이 이 시였으며, 우선 이 시의 내용을 이야기로 풀어 읽어 보면, 작자 옥봉이 이 여인을 화자로 내세워 "저는 집안이 가난하여 세수할 때에

볼 수 있는 거울도 없어 물동이를 거울로 대신 쓰고 있으며, 머리를 빗
질하여 다듬을 때에도 바를 기름이 없어 물을 그냥 기름 대신 바를 뿐
이고, 베틀에 올라가서 천으로 짜야 할 삼이나 무명, 고치실도 없어 천
으로 짜 낼 처지도 못 되고 그래서 천을 짜는 여인(직녀)도 아닌데, 저
의 남편이 어떻게 소를 끌고 가는(소를 도둑질해서 끌고 가는) 사람(견
우)이 되겠습니까?"라고 읊은 것으로, 아내인 자신이 '직녀'가 아니니
남편(임)은 당연히 '견우'가 아니라는 호소이며 항변일 수도 있는 내
용이다. 이 시는 바로 견우牽牛(소를 끌고 가다)와 직녀織女(베 짜는 여
인)의 한자 뜻풀이를 재치 있게 원용하여 좀은, 해학적으로 지은 시다.
　그래서 이 시를 본 원님은 그 여인의 남편이 소도둑인 것을 인정하
면서도 이 여인의 남편을 위한 간절한 정성도 가상하지만 무엇보다 새
롭고 놀라운 기지와 해학이 돋보이는 이 시에 감동하여 바로 석방하였
다고 전한다.

주제를 잃어버리고 失題

이씨 李氏

구름 걷혀 하늘빛은 물같이 맑고   雲斂天如水

누각 높아 바라보니 날 것 같은데   樓高望似飛

끝도 없이 내리던 긴긴 밤비에   無端長夜雨

고와진 풀 10년 해 온 그리움일세!   芳草十年思

지은이 이씨는 연안 이씨 이정현李廷顯의 딸로 부사인 신순일
申純一의 부인이었으며, 시와 글을 잘 지었고 글씨도 잘 썼다.
문집도 한 권을 남겼다고 하였으나 생몰 연대와 이름은 알려
져 있지 않다.

봄비로 푸르러진 고운 풀에 더쳐 온 10년의 그리움

구름이 말끔히 걷혀 하늘은 물처럼 맑고 지붕 처마가 날아갈 듯 높은
누각을 바라보고 서 있는 작자는 간밤 내내 비가 내리고 나서 푸르름
이 짙어진 새봄의 고운 풀빛을 보면서 불현듯 가슴에 느껴 온 '저 풀은
해마다 저렇게 다시 새로 돋아 푸르러지건만 왜 그분은 한번 떠난 뒤
다시 돌아오시지 않는가' 하는 감정은 이내 슬픈 그리움이 된 것이다.

여인에게 있어서 이별의 기간은 실제로는 10년이 아니고 1년일지라도, 그 그리움의 기간은 물리적 시간이 아닌 감정적 시간으로 길게 의식되는 것이라 여기서처럼 10년으로 읊어지는 것이다. 또한 이 작품에 담긴 감정적 상황의 실제 주인공이 작자 자신이 아닌 타인일지라도, 당시 여성들이 남성들의 애정 행각에 시종 수동적 상태로 살아야 했던 공동 운명 때문에, 이 작품의 주인공 역시 그런 운명 공동체의 일원으로 봐야 한다는 말이며, 따라서 이 작품은 당시 여성들의 공동 운명과 공동 정서를 대변하는 것으로 봐야 하는 것이다. 그래서 작품의 제목에서도 제재를 꼭 집어 제시하지 않고 '주제를 잃어버리고'라고 하였다.

그러나 당시 남성 중심의 권위적 문화와 여성의 인종忍從이 절대적으로 미화되던 상황에서 남편과 헤어져 있었을 작자가 자연스럽게 그런 가치를 삶으로 체화했을 거라고 추정해 보노라면, 이 작품에는 정한의 자아를 조용히 다잡은 작자의 맵시가 연상되면서도 동시에 애상적 가락을 띠고 읊어졌을 것이 분명하다.

안방 여인의 원망 閨怨

홍당성 소실洪唐城 小室

아이가 와 멀리 돛배 온다 알려서	童報遠帆來
바삐 누각 올라서서 바라봤더니	忙登樓上望
조수물만 바로 문 앞 지나가 버려	潮水直過門
돌아서서 부질없이 서글퍼해요!	背立空悄悵

지은이는 어느 시대 누구인지 알 수 없지만 《대동시선大東詩選》에 실린 순서에 따라 다루었을 뿐이다. 그런데 홍당성 소실洪唐城 小室이라고 적어 놓은 것을 살펴보면 아마도 당성唐城(당시 경기도 남양南陽의 옛 이름)의 원님으로 있었던 '홍洪 아무개'라는 사람의 소실이었던 여인으로 추정된다.

혹시라도 오시나 싶어 기다리다 허망하게 지친 채 선 여인

너무도 간절하게 기다리던 중이라, 아이가 미처 정확하게 확인도 하지 못한 채 저기 멀리서 돛배가 온다고 알려 오자, 한걸음에 달려가 큰 물가 이 층 다락 위로 올라가서 돛배가 오고 있을 먼 곳을 바라보고 있었건만, 이내 돛배는 안 오고 조수물만 밀려와서 누각 문 앞을 지나쳐 가

버리니, 너무도 허망하여 그만 돌아선 채 이젠 아무것도 할 수 없어 그냥 한없이 서글퍼하고 있을 뿐이라는 슬픈 넋두리로 끝맺고 있는 시다.

옥산께 드리다 呈玉山

수향각 원씨 繡香閣 元氏

가을 맑아 못가 집서 맘만으로 서성대다	秋淸池閣意徘徊
밤 돼 난간 기대앉자 달만 홀로 떠오르는데	向夜憑欄月獨來
수면 가득 심어 있는 3백 포기 연꽃들은	滿水芙蓉三百本
임 전송 후 이제부턴 누굴 위해 핀답니까?	送君從此爲誰開

 지은이 수향각은 어느 때 인물인지 알 수 없어 역시 《대동시선大東詩選》의 순서에 따랐다. 이 작품의 제목에 나오는 '옥산玉山'은 누구인지 모르나 작품 내용으로 봐서 아마도 작자의 부군이거나 연인일 가능성이 높다. 그런데 수향각繡香閣(수로 꾸미고 향기가 있는 집)이라는 호로 봐서 지은이는 매우 섬세한 감각에다 은근한 풍류 의식을 소유한 인물이 아니었을까 추정해 볼 수는 있다.

당신이 안계신데, 저 못가득 3백 포기 연꽃들은 누굴 위해 핀답니까?

이 작품도 사랑하는 이와 이별한 한 여성의 정한을 읊은 시다. 그런데 다른 많은 여성의 같은 성향의 시와 특이한 점을 보이는 시다. 이미 앞

의 다른 여성들의 작품들에서 본 바와 같이 이별 후에 대하는 계절의
변화나 자연물들의 순환 현상들을 대개 그냥 대비적 감정 환기의 대상
으로 수용하여 읊고 있는 데에 반해, 이 작품에서는 연못에 피고 있는
연꽃을 기쁨과 즐거움을 주는 아름다운 보람으로 설정하면서도 이 연
꽃이 사랑하는 이와 함께 보는 경우에만 기쁨과 즐거움을 준다고 결정
함으로써, 사랑하는 이를 일체 보람의 가치와 생명을 결정하는 주체로
삼아 절대적 존재시하고 있다는 점이다. 사랑하는 사람을 빼놓고는 세
상의 그 무엇도 의미가 없다는 거의 생명을 건 절대적 사랑의 선언 같
은 시다.

꿈속에서 광상산에 노닐면서 夢遊廣桑山

난설헌 허씨 蘭雪軒 許氏

푸른 바다 옥 바다에 덤비어 들고	碧海侵瑤海
파란 난새 채색 난샐 기대 있는데	靑鸞倚彩鸞
펴난 연꽃 스물하고 일곱 송이가	芙蓉三九朵
찬 서릿밭 달빛 속에 붉게 지누나!	紅墮月霜寒

지은이 난설헌은 양천 허씨로 이름은 초희楚姬, 자는 경번景樊, 난설헌은 호다. 조선조 명종 때 초당草堂 엽曄의 딸로 태어나 두 오빠 성筬과 봉篈 그리고 동생 균筠과 함께 명문 문인 집안을 이루었다. 여덟 살에 〈배옥루상량문白玉樓上樑文〉을 지었다고 알려졌으며, 안동 김씨 성립誠立에게 출가하였으나 남편의 외도와 시어머니의 학대로 고통의 삶을 살아야 했고 사랑하던 자식 남매를 잃었을 뿐만 아니라 복중의 아이까지 잃는 비운을 겪었으며, 친정의 동생 균마저 옥사에 연루되어 귀양을 가면서 불행은 겹쳐 그녀를 괴롭혔다. 심지어는 여러 가지로 그녀의 성에 차지 않은 남편이 싫어 "이 인간 세상에서 제발 김성립과 작별하고, 저 지하에서 영원히 두목지를 따라갔으면(人間願別金誠立 地下長從杜牧之)"이라는 시를 지었다고도 하였

다. 그녀는 이런 고생을 청산이나 하려는 듯이 드디어 아직 너무도 아까운 27세의 나이로 생을 마침으로써 공교롭게도 이 작품의 "스물하고 일곱 송이가 찬 서릿발 속에 붉게 진다"는 내용과 연관되어 자기 죽음을 자기가 무의식적으로 암시하고 있다는 이야깃거리를 남기기도 하였다.

그녀는 이렇게 현실에서의 삶이 너무 고통스러워 탈현실의 천상 세계와 신선의 삶을 동경하면서 그런 세계를 허구화한 많은 작품을 남겼다. 그녀의 시는 명나라의 사신인 주지번朱之蕃의 찬사를 받아 중국으로 전파되고 그 시집으로 《난설헌시집蘭雪軒詩集》이 발간되기도 하면서 조선조의 대표적 여류시인이 되었다. 그러나 칠언절구 작품인 〈야좌夜坐〉의 전·결구가 당나라 시인 장호張祜의 〈증나인贈內人〉의 그것들을 그대로 표절함으로써 당대는 물론 후인들로부터 작품 대부분이 당나라 시들을 표절한 것이라는 혹평을 듣기도 하였다. 그러나 지나칠 만큼 화려한 상상적 허구나 섬려한 수사는 남성들의 웬만한 수완을 능가하는 놀라운 경지를 보이고 있다.

지은이의 호인 난설헌蘭雪軒(난초와 눈이 있는 마루)은 그녀의 불행한 일생에서 스스로는 고고하게 자처하면서도 사뭇 외롭던 자신의 실체와 그래서 끝없이 결백함만으로 냉철하게 자아를 버텨 가려던 가냘픈 의지를 복합적으로 의미화하려 한 것으로 보인다.

유현 신비한 환몽 세계와 자아 운명의 무의식적 암시

이 작품의 서문에서, 꿈을 꾸면서 신선들의 세계인 광상산廣桑山(도교에서 이 산은 동해에 있으며 공자가 도를 깨치고 이곳의 참 임금이 되어 다스렸다고 말하는 곳)을 바다 위로 찾아가서 선녀들도, 난새와 학도 만나 노닐었다고 하였으니, 이 작품에서 읊어진 것들은 모두 실재하는 세계가 아니라는 말이다. 더구나 작품 속의 광상산 자체가 도교적 상상 공간인 데에다 옥 바다(瑤海)도 난새도 모두 도교적 상상물들이니 꿈속에서 본 것들이 아니라고 해도 꿈같은 이야기일 수밖에 없는 것이다.

기구에 "푸른 바다가 옥 바다에 덤비어 든다"는 상황이나 승구에 "파란 난새가 채색 난새에 기대 있다"는 상황은 모두 현실 세계에는 있을 수 없고 신비롭고 영험한 세계에나 있을 법한 형상들로서, 우리들도 우연하게 혹은 생뚱맞게 꾼 불가사의한 꿈속에서 경험할 수 있었던 것들이다. 어쨌거나 기구와 승구의 이 신비, 영험한 공간 상황들은 지은이가 현실적 불만의 보상적 대안으로 상상하는 환몽적 세계의 잠재의식적 반영이라고 할 수 있다.

그리고 전구의 붉은 연꽃 송이는 기구의 푸른 바다에 있을 수는 없고, 또한 늦어도 음력 구월 중순까지만 피어 있을 이 연꽃이 결구의 서릿발 달빛 속에 질 수는 없으니, 이 작품의 기·승·전·결구가 펼친 상황들은 분명 실재 세계의 물리적 시공간일 수가 없는 꿈속의 것들일 수밖에 없다. 바꾸어 말하면 이 작품의 각 구가 펼친 상황들은 실제의 물리적 논리로 상호 가능한 유기성을 갖는 것이 아니라 그냥 하나하나의 장면들로 꿈속이라는 한 무의식적 공간에 무작위로 나타난 것들일 뿐이다.

그런데 현실적 공존의 불가능 여부와는 상관없이, 꿈속에서 붉은 연꽃 스물일곱 송이가 서릿발이 몹시 찬 밤 달빛 속에 지고 있다는 상황은 매우 신비로우면서도 무엇인지 불길한 조짐을 암시하는 듯한 인상을 지울 수 없다. 그러나 이 작품이 분명 작자에 의하여 읊어진 것이라면 작자 자신의 내면 잠재의식과 상관되는 것으로 이해될 수 있으며, 따라서 꿈속처럼 가장 순수 무위의 의식 상태에서 지어진 이 시는 작자의 무자각적 자기 암시로 볼 수 있는 것이다. 그래서 종래의 선인들이 가장 순진한 유년기의 무작위로 지어진 시나 꿈속에서 지어진 시들은 무자각적으로 자기 운명을 예감하고 예시한다는 이른바 '시참설詩讖說'을 믿어 왔거니와, 꿈속에서 지었다는 이 작품에 있어서도 비록 무자각적이지만 붉은 연꽃은 작자의 꽃다운 자아로, 스물일곱 송이는 작자 자아의 수명 연한으로, 지는 것은 작자 자아의 죽음으로 상징화하여 자기 암시되고 있는 것으로 볼 만하다. 실제로 작자는 스물일곱의 짧은 수명으로 안타깝게 일생을 마침으로써 이 작품은 결과적으로 작자 자신의 운명을 예시한 영험한 시가 되었다. 동생 허균도 이 작품 뒤에 이 스물일곱 송이가 작자의 수명 연한을 징험한 것이라고 하였다.

강가 집에서 독서하시는 서방님께 부치다 寄夫讀書江舍

난설헌 허씨 蘭雪軒 許氏

제빈 기운 처마 들춰 쌍쌍이들 날고 있고	燕掠斜簷兩兩飛
지는 꽃들 펄펄 날려 비단 옷깃 스치는데	落花撩亂撲羅衣
깊은 안방 눈 빠지게 봄 아까워 애타건만	洞房極目傷春意
풀 푸르를 강남에서 임은 돌아 안 오셔요.	草綠江南人未歸

짝을 지어 나는 제비를 보며 서방님을 그리는 애타는 마음

이 작품은 음탕한 마음을 읊은 것이라고 하여 혹평을 받기도 하였다. 그래서인지 그의 문집 《난설헌시집蘭雪軒詩集》에 실려 있지 않고 이수광의 《지봉유설芝峰類設》에만 이야기와 함께 전해지고 있다. 그리고 전구의 "춘의春意"는 "심처心處"로 기록되어 있는 것도 있다.

  기울어진 처마 밑을 들추어 대듯이 짝을 지어 쌍쌍이 날고 있는 제비들을 보면서 대비적으로 고독한 자아를 절감하고, 펄펄 지는 꽃잎들에서는 다 저무는 봄날과 함께 시들어 가는 자아의 신세를 공감하면서, 텅 빈 안방에서 눈이 빠지도록 서방님을 기다리건만, 봄이 새로 돌아와 풀도 다시 푸르러지는 강남에서 서방님도 다시 내가 있는 집으로 돌아가야 한다는 것쯤은 아실 만도 한데 서방님은 종내 안 돌아오신다는 원망 섞인 하소연이다.

물론 이 작품에서도 "상춘의傷春意(봄 아까워 애탄다)"라는 시어는, 엄격한 남녀 간 윤리가 절대적으로 강조되던 당시에는 다분히 음탕하다는 지탄을 받았음 직하다. 그러나 시 자체는 오히려 진솔 절실한 여심을 숨김없이 잘 표출하고 있을 뿐만 아니라, 절정을 넘는 봄 풍경 앞에 처연한 심경과 애수 띤 모습으로 안방에 홀로 앉아 있을 한 여인의 영상이 손에 잡힐 듯하다.

죽은 자식들을 향해 통곡하며 哭子

난설헌 허씨 蘭雪軒 許氏

작년에는 사랑하는 딸을 잃었고 去年喪愛女

금년에는 사랑하는 아들 잃고서, 今年喪愛子

슬프구나! 광주 땅 언덕 위에다 哀哀廣陵上

한 쌍 무덤 서로 마주 만들었더니, 雙墳相對起

으슬으슬 백양나무 바람만 불고 蕭蕭白楊風

귀신불만 솔·가래 숲 번쩍이는데, 鬼火明松楸

지전으로 너희들 넋 부르고 나서 紙錢招汝魄

맹물술을 너희 무덤 따라 붓노니, 玄酒奠汝丘

알겠구나 너희 남맨 영혼이나마 應知弟兄魂

밤마다 서로 좇아 노닐겠구나! 夜夜相追遊

비록 배 속 아이가 있긴 하다만 縱有腹中孩

어찌 꼭 장성할 걸 바랄 수 있나? 安可冀長成

황대사를 부질없이 읊어 보면서 浪吟黃臺詞

피눈물에 슬픔으로 목이 메인다. 血泣悲呑聲

자식을 잃은 어머니의 피눈물로 목이 메는 노래

이 시는 새삼스레 설명을 할 필요가 없이 매우 직설적으로 절박한 심경과 슬픔을 풀어 놓고 있다. 지은이는 이 시에서 보는 아들딸의 죽음뿐만 아니라 나중에 임신 중에 있던 아이까지 모두 잃는 뼈아픈 불행을 당했다. 그녀의 무덤이 지금의 경기도 광주 시댁의 종중산 한 비탈에 있으며 그 바로 앞에 이 남매의 작은 무덤이 지금도 남아 있다. 그런데 그녀의 무덤은 그 시댁 산소들과 같은 줄에 자리해 있지 않고 제쳐지듯 한쪽 옆으로 비껴 나 있다. 남편 김성립이 재취 부인과 합장되어 선대 산소 앞줄에 보란 듯이 묻혀 있는 것이나, 그녀의 무덤에는 비가 없지만 남편과 재취 부인 합장묘에는 비도 크게 세워져 있는 것을 보면, 그녀는 사후에까지 시댁에서 완전히 소외된 듯하다.

* 廣陵(광릉) 지금의 경기도 광주.

* 白楊(백양) 껍질이 하얀 나무로 흔히 무덤 앞에 심었다.

* 紙錢(지전) 종이로 돈 모양을 만들어서 제 지낼 때 바치던 것.

* 玄酒(현주) 깊은 땅속에서 퍼 올린 깨끗한 샘물로, 신 앞에 부어 놓고 혼을 불렀으며, 뒤에는 실제의 술로 대신하게 되었다.

* 黃臺詞(황대사) 중국 당나라의 장회태자章懷太子 이현李賢이 착한 큰아들을 독살시키고 자신을 태자로 봉하게 한 어머니 황후의 잘못을 직접 말로 간할 수 없어 〈황대과사黃臺瓜辭〉라는 글을 지어 악사들이 노래로 부르게 하여 간접으로 깨우치게 했으나 노여워한 황후는 태자를 다른 곳에 보내 죽게 하였다. 이 작품에서는 난설헌 자신의 아들이 이 장회태자와 같이 착한 채 죽었다는 생각으로 '黃臺瓜辭'를 '黃臺詞'로 착오하여 인용한 것이라고 하겠다.

감정들을 삭이고 파서遣興

난설헌 허씨蘭雪軒 許氏

오동나무 역산 남쪽 태어나 자라	梧桐生嶧陽
몇 해 동안 찬 그늘에 깔뵈더니만,	幾年傲寒陰
요행히도 희대의 장인을 만나	幸遇稀代工
깎여져서 잘 울리는 거문고 되어,	劚取爲鳴琴
거문고로 한 곡조를 타 보건마는	琴成彈一曲
온 세상에 알아주는 사람이 없어,	擧世無知音
그래서 해강이 탄 광릉산조도	所以廣陵散
옛날부터 그 소리가 사라졌구나!	從古聲埋沉

오동나무 거문고로 견주어 풀어 보는 자아의 맺힌 한

역산嶧山 남쪽에서 태어난 귀한 오동나무는 자라는 몇 해 동안 차가운 가을 기운을 못 견뎌(깔봄을 당해) 어느 나무보다 먼저 잎이 져 버리는 세월을 겪으며 살다가, 요행히도 희대의 거문고 명장을 만나 거문고로 만들어졌다는 것은, 작자 자신의 여성적 한계를 극복한 천부적 재능과 시적 숙련을 비유적으로 자부하는 표현으로 보인다. 이 거문고로 한 곡조를 타 보건만 온 세상에 이 한 곡조에 담은 뜻을 아는 사람이 없으

니 옛날 위나라의 혜강嵇康이 사형을 당하며 마지막으로 타 보고 죽었
다는 광릉산조廣陵散調처럼 사라져 없어지겠다는 것은, 자신의 시에
담긴 참뜻을 아는 사람이 없어 그것들이 그냥 없어져 버리겠다는 한탄
이며, 넓게는 자신이 이렇게 재능과 정감이 있는 여인인데도 무엇보다
남편으로부터 사랑을 못 받는다는 원망과 한을, 궁극적으로는 당시대
여성으로서의 절대적 한계에 대한 한애恨哀 등을 포괄적으로 담아 읊
은 것이라 하겠다.

가난한 집 처녀를 위한 노래. 세 수 貧女吟.三首

난설헌 허씨 蘭雪軒 許氏

1

어찌 바로 얼굴 맵시 못나서이랴?	豈是乏容色
바느질에 베 짜기도 아주 잘하나	工針復工織
가난한 집 태어나서 자라났기에	少小長寒門
잘한다는 중매쟁인 알지 못하네!	良媒不相識

2

밤 깊도록 베 짜기를 쉬지 못하고	夜久織未休
찬 베틀서 짤깍짤깍 소릴 내는데	軋軋鳴寒機
베틀에서 짜 내 한 필 마전한 천은	機中一匹練
마침내엔 누구 옷을 짓게 될 건고?	終作阿誰衣

3

맨손으로 쇠가위를 잡고 있자니	手把金剪刀
밤 추위로 열 손가락 곱아들건만	夜寒十指直
남 위해서 시집갈 옷 짓고 나서는	爲人作嫁衣
해마다 돌아와선 홀로 자누나!	年年還獨宿

첫째 수는 얼굴 맵시가 모자란 것도 아니고 제법 참한 데에다, 바느질
도 아주 잘하고 베 짜기도 아주 잘하건마는, 소녀 시절부터 가난한 집
에 태어나 자랐기 때문에, 중매를 잘한다는 중매쟁이와는 정황상 서로
알 수가 없었으니, 시집을 잘 가는 것은 아예 접어 놓고 어떻게 아쉽게
나마라도 갈 수가 없다는 것이다.

　둘째 수는 밤이 깊도록 베 짜기를 쉬지도 못한 채, 짤깍짤깍 베 짜는
소리를 사뭇 내며 짜고서는, 드디어 다 짜 낸 한 필의 천을 나중에 마
전해 놓더라도, 이 마전해 놓은 천을 가지고 마침내 누구의 옷을 짓게
될지 알 수 없다는 것으로, 사실은 베를 짠 처녀 자신의 옷을 짓지는
못하고 남의 옷만 짓게 되었다는 자기 한탄을 반문 형식으로 읊은 것
이다.

　셋째 수는 시집보낼 딸을 둔 부잣집이나 고관 댁에 혼수들을 지어야
할 바느질꾼으로 고용되어 가서, 겨울밤 추위에 금속 가위를 잡은 열
손가락이 모두 곱아드는데도, 자신은 시집도 못 간 채 해마다 이렇게
그 집 딸들의 시집갈 옷만 지어 주고 집으로 돌아와서 오히려 홀로 잔
다는 것이다. 이 기막힌 화자의 자기 처지 사설은 작자 허난설헌이 가
난한 집 처녀의 팔자타령을 대신해 주고 있는 것이다.

반달을 읊다 詠半月

황진黃眞

그 누구가 곤륜산의 옥을 쪼아서	誰斲崑山玉
직녀의 빗을 깎아 만들었던가?	裁成織女梳
견우하고 이별을 하고 난 뒤에	牽牛離別後
부질없어 푸른 하늘 던져 버렸네!	謾擲碧空虛

지은이 황진은 개성 출신의 조선조 중종 때 사람으로 본명은 '진眞', 또는 '진낭眞娘'이나 흔히 세상에서 '진이眞伊'로 불렸으며 기녀로서의 이름은 '명월明月'이었다. 황 진사進士의 서녀로 눈먼 어머니에게서 태어나 기녀였다고 알려져 있으나 정확하지는 않다. 15세 때 이웃 총각이 자신을 향한 상사병으로 죽자 기생이 되었다고 하나 역시 사실 여부는 알 수 없다. 어쨌거나 뛰어난 미모와 함께 문예의 재능이 남달랐던 것은 그녀에 대한 일화와 그녀가 남긴 한시 그리고 시조를 읽어 보면 확인된다. 그녀는 박연폭포朴淵瀑布, 화담花潭 서경덕徐敬德과 함께 송도삼절松都三絶로 불렸다고도 하며, 술과 안주 그리고 거문고를 안고 화담을 찾아가 당시唐詩를 배우며 밤에 함께 자면서 배가 아프다고 거짓 엄살을 하여 화담에게 아랫배까지 문지

르게 하였으나 화담이 종내 태연자약하여 부끄러워 돌아왔다고 하였
고, 수도의 경지가 높다고 알려진 지족선사知足禪師를 찾아가 유혹하
여 파계시켰다고 전하기도 한다. 뿐만 아니라 풍류 시객이었던 백호白
湖 임제林悌는 그녀의 무덤을 찾아가 "청초 우거진 골에 자느냐? 누웠
느냐? 홍안은 어디 두고 백골만 묻혔느냐? 잔 잡고 권할 이 없으니 그
를 설워하노라"라고 시조를 읊으며 서러워했다고 하여, 이 두 남녀가
만나지 못한 것은 우리 풍류 역사의 큰 한이라고도 하였다.

한시뿐만 아니라 〈청산리 벽계수야〉, 〈동짓달 기나긴 밤〉 등의 낭만
적인 시조도 남아 있어서 그녀의 풍류적 면모를 말해 주고 있다.

그런데 지은이의 진眞(참)이라는 이름은 분명 아주 좋은 이름일 수
있으나, 이 글자는 우리 여성사에서 많은 여성, 특히 서민층 여성들의
이름에 무수히 활용되어, 실제로 이 글자를 이름으로 지어 주는 부모
들 자신이 무슨 뜻인지도 모르고 그냥 좋은 뜻에 좋은 글자로 막연히
생각해서 써 온 것이 사실이다. 따라서 지은이의 경우도 그냥 '참'이라
는 일상어 정도의 의미로 의식하였을 것이며, 다만 명월明月(밝은 달)
이라는 이름은 아마도 기녀로서의 예명이었을 것이나 지은이는 나름
대로 자신의 재능과 함께 풍류의 의식을 담아 썼을 수 있다.

놀라운 눈썰미와 반짝이는 재치와 기발한 구상의 어울림

반달 모양을 놀라운 눈썰미로 곤륜산의 옥을 다듬어서 예쁘게 만들어
진 빗으로 유추하여 보고, 다시 그것을 반짝이는 재치로 직녀의 것으
로 연상하였으며, 드디어는 기발한 구상으로 견우와의 이별이라는 상
황과 그로 인한 빗의 투척이라는 결말로 구성하여 마무리하였다. 따
라서 이 작품은 작자의 남다른 시적 재능을 잘 보여 주는 실례라 할 수
있다.

그리고 여담으로 이야기해 볼 수 있는 한 가지는 지금 우리들이 많이 알고 있는 동요 〈낮에 나온 반달〉은 혹시 이 작품을 흉내 내서 지은 것이 아닐까 하는 점이다.

만월대에서 옛날을 그리워하며 滿月臺 懷古

황진 黃眞

옛 절만이 쓸쓸하게 궁 도랑 옆 자리한 채   古寺蕭然傍御溝
석양 속에 우뚝 고목 사람 시름겹게 하며,   夕陽喬木使人愁
풍경 몇 명 남은 중들 꿈속인 양 쓸쓸하고   煙霞冷落殘僧夢
세월 깨진 탑머리에 까마득히 묻혔는데,   歲月崢嶸破塔頭
봉황새 깃 접고 간 뒤 참새들만 날고 있고   凰鳳羽歸飛鳥雀
진달래꽃 지고 난 뒤 염소 떼만 방목되니,   杜鵑花落牧羊牛
신비 송악 번화함만 기억할 수 있던 그때   神崧憶得繁華日
어찌 지금 봄이 가을 같을 줄을 뜻했겠나?   豈意如今春似秋

**황폐한 옛 궁터, 덧없는 세월, 간데없는 역사 인물,
아 애달파라, 옛날이여!**

옛 고려 개성 궁터 만월대 도랑 옆에는 낡은 옛 절 하나만 남아 있는 채, 석양 속에 외로이 우뚝 선 고목만이 보는 사람들로 하여금 시름을 일으키게 한다. 옛날 이곳에 아름다웠을 풍경들은 이제는 몇만 남은 스님들의 꿈속에서도 쓸쓸하고, 고려 왕조 5백 년 세월은 깨진 탑머리 위에 까마득히 묻혀 있다. 이 왕궁 안을 거닐었을 고려 왕족과 고관들

의 운명은 덧없이 사라지고 이 빈터에는 지금 들새, 참새들만 날고 있
으며, 옛날부터 아름답게 피었을 진달래꽃들이 져 버린 정원 터에는
지금은 염소와 소 떼만 방목되고 있다. 신령스러운 송악산 아래 번화
했을 그 당시를 생각해 보면, 그 누가 지금 와서는 이 화려하고 흥겨워
야 할 봄날이 가을처럼 쓸쓸하게 될 것이라고 생각이나 해 봤겠느냐며
애달프게 탄식을 하는 시다.

서궁에 갇히듯 살면서 스스로를 비웃으며 在西宮自嘲

인목왕후 김씨仁穆王后 金氏

늙은 소는 힘 빠진지 벌써 여러 해가 되어	老牛用力已多年
목 터지고 가죽 뚫려 다만 잠만 잘 뿐인데	領破皮穿只愛眠
농사일도 쉬고 있고 봄비 많이 내리건만	犁耙亦休春雨足
주인께선 뭣 때문에 또 채찍을 더 칩니까?	主人何故又加鞭

지은이 인목왕후는 연안 김씨로 연흥부원군延興府院君 김제남金悌男의 딸로 조선조 선조대왕의 계비가 되어 영창대군永昌大君을 낳았다.

그러나 곧이어 선조가 굿기고 왕위에 오른 광해군光海君은 자신이 왕후의 소생이 아니고 후궁의 소생이라 지위에 대한 열등의식과 왕통의 취약성을 느껴 영창대군을 서민으로 격하시킨 뒤 이내 살해하고, 영창대군의 어머니인 이 인목왕후도 폐위시켜 서궁西宮에 유폐시켰으며, 영창대군의 외조인 김제남도 살해하였다. 광해군의 이 패륜적인 악행은 결국 인조반정仁祖反政을 불러왔고, 왕후의 지위는 다시 회복되었다.

이 작품은 바로 아들이 피살되고 친정아버지도 살해당한 뒤 친정어머니까지 제주도로 귀양을 간 채, 홀로 서궁에 유폐되었을 적에 그 절박한 처지와 심경의 자신을 읊어 낸 시임이 분명하다.

자신을 추스를 힘도 없는 채
까닭 없이 얽매여 있는 신세의 절박한 한탄
시의 함축 내용을 풀어 읽어 보면, 힘 빠진 지 벌써 여러 해가 되어 있는 늙은 소는, 남편인 선조대왕이 궂겨 아무 데에도 의지할 여지가 없는 채 여러 해가 되어 있는 왕비 자신을 비유한 것이고, 목 터지고 가죽 뚫려 다만 잠만 잘 뿐인 소의 처량한 생활 상황은, 친정아버지도 살해당하고 아들인 영창대군도 피살된 채 홀로 생명을 겨우 유지하고 있는 왕비 자신의 참상을 비유한 것이다. 농사일도 할 필요 없어 쉬고 있는 한가로운 시기인 데에다 봄비도 흡족하게 내리고 있는 상황과 같이, 광해군이 왕으로 군림하고 있는 현재 왕실 상황에 무슨 일이 생길 염려도 없고 광해군이 군주 생활을 하는 데에도 걱정할 것이 아무것도 없을 텐데, 실제 나라의 주인 노릇을 하며 잘 지내고 있는 광해군은 내 아들 영창대군(광해군에게는 아우)을 죽였고 내 아버지도 죽였으면 그만이지, 대체 또 무슨 이유로 말에 채찍을 또 치듯이 나를 서궁에 가두고 감금하느냐, 하는 항변이면서 한편으로는 애원이다.

술 취한 손님에게 주다 贈醉客

매창梅窓

취한 손님 비단 적삼 잡아당기니　　　　　　　　醉客挽羅衫
비단 적삼 손길 따라 찢어지네만　　　　　　　　羅衫隨手裂
비단 적삼 찢어질 건 안 아깝지만　　　　　　　　不惜羅衫裂
다만 은혜 정 끊길까 두렵습니다.　　　　　　　　但恐恩情絶

지은이 매창은 조선조 선조 때에서 광해 때까지 산 부안扶安의 기녀 출신 여류시인이다. 계유년에 부안의 아전인 이양종李陽從의 딸로 태어나 계생癸生 또는 계생桂生이라고도 불렸고 또 계랑桂娘이라고도 불렸으며 본명은 향금香今, 자는 천향天香, 호는 매창이었다. 어릴 적부터 영리하여 시와 거문고에 뛰어나 이름이 알려지면서 당시의 명사인 허균許筠, 이귀李貴, 유희경劉希慶 등과 교류하며 시를 남겼고, 유희경도 그녀에게 주는 여러 수의 시를 남겼을 뿐 아니라, 허균도 《성소부부고惺所覆瓿稿》에 그녀와의 이야기를 전하고 있으며, 그녀의 시집 《매창집梅窓集》에 58수의 시를 남겼을 뿐만 아니라 〈이화우梨花雨 흩날릴 제〉 등의 시조도 남겼다. 그래서 당시 개성의 황진이와 함께 쌍벽을 이루었으며, 부안에 있는 그녀의 무덤에는 효종 때 부풍시사扶風詩社에서 비까지 세워 주었다.

　그녀의 호인 매창梅窓(매화꽃 핀 창)은 그녀 자신의 정갈했던 일상의
생활과 곧고 깔끔했을 지조를 스스로 이 호에 담아 표방했을 것으로
추정된다.

적삼 잡은 서방님! 적삼보다 정 끊길까 두렵습니다

시 내용은 새삼스레 설명할 필요도 없이 알 수 있는 것과 같이, 취한
손님의 짓궂은 행태와 옷 찢기는 건 문제 않고 은혜와 정이 끊길까 두
렵다고 하였으나, 이 작품에서 작자는 참사랑을 갈망하는 여인으로서
술 취한 손님에게 흔한 성애의 행태가 아닌 진실 유원한 은혜와 정을
받고 싶다는 간절한 호소를 하고 있는 것이다.

가을날의 생각 秋思

매창 梅窓

비 뒤 바람 서늘하여 대자리엔 가을 왔고
한 바퀴 양 둥그런 달 다락머리 걸렸는데
깊은 안방 밤새도록 귀뚜라미 찬 소리는
창자 속의 무한 시름 다 들추어내는구나!

雨後凉風玉簟秋
一輪明月掛樓頭
洞房終夜寒蛩響
擣盡中腸萬斛愁

달 밝은 가을밤 귀뚜라미 소리는 무한한 시름을 다 들추어내고

비가 내린 끝에 서늘한 바람이 불며 다락방 안 대자리에는 가을 기운이 완연해졌고, 저 다락 처마 끝머리에는 둥그런 한 바퀴의 밝은 가을 달이 떠서 걸려 있는데, 자려고 누워 있는 이 다락방 안에는 한밤 내내 차갑게 들리는 귀뚜라미들의 소리가, 깊은 창자 속에 쌓여 있던 무한한 시름을 다 들추어낸다는 말이다.

이 작품은 가을이라는 계절 그것도 밤이라는 시간의 설정, 차가운 대자리의 다락방이라는 공간의 설정이 고독감을 조장하는 요건으로, 밝은 달빛과 귀뚜라미의 소리를 정감의 촉매제로 하여 효과적으로 구성한 좋은 시다.

학을 읊다 詠鶴

정씨 鄭氏

신선 같은 한 쌍 학이 맑은 이 밤 청껏 우니
선계에서 그 누구가 옥통소를 부나 본데
신선 세 섬 열 곳 물가 귀환 생각 끝없는 채
하늘 함빡 이슬 속에 차가운 털 빗겠구나!

一雙仙鶴叫淸宵
疑是丹邱弄玉簫
三島十洲歸思濶
滿天風露刷寒衣

지은이 정씨는 조선조 광해군 때 정점鄭點의 딸로서 목사牧
使인 연안 김씨 래僾의 부인이었으며 연흥부원군 제남悌男의
며느리였다.

학의 울음을 들으며 연상하는 고결한 인격과
아득한 신선의 세계

맑은 기운 속의 이 밤, 한껏 청아한 목청으로 우는 신선 같은 학 한 쌍
의 소리를 듣노라니, 저 먼 신선 세상에서 그 어떤 신선이 옥통소를 불
어 이 학들을 부르는구나 싶은데, 이 한 쌍의 학들은 신선들이 노닌다
는 바닷속의 세 섬과 열 곳 물가로 돌아가고 싶은 생각에 빠진 채, 하
늘 가득 내리는 이슬 속에 차가운 저희 털들을 제 스스로 빗으며 서 있

겠구나 하고 추정해 보는 것이다. 이 학은 물론 지은이가 마음으로 그려 보는 고결한 인격체로 의인화한 것이다.

   *三島十洲(삼도십주)　중국의 신선으로 알려진 동방삭東方朔이 지은《십주삼도기十洲三島記》에서 말한 신선들이 산다는 바닷속의 세계.

백마강에서 옛날을 그리워하며 白馬江 懷古

취선 翠仙

해 질 무렵 고란사 앞 배 대어 놓고	晩泊皋蘭寺
서풍 맞아 홀로 다락 기대섰자니	西風獨倚樓
용 죽은 채 만고 내내 강만 흐르고	龍亡江萬古
꽃 진 뒤에 달만 천 년 비춰 왔구나!	花落月千秋

 지은이 취선은 성명도 밝혀진 것이 없을 뿐만 아니라 그 생몰 연대도 알 수 없으며 어디에서 어떤 신분으로 살았는지도 알 수 없다. 그러나 이렇게 시를 지을 만큼 문예적 재능을 익힌 것과 호를 설죽雪竹이라 하였다고 한 점, 그리고 또 한 수의 시 〈춘사 春思(봄날의 그리움)〉 등을 보면, 아마도 양반집의 부인이거나 일반 여염집의 여인은 아니고 당시에 한시漢詩를 교유의 수단으로 한 사람들, 예컨대 양반이나 관료들과 접촉할 수 있는 기녀의 신분이 아니었을까 하는 추정만 가능할 뿐이다.

　지은이의 취선翠仙(취미산의 신선)이라는 이름은 아마도 지은이 자신이 자작한 것인지 혹은 타인으로부터 받은 것인지는 모르나, 어쨌건 자신의 탈세속적인 소망과 취향을 담아 썼을 것은 분명하다.

삼천 궁녀 흔적 없이 강물만 흐르고 달만 떠 있을 뿐

백제의 국운을 보호한다는 금강의 용이 일으킨 바람에 당나라 장군 소정방蘇定方이 병선을 파괴당하고서 백마白馬를 미끼로 하여 이 용을 낚았다는 것과 나라가 멸망하게 되자 삼천 궁녀가 낙화암에서 모두 투신자살했다고 전하는 백제의 덧없는 역사를 되돌아보며, 백제의 왕조, 곧 인간의 역사는 덧없이 무상하게 사라졌지만 강물과 달, 곧 저 자연들은 유상하여 변함없이 옛날대로 흐르며 비추고 있으니, 아 한 번 가면 다시 오지 않는 인간사와 인간 역사의 허망함이여! 참으로 구슬프다는 것이다.

이 작품은 시 잘 짓는 어느 선비의 시에 비겨도 결코 뒤지지 않는 수작이다. 특히 전구에서 백제의 국운을 돕는다는 용은 백마 미끼에 낚여 없어졌건만 강물은 이런 백제 역사의 아픔을 아는지 모르는지 수만 년 전부터 지금까지 변함없이 흐르고 있을 뿐이니 끝없이 한스러울 뿐이라 했고, 결구에서 역시 그 아름답던 삼천 궁녀들은 모두 낙화암에서 꽃처럼 떨어져 죽어 갔건만 저 하늘 위의 달은 이런 비극을 아는지 모르는지 그 당시부터 지금까지 천여 년을 변함없이 지고 뜨며 비춰 주고 있을 뿐이니 이 또한 끝없이 한스러울 뿐이라 하여, 원망과 한탄과 비통을 함축하여 열 글자 두 줄에 담아 유상과 무상의 대비적 수사로 읊어 낸 것은 아주 놀라운 수법이라 할 수 있다.

그리워 그리워 相思

김씨 金氏

입때까지 모른 소식 어떠신지 묻거니와
하룻밤 내 그리움에 귀밑털이 세려 하여
홀로 난간 기댄 채로 끝내 잠을 못 드는데
주렴 밖의 성긴 대숲 빗소리만 요란해요.

向來消息問如何
一夜相思鬢欲華
獨倚雕欄眠不得
隔簾疎竹雨聲多

지은이 김씨는 청풍 김씨이며 조선조 효종 때 사람으로 잠곡 潛谷 김육金堉의 딸이며 감사인 서문이徐文履의 부인이었다. 이 작품은 아마도 객지에서 관리로 근무하는 남편을 그리워 하여 지은 시로 추정된다.

그리움에 귀밑털만 세어질 듯 잠 못 드는 밤, 주렴 밖 대숲의 빗소리만 요란할 뿐

떠나신 이후 입때까지 안부를 통 알 수 없으니 너무도 궁금하나 말도 못 하며 못 견디는 조바심에 그냥 서방님 계신 곳을 향해 허망한 짓인 줄 알면서도 독백처럼 "어떠하세요?" 하고 묻고 있건만, 하룻밤 내내 서방님을 향한 간절한 그리움으로 정녕 귀밑털이 다 세어 버릴 것 같은 채로, 홀로 잠을 못 이루고 조각한 툇마루 난간에 기대앉아 있는데, 주렴 밖 성긴 대숲에서 온통 빗소리만 한밤 내내 들려올 뿐이라고 함으로써 상황만을 전달할 뿐 직접적 감정의 언표가 없지만, 기막히게 고독하고 애타는 자신의 심정을 문맥 사이사이에 묻어 놓고 있다.

우수수 빗소리를 읊다 蕭蕭吟

장씨 張氏

창밖에 내리는 비 "우수수" 소리   窓外雨蕭蕭

"우수수" 그 소리는 절로 그런 것   蕭蕭聲自然

절로 그런 그 소리를 내 듣노라니   我聞自然聲

내 마음도 또한 그냥 절로 그렇네!   我心亦自然

 지은이는 안동 장씨 경당敬堂 장흥효張興孝의 딸로 조선조 효종 때 사람이며 재령 이씨 시명時明에게 출가하였다. 경서와 역사서에 두루 통하였고 시와 글을 짓고 글씨를 잘 썼으며, 매우 현철한 부인으로 아들들도 잘 기른 현모로도 알려졌다.

순수 감성으로 이루어진 물아무간物我無間의 하모니

이 작품은 그 수사적 수법의 고하高下나 문예미적 자질의 우열을 따질 것이 아니라 단순히 정숙, 침착한 여성의 전형성을 보이는 차원을 넘어 유가 선비들의 심성 수양적 자세를 연상하게 할 만큼 높은 경지를 보이고 있어서, 여타 여류시인들의 많은 작품과 달리 하나의 또 다른 인격적 면모를 잘 보여 주고 있다.

고성으로 귀양 가시는 아버님을 보내 드리면서
奉送家大人謫固城

심씨 沈氏

옥 섬돌에 서릿바람 불어제치고	玉砌霜風起
망사창에 달빛이 차가워질 즘	紗窓月影寒
돌아가는 기럭 소리 홀연 들릴 젠	忽聞歸雁響
천 리 멀리 남녘 생각뿐일 거예요!	千里憶南關

지은이 심씨는 청송 심씨로 조선조 인조 때 응교인 심광세沈光世의 딸로서 군수인 이집李緝의 부인이며 추포秋浦 황신黃愼의 외손녀로 알려져 있다.

귀양지로 가셔서 고생하실 아버님을 그리는 애틋한 효심

이 작품은 지은이의 아버지 심광세가 광해군 때 계축옥사癸丑獄事의 무고로 고성에 귀양 가게 되자 귀양길을 떠나는 아버지를 보내 드리면서 지은 시다. 아마도 아버지의 출발 시기가 가을이 곧 닥칠 때였던 것으로 추정되며, 그래서 떠나신 뒤 곧 가을이 깊어져 서릿발에 찬 바람이 뜨락에 불어제치고, 창 안으로 차가운 달빛이 비춰 드는 밤이 되어, 다가올 겨울을 피해 남쪽으로 돌아가는 기러기들의 기럭기럭 울음소리가 들려올 제면, 천 리나 먼 남쪽 아버지께서 고생하시고 계실 그 고성을 향한 생각뿐일 거라며 드리는 말씀이다. 그런데 이 전·결구들은 여러 의미를 함축한 것으로 이해된다. 기러기는 아버님께서 가셔서 고생하실 그 먼 남쪽 고성을 날아서 가는데 자신은 못 간다는 슬픈 원망도 함축돼 있을 수 있고, 아버지께서는 그곳으로 날아간 이 기러기를 보시면 고향의 소식을 전해 오는 것으로 여기실 거라, 자신은 자식으로서 아버지를 잠시도 잊지 못하고 그리워하고 있음을 이 기러기 편에 전해 드리는 것이지만, 이렇게 전해 드리는 것이 그냥 마음만일 뿐 실제로 가서 모시지는 못하는 것이니 실제로는 불효하는 자식이 될 수밖에 없다는 한탄과 슬픔의 가락을 띤 것이기도 하다.

《동양역대여사시선東洋歷代女史詩選》에는 지은이 심씨의 이름이 '앵도櫻桃'라고 하였고, 이 작품의 제목도 '추감秋感(가을의 감상)'이라고 되어 있으며, 전·결구도 "돌아오는 기럭 소리 홀연 들리면, 천 리 밖서 고향 그려지시겠어요!(忽聞歸雁語 千里憶鄕關)"로 되어 있어, 자신의 상황이 아닌 아버님의 향수로 달리 해석되나 이것은 오기된 것으로 추정된다.

봄날 春日

김씨 金氏

밭두둑에 윤기 돌고 시내 물결 불었으니
농사거리 응당 간밤 비로 많아지겠으나
뜨락 풀은 차츰 커도 꽃들은 다 져 버려서
이 한 해의 봄 풍경이 꿈속처럼 가 버리네!

田疇生潤水增波
農務應從夜雨多
庭草漸長花落盡
一年春色夢中過

지은이 김씨는 경참판慶參判 최일最一의 부인이라고만 알려졌을 뿐 관향도 이름도 생몰 연대도 알 수 없다.《대동시선大東詩選》의 순서에 따라 다루었을 뿐이다.

비 내린 뒤 풀만 자라고 꽃은 지며 꿈속처럼 지나가는 봄날이여!

봄비가 간밤 내내 내리고 나자 밭두둑들은 푹 젖어 윤기가 돌고 저 시내에는 물결이 불어났으니, 농가들마다 농사 일거리가 많아 이제부터 바빠지게 됐고, 그래서 무엇을 감상할 겨를도 없게 됐지만, 뜨락의 풀들은 차츰 크고 자라나도 꽃들은 이 비 끝에 다 져 버려서 구경할 것이 모두 없어졌으니, 보람으로 기다렸던 이 한 해의 봄 풍경이 마치 한바탕 꿈속의 것들처럼 후딱 지나쳐 가고 있다는 한탄이다.

이 작품에서 꽃은 이 봄 풍경을 대표하는 주체이면서 화려함의 본보기이고 보람의 상징이라, 이 꽃이 다 져 버리면 이 한 해의 봄은 너무 허무한 한바탕 꿈속처럼 가 버린다는 말이다.

태고정에서 太古亭

이씨 李氏

맑은 밤에 환한 달빛 뜨락 가득 비춰 있고
오뚝 오동 이슬 듣는 소릴 누워 듣노라니
정자 건물 예대론 채 인간사는 변했건만
흰 구름과 흐르는 물 고금 없이 정겹구나!

淸宵月色滿空庭
臥聽孤梧露滴聲
臺榭依然人事變
白雲流水古今情

지은이 이씨는 조선조 현종 때의 사람으로 김성달金盛達의 소실이었으며, 애초에는 겨우 4백여 자의 한자를 알고 있을 뿐 시를 짓지는 못하였는데, 김성달이 죽자 그의 시 원고를 안고 3일 동안 울고서 크게 깨달음을 얻어 당시唐詩 수백 수를 외우게 되었고 드디어는 시를 짓게 되었다고 하였다. 실제로 그녀의 시들은 여타 여류시인들의 그것과 비교하여 매우 세련된 수사법을 보이고 있다. 그리고 그녀의 딸도 시를 제법 잘 지은 것으로 확인되고 있다.

청신한 서경과 깊은 정감의 회고시

공기도 더없이 맑고 달빛이 뜨락 가득 환하게 비춰 있는 밤, 지은이는 이 태고정 위에 누워 정자 옆에 오뚝 외로울 듯 서 있는 오동나무 잎들

에 맺혀 있는 이슬방울들이 간헐적으로 "또옥 또옥" 내며 떨어지는 것
을 듣고 있다. 이렇게 청량하고 고요한 밤에 놓인 자신이라 문득 이 정
자에 얽힌 옛날 일들을 되새겨 보니, 이 정자는 옛날 모습 그대로 변함
이 없는데 여기를 들러 간 많은 사람의 일은 무상하게 변해 버려안타
깝지만, 이 정자 주위를 항상 맴돌고 이 정자 앞을 항상 흐르고 있는
저 흰 구름과 물 같은 자연 풍경은 옛날이나 지금이나 마찬가지로 변
함없이 정겹다는 말이다.

* **懷古詩(회고시)** 옛날의 역사나 인간의 옛일, 혹은 작자 개인의 옛일을 그리워하며
읊는 시를 말한다.

오동나무를 읊다 詠梧桐

이씨 李氏

오동나무 이 한 그룰 사랑하는 건   愛此梧桐樹

저녁 마루 서늘한 기 들여서인데   當軒納晚凉

문득 시름하게 된 건 한밤중 비에   却愁中夜雨

되레 애를 끊는 소릴 내줘서일세!   翻作斷腸聲

오동나무의 쓰임을 새롭게 풀어 읊은 재치

이 오동나무 한 그루를 사랑하는 까닭은, 이 오동나무의 싱그러운 잎들이 여름날 저녁 무렵에 마루에 앉아 있을 때 시원한 기운을 마루 안으로 들여보내 주기 때문이다.

그런데 문득 다시 생각해 보니, 오히려 한편으로 시름스러워(걱정스러워)지는 까닭은 한밤중 내리는 비에, 이 비를 맞아 후드득후드득 내는 오동잎들의 소리가 홀로 외롭게 있는 나를 애가 끊길 지경으로 더욱 슬프고 괴롭게 하기 때문이다.

강마을의 즉경을 읊다 江村即事

이씨 李氏

산 그림자 강 위 지고 저녁 사립 닫혔는데   山影倒江掩夕扉
고기잡인 "삐걱삐걱" 조수 타고 돌아오네.   漁人欸乃帶潮歸
알겠구나 그 몇 번쯤 바다 비를 만났을걸   知爾幾時逢海雨
뱃머리에 도랭이를 잠시 걸어 논 걸 보니!   船頭乍掛綠簑衣

어부가 돌아오는 강어귀 마을의 저녁 풍경

이 작품은 특별히 설명을 붙일 필요도 없이, 어느 바닷가 강어귀 마을의 저녁 풍경들을 사실적으로 스케치하듯 포착하여 읊은 한 폭의 소박한 풍경화라 할 수 있으며 여류의 작품으로서 많지 않은 서경시다.

금방 답하듯이 지은 시 應口詩

청창 곽씨 晴窓 郭氏

하늘과 해 담은 바단 넓기도 하고	海涵天日濶
한 헬 이어 꽃은 붉게 피어 있는데	花續一年紅
강에 가득 고기잡이 뱃사람들은	滿江漁舟子
돛 멈추고 저녁 바람 향해 섰구나!	停帆向晚風

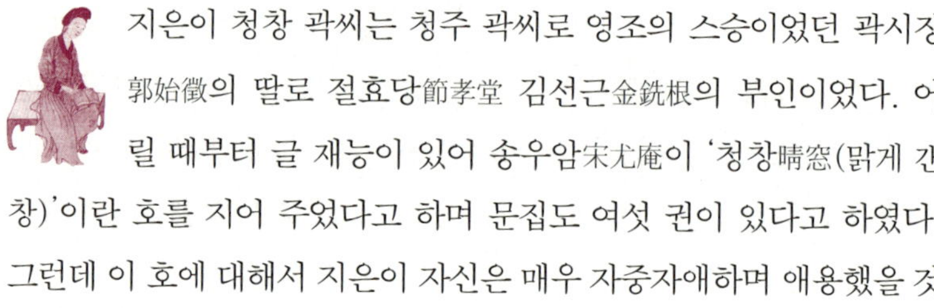

지은이 청창 곽씨는 청주 곽씨로 영조의 스승이었던 곽시징 郭始徵의 딸로 절효당節孝堂 김선근金銑根의 부인이었다. 어릴 때부터 글 재능이 있어 송우암宋尤庵이 '청창晴窓(맑게 갠 창)'이란 호를 지어 주었다고 하며 문집도 여섯 권이 있다고 하였다. 그런데 이 호에 대해서 지은이 자신은 매우 자중자애하며 애용했을 것이 분명하다.

스케치하듯 금방 지어서 읊어 낸 풍경화

이 작품은 아마도 강물이 바다로 유입되는 어느 지역에서 보는 봄날의 오후 풍경을 무작위로 스케치하듯 포착하여 읊어 낸 시로 보인다. 지은이의 아버지가 충청도 태안泰安에서 많은 선비를 교육한 사실로 봐서 그곳에서 지은 것일 가능성이 높다. 그리고 정말 '응구시應口詩(금방 답하듯이 지은 시)'답게 무작위로 소재들을 포착, 배치함으로써 시상의 치밀도가 떨어지는 것을 봐서 아직 작시 수완이 미숙한 소녀 시절의 것일 가능성이 있다. 그럼에도 불구하고 승구의 수사는 매우 참신한 면을 보이고 있다. 그리고 이 작품은 여류들의 작품 대부분이 서정시인 데에 비해 서경시라는 점이 특이하다.

지은이의 호로 여겨지는 청창晴窓은 지은이 자신이 비록 어른으로부터 지어 받은 것이지만, 자신의 심성을 맑게 닦는 데에 지표가 되는 의미로 수용했을 것이 분명하다.

약천 정승님을 놀리며 嘲藥泉相公

유씨 柳氏

약천이라 늙으신 정승 대감님	藥泉老相公
근력이 다 끝났다고 누가 말하랴?	誰云筋力盡
드신 나이 칠십하고 세 살인데도	行年七十三
몸소 나서 불수산을 달이시는데!	親煎佛手散

체면 불고, 소실의 출산 약을 손수 달이는 늙은 정승이 귀여우면서도 우스워 놀리며

지은이 유씨는 동지同知 남종만南鐘萬의 어머니로 알려져 있어서 조선조 현종 때 사람으로 추정된다. 이 작품은 지은이가 시 속의 주인공인 약천藥泉 남구만南九萬의 종형수로서 어느 날 그의 집에 가자, 남구만이 당시로서는 가히 희한할 노릇일 만큼 73세의 노인으로 소실에게서 자식을 출산하게 되었다는 점과 더구나 사대부의 체통에 그것도 노정승의 체통에 보통 사람 같으면 엄두도 못 냈을 행위, 바로 첩의 순산을 돕는다는 불수산을 손수 달이는 것을 보고 한편으로는 대견스럽고 한편으로는 귀엽고 한편으로는 딱하기도 했을 심경으로 우스갯소리처럼 놀리며 읊은 것이다. 작자는 분명 시의 주인공

을 비판하거나 풍자하려는 의도로 이 작품을 지은 것이 아니고, 오히
려 해학적인 흥미로 읊었을 것이다.

그러나 작자의 창작 의도와는 상관없이 결과적으로 당시에는 물론
오늘날에 있어서도 시 속 주인공에 대한 조롱과 기자譏刺를 불러오게
하는 것은 사실이다.

*佛手散(불수산) '부처님의 손'이라는 약의 이름처럼 한방에서 아기를 쉽게 낳도록
태반을 줄어들게 하려고 쓰는 탕약을 말한다.

친정아버님의 임지로부터 안부를 듣고서 得寧衙消息

최씨 崔氏

봄 맞은 창 고요한 채 빗속 등불 허전할 뿐	春窓寂歷雨燈虛
이 새벽녘 그 누구가 헌 집 찾나 했더니만,	五夜云誰叩弊廬
저 반 천 리 영마루 밖 먼 곳에서 사람 와서	人自半千脩嶺外
한 달 갈망하던 끝에 편지 전해져 왔는데,	書傳一朔渴望餘
아버님은 공무에도 사뭇 평안하시옵고	高堂政體連平吉
둘째 오빠 글방 공부 잘 지낸다 하였지만,	仲氏文帷善起居
애틋하게 삼동 내내 조석 문안 못 했으니	怊悵三冬違定省
저 먼 하늘 돌아보는 마음 뭣과 같다 할꼬!	遠天回首意何如

지은이 최씨는 전의 최씨로 조선조 숙종 때 정랑正郞 최수경崔守慶의 딸이며 두기杜機 최성대崔成大의 누이로 정지손丁志遜의 부인이었다.

안부는 반갑게 들었건만 가서 뵙지 못해 끝없이 죄송하고 안타까운 자식의 마음

자신이 지금 살고 있는 집을 "헌 집(弊廬)"이라고 한 것을 봐서 아마도 지은이가 시집을 간 뒤에, 아버지인 최수경이 영남이거나 혹은 영동 어느 지방의 원님으로 가 있었던 시기로 추정된다. 그래서 딸로서 객지에서의 아버지 안부가 몹시 궁금하고 걱정스러워 비 내리는 봄날 밤에서 새벽녘까지 잠을 못 이루고 있었는데, 뜻밖에도 인편에 편지를 받아 보자 아버지께서 객지 근무 중에도 평안하시고 둘째 오빠도 글공부를 잘하며 잘 지낸다고 하였으니 마음이 놓이긴 하지만, 지난겨울 석 달 동안 문안 한 번 못 드렸으니, 저 멀리 영마루 밖 아버지께서 계신 그곳의 하늘을 돌아보는 이 내 마음은 안타깝기도 초조하기도 죄송스럽기도 슬프기도 하여 이 착잡한 마음을 무엇이라 꼭 집어 말할 수도 없어 제 스스로에게 물어봐도 무어라고 말할지를 모르겠다는 진심을 토로한 것이다.

물론 지금같이 교통이 발달하고 통신 수단이 첨단화한 시대에는 지은이의 아버지를 염려하는 이 심정이 그렇게도 간절할까 하고 동의하지 않을지도 모르나, 교통과 통신의 수단이 부족했던 당시에는 백 리의 거리와 한 달간의 시간도 그만큼 멀고 길게 느껴졌을 것이므로 이별의 정한이 이렇게 간절했을 것은 당연하다.

순찰사 이공을 받들어 작별하며 奉別巡相李公

계월 桂月

눈물지는 눈 가지고 눈물지는 눈을 보고	流淚眼看流淚眼
애끊긴 이 애끊긴 일 마주하게 됐다는 걸	斷腸人對斷腸人
일찍부터 책 속에서 그냥 읽어 봤더니만	曾從卷裏尋常見
오늘 와선 첩의 일이 될 걸 어찌 알았나요?	今日那知到妾身

지은이 계월은 조선조 숙종 때 사람으로 평양의 기생이었으며, 이곳에 감사監司로 왔던 이광덕李匡德의 사랑을 받은 것으로 알려졌거니와, 아마도 이 시가 바로 이 이광덕과 작별하면서 지은 것으로 추정된다. 그런데 지은이의 이 계월桂月이라는 이름은 아마도 월계月桂(달 속의 계수나무)라는 의미로 누군가가 지어 주었거나 지은이 자신이 자작하였는지 알 수는 없지만, 나름대로 기녀로서의 자신의 신분을 미화하여 애용했을 것은 분명하다.

애절하게 호소해 보는 이별의 아픔

슬픔으로 눈물을 짓고 있는 내 눈으로 역시 슬픔으로 눈물을 짓고 있는 당신의 눈을 바라보고, 슬퍼서 애가 끊긴 내가 역시 슬퍼서 애가 끊긴 당신을 마주 바라보게 됐다는 옛이야기를, 일찍이 책에서 읽고 그저 그런 이야기거니 하고 넘겼더니, 오늘 와서 그것이 바로 내가 겪는 일이 될 줄을 어떻게 알았겠느냐는 절절한 슬픔의 하소연이다.

아마도 떠나는 이광덕을 만류할 수는 없는 노릇이지만, 감사 사또 당신께서도 이별하는 슬픔은 매한가지이실 것이니, 저의 슬픔이 얼마나 간절할 것인가는 굽어 살펴 달라는 안타까운 호소다.

서공께 지어 바치다 奉呈徐公

취련 翠蓮

좋은 계절 석 달 봄을 맞이하여서   令節當三春
향수 온통 매일매일 새롭더니만   鄕愁日日新
학사님의 풍류 흥취 다 끝나셔서   學士風流盡
그냥 천 리 귀향하는 사람입니다.   空歸千里人

지은이 취련은 조선조 영조 때 사람으로 원래 함경도의 기생이었으며 자를 '일타홍一朶紅(한 송이 붉은 꽃)'이라 하였고 시도 지을 줄 알았을 뿐만 아니라 노래와 춤에도 능해서 북평사北評事로 왔던 서명빈徐命彬의 사랑을 받았다.

지은이가 비록 기생 신분이었지만 취련翠蓮(푸른 연꽃)이라는 이름을 이태백李太白의 호인 청련靑蓮과 같은 것으로 자부하며 애용했을 가능성이 있으며, 더구나 자를 일타홍이라 한 것을 보면 기녀로서의 안타까운 자존심을 엿볼 수 있다.

정 떼인 채 떠나며 바치는 마지막 애원

'이 객지에서 1년 중에 가장 좋은 계절인 봄 석 달을 맞아서, 사뭇 고향이 그리워져도 못 가는 시름이 매일매일 새록새록 더해지는 것을 견디며 지내고 있었더니만, 사랑하는 학사님께서 이제는 시와 술로 즐기시던 풍류와 저를 사랑하시던 감정도 시들해져서 그만이시니, 저는 이제 모든 것이 허망해진 채 천 리 먼 곳 제 고향으로 그냥 돌아가야 하는 사람이 되었습니다'라고 하는 애달픈 독백이다.

아마도 서명빈을 따라 서울로 와서 한동안은 사랑을 받으며 지내다가 서명빈의 관심과 사랑이 시든 것을 눈치 챈 지은이가, 그렇지 않아도 봄을 맞아 고향 생각이 간절한 차에, 그의 풍류와 사랑이 시들해져 다 끝난 것을 확인하면서, 이제는 너무도 허망해진 채 천 리 밖 고향으로 돌아가야 하는 사람이 되었다는 한탄이다. 그래서 이 작품에서는 결구의 "공空(허망한 채)"이라는 이 한 글자가 "서방님 당신을 따라 서울까지 와서 평생을 의지하고 살게 될 줄 알았는데, 이렇게 소박을 당하고 고향으로 돌아가게 되었으니, 참으로 너무 허망합니다"라고 하는 것을 압축하여 암시한 중요한 글자로, 이른바 '시의 눈알(詩眼)'과 같은 글자라 할 수 있다.

매미 소리 蟬聲

부용 신씨 芙蓉 申氏

푸른 숲에 매미 소리 울려 나면서	綠樹蟬聲鳴
매일매일 맑고 또한 교묘하건만	日日淸且巧
나만 홀로 즐기며 소릴 들을 뿐	吾獨聞樂聲
세상 사람 그 누구가 좋은 걸 알랴!	世人誰知好

 지은이 부용 신씨는 본관이 고령高靈이며 조선조 영조 때 사람으로 오빠인 석북石北 신광수申光洙와 함께 시와 글을 잘 짓는 것으로 알려진 집안의 딸로 태어났다.

'부용'은 그녀의 호인 듯하고 또 '산효각山曉閣'이라는 당호堂號도 가졌던 것으로 보이며, 그래서 《산효각부용시선山曉閣芙蓉詩選》이라는 간단한 문집을 남기고 있다.

지은이의 호로 여겨지는 부용芙蓉(연꽃)은 누구로부터 받은 것인지 자작인지는 알 수 없으나, 아마도 자신의 인격적 수양 의지와 탈속 의식을 부여하여 애용했을 것으로 추정된다.

푸른 숲 속에서 매미 소리가 울려 나면서, 이 소리를 가만히 생각하며 듣고 있노라니 그 소리가 매일매일 더욱 맑아지고 또 무엇인가 교묘하게 무슨 의미를 담은 듯이 들리건만, 아! 나만 홀로 이 소리를 신기해하고 즐기며 들을 뿐, 이 매미 소리를 그저 그냥 생각 없이 버릇처럼 들어 오는 이 세상에 많은 사람들은, 그 누구가 이 소리가 정말로 얼마나 맑고 교묘한 자연의 이치를 담고 있는 순수한 좋은 소리인가를 알고 있겠는가?

이 작품은 문맥 표면상으로는 별로 기발한 착상이나 새로운 수사 수법이 보이지 않는다. 그러나 지극히 평면적인 발화 같은 이면을 읽어 보면, 대상을 매우 관조적이며 사유적인 태도로 수용하여 읊고 있는 시임을 알 수 있다.

왕유가 지은 시 〈전원의 즐거움〉을 본떠서 짓다
擬右丞田園樂

영수각 서씨令壽閣 徐氏

밝은 달과 맑은 바람 방 안에다 들여놓고 　　　　明月淸風入室
푸른 산과 푸른 물을 이웃으로 삼아 두곤 　　　　靑山綠水爲隣
흥이 나서 짧은 피리, 긴 휘파람 부노라면 　　　　興來短笛長嘯
그 옛날에 복희씨 때 살던 사람 아니겠나! 　　　莫是羲皇上人

지은이 서씨는 조선조 정조 때 사람으로 호를 영수각令壽閣이라 하였고 달성 서씨 감사監司 서형수徐逈修의 딸이며 승지承旨 홍인모洪仁謨의 부인이요 연천淵泉 홍석주洪奭周의 어머니로서, 경전과 역사서 등에 두루 통하여 아들들을 잘 교도하였고 시문을 잘 짓기도 하여 《영수각고令壽閣稿》라는 문집을 남기기도 하였으며 덕행이 높은 현모양처로 알려져 있다.

그런데 지은이의 당호로 여겨지는 영수각令壽閣은 아마도 부군이나 어른들로부터 받은 것은 물론 아니고 자작도 아닐 것이며 정녕 "아무 걱정 없이 오래 수를 누리소서"라는 축원의 의미를 담아 자손들이 지어 올린 것으로 추정된다.

중국 당나라 때 전원시인인 왕유의 시를 본떠서 지은 시로, 내 마음과 몸을 밝고 시원하게 해 주는 둥근달과 맑은 바람을 방 안으로 들여놓고, 내 몸과 정신을 감싸 주고 싱그럽게 해 주는 푸른 산과 푸른 물을 집의 둘레로 삼아 놓고 살면서, 흥이 나면 때론 짧게 피리를 불기도 하고 때론 길게 휘파람을 불기도 하며 매일매일 보낼 수 있다면, 이런 데서 이렇게 사는 우리들은 바로 그 옛날 복희씨 시대 아무 욕심도 없이 타고난 천성대로 순수하고 진실하게 살아가던 태평성세의 사람으로 돌아간 것이 아니겠느냐는 자족과 자락의 흥겨운 노래 같은 시다.

＊羲皇(희황) 중국 고대에 성인으로 나라를 잘 다스렸다는 복희씨伏羲氏를 말하며, 이 복희씨가 바로 우리나라 태극기에도 그려진 괘卦인 여덟 개의 괘를 그려서 우주와 인간 세상 온갖 것들의 이치를 기호화했다는 《주역周易》의 64괘를 성립시켰다.

소나무 숲 사이에 밝은 달빛松間明月

영수각 서씨令壽閣 徐氏

구름 걷혀 하늘 빛은 닦은 듯하고	雲散天如拭
밤중 되자 달빛 뜨락 환히 밝아서	中宵月滿庭
앉은 채로 저녁 솔숲 사랑하거니	坐愛松林晚
맑은 그늘 작은 정자 가리웠구나!	淸陰翳小亭

맑고 정갈한 심성이 일체화하여 투영된 풍경과 행태의 한 폭 그림

구름이 걷히고 나서 닦은 듯이 맑고 깨끗한 하늘빛과 밤중 되어 뜨락
에 환히 밝은 달빛은 분명 실재하는 풍경들을 읊고 있는 것이지만, 닦
은 듯이 맑고 깨끗한 하늘이나 시원하고 밝은 달빛은 이런 정경과 일
체화한 작자 서씨 부인의 정서적 내면 풍경의 무의식적 반영이기도
하다. 따라서 이 두 구는 이른바 쌍관법雙關法이 적용되었다고 할 수
도 있다.

아들들에게 주노라 贈兒輩

영수각 서씨 令壽閣 徐氏

마루 앞에 구슬 나무 심어 놓고서	堂前種玉樹
평상 머리 얼음병을 걸어 놨으니,	床頭掛氷壺
가슴속은 하늘 가득 둥근달이요	襟期月滿天
글솜씨는 오동 깃든 봉황새로서,	文章鳳棲梧
뜰 앞에선 학이 되어 무릴 이루고	趨庭鶴成羣
하늘 날 젠 기러기로 서로 부르라.	摩霄雁相呼
문에 기대 떠나는 길 바라다보니	倚門望行塵
봄 풍경이 그림처럼 펼쳐졌구나!	春光似畵圖

교훈과 기대와 사랑의 어머니 마음

이 작품은 분명 과거 시험이나 혹은 벼슬살이를 위해서 집을 떠나는 아들들을 보내면서 어머니인 자신의 뜻을 명심하도록 타이르기 위해 지어서 보여 준 시로 추정된다.

　마루 앞에 심어 놓은 귀한 구슬 나무처럼 너희들을 어른들이 계신 이 집안에 귀중한 자손으로 낳아 길러 놓고서, 너희들의 마음과 인격을 맑고 깨끗하고 냉철하게 수양하는 의미의 거울로 삼으라고 해서 얼음병을 너희 방문 앞에 걸어 놓았으니, 너희들의 마음과 인격을 그렇게 수양해서, 가슴속은 저 하늘에 가득 밝아 있는 둥근달처럼 원만하고 맑고 밝아야 할 것이고, 글솜씨는 오동나무에 제대로 자리를 잡아앉은 봉황새처럼 큰 뜻과 소망을 품고 자신 있고 떳떳하게 재능을 꽃피우면서, 집안의 조상님들과 부모와 어른들 앞에 와서는 깨끗하고 고상한 인격의 인물들이 되어 인사를 올릴 것이고, 세상에 나가 지위를 얻어 뜻한 바를 펼칠 적에는 열을 지어 다정하게 함께 하늘을 마음껏 날아가는 기러기들처럼 형제들이 서로 밀어 주고 이끌어 주며 살아가라. 이제 너희들이 떠나가는 길을 멀리까지 바라다보고 있노라니 너희들을 축하하는 듯이 펼쳐지는 봄 풍경이 마치 무한한 아름다움과 꿈을 담은 그림과 꼭 같구나! 하며 어머니로서의 현명한 교훈과 간절한 기대와 끝없는 사랑의 참마음을 담아 읊은 시로 의연하고 현숙한 어머니의 상을 잘 보여 주고 있다.

*玉樹(옥수) 글자대로의 뜻은 '옥 같은 귀한 나무'라는 것이나, 학문과 행실이 훌륭한 사람을 말하며 이 시에서는 바로 이런 사람을 말한 것으로 지은이의 아들들을 가리키는 말로 썼다.

농서에서 늦봄을 맞으며 隴西暮春

영수각 서씨 令壽閣 徐氏

녹음 속의 꾀꼬리는 산뜻 갠 걸 알려 울고	鶯啼綠樹報新晴
고운 풀들 우거져서 봄은 다시 온 듯한데,	芳草萋萋春復生
아침 안개 긴 버들은 되레 아득 푸르르고	柳帶朝煙還杳翠
간밤 비에 젖은 꽃은 새삼 밝고 화안하며,	花含宿雨更分明
가던 구름 물 지나가 보면 자취 없어져도	行雲過水看無跡
성긴 대숲 바람 맞아 듣는 소린 남아 있어,	疎竹迎風聽有聲
높은 다락 애써 올라 시선 한껏 바라보니	强上高樓窮遠目
이런 지금 고향 생각 가누기가 어렵구나!	此時難爲故園情

한껏 무르익는 늦봄이라 고향 친정이 더욱 그리운 여심

늦어져 가는 봄을 맞아 멀리 떨어져 있는 친정이 너무 그리운 애틋한 여심을 읊은 시다. 저 녹음 속의 꾀꼬리는 산뜻하게 갠 날씨를 알리기라도 하는 듯이 즐겁게 우짖고, 저 들판에는 고운 풀들이 우거져 늘어진 이 봄이 다시 되돌아오나 싶은데, 버들가지들은 아침 안개가 자욱 긴 채 되레 멀어져 있는 듯이 푸르러 있고, 한껏 흐드러져 피어 있는 꽃들은 어젯밤 내린 비를 함초롬히 머금고 한층 더 선명하고 화안하다.

그런데 저 하늘에 떠 있는 구름은 조용한 못 물 위를 지나가고 있어 바라보고 있노라면 그 그림자 흔적은 어느새 없어지고, 듬성듬성 서 있는 대숲은 바람을 맞아 듣는 바람 소리는 남아 있어서, 멀리 친정 쪽을 보기 위해 높은 누각에 애써 올라가 저 멀리 시야 끝까지를 한껏 바라보고 있자니, 실제로는 보이지도 않고 갈 수도 없어, 이렇게 하고 있는 지금 더욱더 간절해지는 고향 생각을 가눌 수도 없다는 탄식조의 넋두리로 여인의 진솔한 심정이 담겨 있다.

시집갈 나이 열다섯을 맞으며 읊다 笄年吟

삼의당 김씨 三宜堂 金氏

깊숙한 안방에서 낳고 자라며	生長深閨裏
하늘 주신 성품을 얌전히 지켜	窈窕守天性
일찍부터 〈내칙〉 편을 읽어 왔기에	曾讀內則篇
가문 위해 바른 할 일 익히 알았네!	慣知家門政

지은이 삼의당은 김해 김씨로 전라도 남원에서 태어나 조선조 정조 때를 산 사람이다. 이 작품에서 당시 여성의 덕목 수양 교과서인 〈내칙內則〉 편을 읽었다고 한 바대로 집안에서 철저한 규수 교육과 함께 심성을 수양한 현숙한 인품의 여성이었다. 같은 마을 선비 하황河滉에게 출가하여 가난 속에서도 부군과 함께 공부하며 많은 시와 글을 지어 문집 《삼의당고三宜堂稿》를 남겼으나, 부군이 과거 시험에 끝내 합격하지 못하여 극히 간구한 삶을 살았던 것으로 보인다. 그런데도 지은이는 혼인한 날 화촉을 밝힌 첫날밤에 남편이 두 수의 시를 지어 부부가 된 천생연분을 읊자 그 답으로 그 자리에서 두 수의 화답하는 시를 지어 전하고 있으며, 오히려 어디에도 가난한 삶을 탓한 것을 볼 수 없다.

이렇게 그녀의 시나 글은 부녀자로서의 상당한 수양적 경지를 보이고 있는데도 손쉽게 지은 다수의 작품을 남겨 놓고 있어 역시 한문학사적으로 주목할 만한 의미를 지니고 있다.

지은이의 당호로 여겨지는 삼의당三宜堂(세 가지를 마땅히 할 것)의 의미를 놓고 추정해 보면, 아마도 부군이 지어서 준 것이거나 자신의 자작일 수 있으며, 어느 경우이든 사람으로서 마땅히 해야 할 세 가지의 무슨 덕목을 정해 놓고 그것들을 해야 한다는 자기 독려와 자기 경계를 위해 지어졌을 가능성이 있는 것은 분명하다.

자아 실존에 대한 조용한 선언과 은근한 자부

바깥세상의 물정과는 거리가 먼 집 안 깊숙한 안방에서 태어나고 자라면서, 하늘이 주신 대로의 순수하고 천진스러운 성품을 그대로 얌전히 지켜 오면서, 일찍부터 여성의 덕목을 담은 교과서인 〈내칙〉 편을 읽어 왔기 때문에, 친정의 가문이나 시댁의 가문을 위해 바르게 해야 할 일들이 무엇인가를 익숙하게 잘 알고 있다는 말로 은근하고 조용하지만 가슴속에 찬 자부심이 읊어진 좋은 시다.

봄을 맞은 안방에서 부르는 노래 春閨詞

삼의당 김씨 三宜堂 金氏

버들가지 그늘 속에 대낮 문은 닫힌 채로   楊柳陰中晝掩門
동쪽 정원 봄은 늦어 온갖 꽃들 한창인데   東園春晚百花繁
쌍쌍으로 짝 진 제비 날아 내려오는 곳에   雙雙鷰子低飛處
홀로 몰래 애끊기는 시름 싸인 사람 있네!   獨有愁人暗斷魂

늦어져 가는 봄을 원망하며 애끊는 여심

버들가지들이 축축 늘어진 그늘 속에 대낮인데도 문은 닫힌 채로, 동쪽 정원에 찾아왔던 봄이 자꾸 늦어져 가면서 온갖 꽃들만 흐드러지게 피어 있는데, 제비들이 쌍쌍으로 짝을 지어 지면으로 날아 내려오고 하는 곳에, 홀로 남몰래 애끊는 시름에 싸인 사람인 나만 남아 있다는 말이다.

아마도 이 작품은, 지은이가 버들가지가 늘어지고 온갖 꽃들이 흐드러지게 피는 이 봄은 자꾸 늦어져 가는 날을 맞아, 객지에 가 있는 채 돌아오지 않는 서방님을 기다리다가, 자신과는 대비적으로 쌍쌍으로 짝을 지어 즐겁게 날고 있는 제비들을 보며, 더욱 애끊는 시름에 싸였던 것으로 추정해 볼 수 있는 시다.

가을을 맞은 안방에서 부르는 노래 秋閨詞

삼의당 김씨 三宜堂 金氏

밤은 그냥 아득타가 새벽녘이 가까울 즘　　　　夜色迢迢近五更
뜨락 가득 가을 달빛 바로 환히 밝았는데　　　　滿庭秋月正分明
이불 끼고 그리운 꿈 애써 꾸어 보는 중에　　　　凭衾强做相思夢
서방님 옆 겨우 가선 문득 그냥 깨 버렸네!　　　　纏到郎邊却自驚

임 그리다 애써 꾼 꿈을 아깝게 깨고 나서

가을밤은 그냥 아득아득 깊어 가다가 이내 새벽녘이 가까워질 무렵,
마침 뜨락 위에는 가을 달빛이 눈이 부실 만큼 환하게 비춰 있는데, 서
방님과 멀리 헤어져 있는 나는 입때까지 잠을 못 이루고 이불을 끼고
누워 서방님을 그리워하다가 애써 어떻게 어떻게 해서 꿈을 꾸고 있던
중에, 서방님 옆에 겨우 도착해서는 문득 이 꿈을 남이 깨운 것이 아니
라 제 스스로 깨 버리고 말아 너무도 안타깝다는 하소연 같은 시다.

　남의 얘기를 대신하는 듯이 읊고 있지만 아마도 지은이의 부군이 객
지에 나가 있을 기간에 지어 자신의 고독한 심경을 풀어 보인 것으로
추정되는 시로, 여타의 작품과 비교해서 서정의 구조와 수사의 숙련이
돋보이는 작품이다.

서방님이 읊으신 〈지는 꽃을 보고〉를 받들어 보고서
奉夫子見落花吟

삼의당 김씨 三宜堂 金氏

지는 꽃잎 뜨락 위에 가득하다만	落花滿庭上
아희들아 제발 쓸어 버리진 마라.	童子且莫掃
한 잎 한 잎 남은 봄을 흩어 놓으며	片片散餘春
한 개 한 개 고운 풀 위 점을 찍으니,	箇箇點芳草
채 가는 건 마루 제비 맡겨 버리고	蹴去付堂鷰
물고 날긴 산새들이 있어 할 거라,	含飛有山鳥
애틋하여 봐도 봐도 싫지 않아서	愛惜不厭看
고운 창에 주렴 일찍 걷어 버렸네!	紗窓捲簾早

지는 꽃잎이 안타까워 오롯이 아쉬움을 못 거두는 여심

서방님이 지는 꽃잎들을 보며 지은 시에 화답하듯이 그 운자韻字들(掃, 草, 鳥, 早)을 그대로 따라 지은 시다. 아마도 봄이 늦어져 가면서 꽃잎들이 마구 지는 것을 깊은 안방에서 보면서 조용히 느끼며 생각하며 애틋해지는 아쉬움을 애써 이야기하듯 풀어 보이고 있는 모습이 선연히 그려지는 시다.

지는 꽃잎들이 뜨락 위에 가득 져 내리고 있다만, 부탁하노니 아희들아 제발 그냥 귀찮고 하찮다고 여겨 쓸어 버리진 마라. 그 꽃잎 조각 조각 하나하나가 지나가고 있는 봄을 아쉬워하듯 흩날리면서, 한 개 한 개씩 고운 풀밭 위에 점을 찍듯 떨어지고 있으니, 이것들을 발로 채 가는 것이 너무 아깝기야 하지만 어쩔 수 없이 저 마루 위에 집을 짓고 지저귀는 제비들에게 맡겨 두고, 또 입에 물고 날아가 버리는 것이 너무 아깝지만 역시 어쩔 수 없이 저 산에서 노닐고 있는 산새들이 있어 그렇게 할 것이라, 그래서 이 지는 꽃잎들이 너무 애틋하게 귀엽고 안타까워 봐도 봐도 싫어할 수가 없는 터라, 이렇게 이 깊은 안방 고운 창에 쳐져 있는 주렴을 일찍부터 걷어 놓았다며 가는 봄에 대한 안타까운 심경을 전하는 것이다.

그런데 이 작품에서 함련(3~4구절)과 경련(5~6구절)은 "지는 꽃잎들이 너무도 아깝지만 자연의 이치이니 어쩔 수 없이 그 자연에 맡겨 두겠다"는 좀 달관 같은 순응 의식을 매우 적절한 실례들로 잘 포착하고 구상하여 형상화하고 있다.

봄을 타며 부르는 노래 春惱曲

삼의당 김씨 三宜堂 金氏

공작 병풍 깊숙해도 잠은 짐짓 더디다가	孔雀屛深睡故遲
밤 깊어져 봄꿈 속에 온통 얽혀 잡혔더니,	夜來春夢摠罘罳
주렴 스민 따슨 햇살 어른어른 비춰 들고	穿簾暖日光凌亂
숲에 가린 숨은 새는 기괴하게 지저귀네.	隔樹幽禽語怪奇
내게 고운 살쩍 바를 연지 없진 않지마는	非我無脂塗玉鬢
누굴 위해 거울 보며 고운 눈썹 그릴 건가?	爲誰對鏡畵蛾眉
수양버들 서로 그린 한이 뭔질 모르는지	垂楊不識相思恨
외려 문 앞 보란 듯이 가질 길게 드리웠네!	猶向門前又長枝

봄을 맞아 더욱 더쳐지는 고독과 원한의 하소연

방 안에는 공작을 그린 병풍이 쳐져 있어 제법 깊숙하고 아늑한데도 이런저런 생각으로 잠들기는 짐짓 더뎌진 채 있다가, 어느덧 밤이 깊어져서는 이내 봄날의 노곤함으로 잠이 들어 문득 꾸는 꿈속에서 여러 가지로 생각에 엉클어져 잡혀 있었다. 그러다 드디어 깨어나 보니 주렴 사이로 비추어 드는 따스한 햇살은 어른어른거리고, 숲 저편에 가려진 채 숨었나 싶은 새는 기괴한 소리로 지저귀고 있는데, 내게도 고운 귀밑 얼굴에 바를 연지가 없는 것은 아니지만, 서방님이 안 계신데 지금 내가 누구를 위해 거울을 보며 곱게 눈썹을 그릴 필요가 있겠는 가. 그래서 나는 아무 화장도 하지 않은 채 서방님 생각만 하고 있는 처지인데, 저 문 앞의 수양버들은 서방님을 그리워하면서 깊어진 나의 한이 무엇인지도 모르는지, 오히려 나의 문 앞을 향해 보란 듯이 봄을 맞아 가지를 길게 드리운 채 흥겹게 출렁거리고 있다는 원망 아닌 원망을 하고 있는 것이다.

　지은이가 실제로는 가난한 삶을 산 주인공임을 감안하면, 이 시는 공작 병풍을 치고 있는 귀족적 가옥의 방이라는 공간의 주인공을 일단 은 자아의 대리로 세워 시적으로 좀 우아하게 허구화한 것이지만, 이 렇게 자아를 객체화하여 제시함으로써 오히려 독자는 물론 작자 자신 에게도 그 감정적 호소와 공감을 한층 효과적으로 제고할 수 있는 것 이다.

밤에 앉아서 夜坐

정일당 강씨靜一堂 姜氏

밤 깊어져 온 움직임 휴식에 들고　　　　夜久群動息
텅 빈 뜨락 눈부신 달 환히 밝으니　　　　庭空皓月明
마음속이 씻은 듯이 맑아지면서　　　　　　方寸淸如洗
속의 참나 막힘없이 깨닫겠구나!　　　　　豁然見性情

지은이 정일당은 조선조 정조 때 사람으로 진주 강씨 사숙재 私淑齋 희맹希孟의 후손인 재수在洙를 아버지로, 신비한 태몽을 꾼 어머니 권씨의 딸로 제천에서 태어나, 파평 윤씨 탄재 坦齋 윤광연尹光演에게 출가하였으나 가난하여 바느질로 생계를 유지하면서 남편과 함께 공부하였다. 어릴 적부터 글 배우기를 좋아하여 경서에 통하였고 시와 글짓기에 뛰어나 남편을 대신하여 지은 글이 많이 남아 있으며 글씨도 잘 써서 특히 해서에 능하였다. 그러나 이런 재능이 당시의 선비, 관리들에게 알려지자 자신은 그것을 싫어하여 지은 시나 글을 사람들에게 일절 보여 주지 않았다. 사후에 남긴 원고들이 남편에 의하여 세상에 알려져 《정일당유고靜一堂遺稿》라는 문집으로 남게 되었다. 여기에는 당시의 화가요 선비인 윤제홍尹濟弘의 서문과

학자인 송치규宋穉圭의 발문까지 붙어 있어, 매우 높은 평가를 받았다.

그녀는 정일靜一(조용하고 한결같음)이라는 호에서 보는 바와 같이 자신의 내적 수양에 매우 정진했음을 추정할 수 있거니와, 위의 작품을 위시해서 '정성스러움과 경건함을 읊다'인 〈성경음誠敬吟〉, '경건함을 주로 할 것'인 〈주경主敬〉 등의 많은 작품이 그런 노력의 과정과 결실의 면면들을 보여 주고 있어, 학문과 수양을 알차게 갖춘 선비와 비견될 만큼 우리 역사상 매우 희귀한 여류문인이었음을 알 수 있다.

맑고 밝고 고요한 시공간 속에서 교감으로 각성하는 자아

밤은 깊어져 낮 동안 생동하던 온갖 것은 모두 잠들어 깊은 정적에 잠긴 채, 저 뜨락 위에는 눈이 부실 만큼 환하게 밝은 달빛이 가득 비춰져 있어, 이 순간 이 자리에 홀로 앉아 있는 나는 어느덧 마음속이 맑은 물에 시원하게 씻긴 듯해지면서, 그저 그냥 터엉 비워진 듯이 휘언하게 천성대로의 참된 나요 순수 감정대로의 참된 나를 깨닫고 있다는 기막힌 자족과 자락의 조용한 선언이다. 따라서 이 시는 달 밝은 깊은 밤이라는 시공간과 화자의 수양된 내적 정황이 교감 통합되어 그려지듯 읊어진 조용한 노래요 정갈한 화폭이다.

또한 '공경하여 시어머님의 시의 운자를 따라서 짓다'인 〈경차존고지일당운敬次尊姑只一堂韻〉이라는 작품을 보면 그녀의 시어머님도 역시 수양을 갖춘 여성이었던 것으로 추정되거니와 남아 있는 그 지일당의 작품을 통해서 그 수양의 수준을 추정할 수 있다. 그녀의 남편인 윤광연의 호를 제재로 재구성한 〈탄원坦園〉에서 "딱 맞추고 똑바르게 걸어서 가면, 걱정 없고 편안한 그 길 됩니다(履玆中正 坦平其道)"라고 한 것을 보면 온 집안이 전형적인 유가적 수양의 분위기로 갖추어져 있었음을 확인할 수 있다.

서방님의 정원인 탄원을 제재로 삼아 읊다 坦園

정일당 강씨 靜一堂 姜氏

탄원 안은 아늑하고 또한 조용해	坦園幽且靜
덕 갖춘 이 살아가기 딱 알맞으니	端合至人居
홀로 천년 고전들을 찾아 읽으며	獨探千古籍
뒤 칸 집에 높이 누워 사시옵소서!	高臥數椽廬

옛날의 순수, 진실한 삶을 닮고 싶은 다짐과 소망의 노래

지은이의 서방님인 윤광연이 스승인 송치규로부터 《논어論語》 〈술이述而〉에 나오는 "군자는 편안하고 너그럽다(君子坦蕩蕩)"란 말에서 취한 '편안하다(坦)'의 뜻에 맞춘 '탄재坦齋'라는 호를 받자, 지은이는 이 호의 '탄坦' 자를 응용하여 서방님과 자신도 함께 사는 집의 정원을 가리켜 '탄원坦園(서방님 탄재의 정원이면서 편안한 정원)'이라는 것으로 설정하여 〈탄원기坦園記〉라는 글을 짓기도 하였다. 이 작품에서는 이 탄원이라는 정원은 아늑하고 또 조용해서, 덕을 갖춘 훌륭한 사람이 살아가기에 딱 알맞고 좋은 공간이라는 것이다. 물론 이 첫 구의 내용은 실제의 공간을 말하는 것이 아니라 지은이가 남편의 수양적 인성을 둘째 구의 "덕 갖춘 이(至人)"를 모범으로 삼았기 때문에 거기에 걸맞은 공간의 모델로 허구화하여 설정한 것이다. 또한 역으로는 이런 공간이기 때문에 여기에 걸맞은 인물로 "덕 갖춘 이"가 허구적으로 설정된 것이라고 할 수도 있다.

어쨌거나 서방님은 이런 곳에 있는 이런 분이시기 때문에 당연하면서 자연스레 천년 전 옛 성현들이 남긴 고전들을 홀로 읽으며 뒤 칸밖에 안 되는 좁은 집일망정 속된 세상사를 굽어 내려다보며 고상한 뜻으로 자족자락하면서 누워 지내시라는 기원과 부탁의 축사다.

길 떠나시는 서방님께 공경하는 마음으로 바치며
敬呈夫子行駕

정일당 강씨靜一堂 姜氏

맑은 새벽 눈물지며 서방님을 보내오니
시골 멀리 가신대도 응당 잊을 순 없지만
떠나심에 오직 드릴 한 말씀이 있는 것은
세상일이 돌고 돎은 하늘 이치 같습니다.

清晨灑泣送君子
去去湖山應不忘
臨行惟有一言告
世事循環如彼蒼

**서방님 어디 계셔도 잊지 못하려니와
세상 모든 일은 모두 하늘 뜻에 맡기소서!**

이 시는 아마도 지은이의 남편(서방님)이 억울하거나 무고한 무슨 일을 당하여 어디론가 길을 떠나게 된 경우에 처해져서 지은 것으로 추정된다.

　"맑은 새벽에 눈물을 훔치며 멀리로 떠나시는 서방님을 보내 드리는 심경이라, 서방님께서 아무리 먼 어느 곳에 가시더라도 저도 서방님이 안타까워 잊을 수가 없을 뿐만 아니라, 서방님께서 지금 떠나시는 심경이 너무 참담하고 절박하시겠지만, 이 작별 순간에 오직 확신을 갖고 부탁처럼 드릴 수 있는 한마디 말씀은, 지금 서방님께서 겪고 계신 이 세상의 일은 반드시 올바른 제자리로 돌아오게 되어 있어, 그

것이 마치 저 푸른 하늘의 불변하는 순환 원리와 같다는 사실입니다."

부군이 겪고 있는 현재의 불행은 저 불변 순환하는 하늘의 정도正道
와 이치처럼 반드시 사필귀정事必歸正이 되어 해결이 되리라는 확신에
찬 격려와 위안이며, 따라서 놀랍게도 한 여성으로서 유가적 소양과
신념으로 다져진 인격적 면모를 보여 주고 있는 작품이다.

*彼蒼(피창) '피창천彼蒼天(저 푸른 하늘)'의 준말로, 옛날 우리 선조들은 저 높고 푸
른 하늘은 공명정대公明正大한 절대적 모범이기 때문에 우리 인간은 이 하늘에 대해서
엄숙경건嚴肅敬虔한 마음을 가지고 이 하늘의 뜻을 따라 살아야 한다고 생각해 왔다.

가을 소리를 들으며 聽秋聲

정일당 강씨 靜一堂 姜氏

많은 나무 가을 기운 맞으려는지   萬木迎秋氣
매미 소리 석양 속에 야단스런데   蟬聲亂夕陽
웅얼대며 만물 성품 느꺼워져서   沈吟感物性
숲 아래서 홀로 그냥 서성거리네!   林下獨彷徨

가을 소리를 들으며 홀로 서성거리는 자아

수많은 나무가 가을 기운을 맞이하고 있는지, 이 나무들에서 우는 매미들의 소리가 야단스럽다고 하였다. 우리들도 흔히 가을을 맞은 숲속에서 경험한 대로 가을이 중반을 맞을 즈음에 오후 석양이 되면 실제로 매미들이 야단스러울 정도로 울어 대는 것을 보아 왔고, 매미들이 석양 무렵 유난히 울어 대면 곧 가을의 선선한 기운이 몰려온다고 믿어 왔다. 지은이도 석양 무렵 이 매미들의 야단스러운 울음소리를 가을을 부르는 소리로 들으면서, 이 매미들이 비록 보잘것없는 미물들이지만 그 천부적 감각으로 가을의 기운을 예감하는 영성 같은 것에 대한 깊은 감동으로 숙연해진 채, 이내 고개를 숙이고 말없이 웅얼대며 홀로 숲 아래를 서성거리고 있는 것이다.

따라서 이 작품은, 여타 많은 여성의 작품은 물론 많은 남성의 작품
에서도 무수히 발견하게 되는 계절적 감상이나 흥취만을 읊은 주정적
시가 아니라, 자연의 순환과 그에 따른 만물의 순응 원리에 대한 감동
을 매우 자성적으로 사유하며 읊고 있는 낮은 목청의 시다. 그래서 배
경적 상황과 지은이의 행태가 한 폭의 옛 그림처럼 윤곽을 짓고 있다.

난을 그리며 畵蘭

죽향 竹香

고운 여인, 향기론 풀 옛날 맹서 식어진 채	美人香草舊盟寒
이소경 속 되레 향해 찾아 읽을 뿐이거니	還向離騷卷裏看
묵란을 칠 강남땅은 바로 어느 곳이란가?	灑墨江南何處是
가을바람 애를 끊는 그 마상란이건마는!	西風腸斷馬湘蘭

지은이 죽향은 조선조 정조 때 사람으로 평양의 기생이었으며, 호를 낭간琅玕이라 하였고, 용호어부蓉湖漁夫, 세우향細雨香이라고도 하였으며, 시를 잘 지었을 뿐만 아니라 그림도 잘 그린 것으로 알려졌다. 여러 개의 호가 의미하는 바를 추정해 보면, 지은이는 비록 기생이었지만 매우 깔끔한 성품과 풍류의 멋을 함께 지닌 여인이었던 것 같다. 그런데 이 시의 내용으로 봐서, 아마도 지은이는 애초 어떤 선비나 관리와 사귀며 영원히 사랑하자는 맹서가 있었으나 이내 그 상대로부터 소박을 당하였던 것으로 추정된다.

그리고 이 작품에 담긴 지은이의 진실한 심경을 제대로 파악하기 위해서는 이 작품 속에 등장한 마상란馬湘蘭에 대하여 알아야 할 필요가 있다. 이 마상란은 중국의 명明나라 때 금릉金陵(지금의 남경)에서 유명했던 기생으로, 본이름은 수정守貞이며 자는 원아元兒 또는 월교月嬌로 시를 잘 지었을 뿐만 아니라 그림에도 재능이 있어 특히 난蘭을 잘 그렸다. 그래서 사람들에 의하여 아예 마상란이라 불렸다. 금릉에서도 특히 명승으로 알려진 진회秦淮에 살면서 풍류의 멋을 부려 소문이 났고, 사람들의 마음을 잘 알아차리기도 하여 귀족인 왕치등王稚登에게 몸을 맡기고 싶어 했으나 그가 받아 주지 않았다. 그래도 왕치등이 나이 70이 되자 찾아가 술과 음식을 잘 준비하여 축하를 하고 두어 달을 함께 지내고 돌아와서 많은 사람들로부터 참말로 좋은 일이라는 찬사를 받기도 하였다. 그러나 집으로 다시 돌아와서 병이 들자 부처 앞에 기도하며 조용히 앉은 채 죽음을 맞았다고 한다. 그리고 이 시의 내용을 이루는 배경을 추측해 보면 아마도 이 마상란이 왕치등에게 소박당하고는 이 남경에서 사모하는 왕치등을 '난蘭'으로 비유하여 상상하면서 묵란墨蘭(검은 먹으로만 그린 난)을 마구 그렸던 것으로 추정된다.

지은이는 비록 신분이 기녀로서 그 이름인 죽향竹香(대나무 향)이나 낭간琅玕(봉황새가 먹는다는 대나무 열매), 용호어부蓉湖漁夫(연꽃 호수의 어부), 세우향細雨香(가랑비 향내) 등의 호로 봐서, 나름대로 이 이름과 호 등에 자신의 인격과 지조, 그리고 풍류 의식을 담아 아껴 썼을 것이 분명하다.

소박당한 한을 난을 그리며 풀어 보는 신세타령

정녕 사귀며 사랑의 맹서를 한 자신일 "고운 여인"과 그 사귀며 사랑한 상대 남성을 비유한 것이 틀림없을 "향기론 난", 곧 나와 당신이 옛날 함께했던 맹서가 이제는 당신에게서 거부되어 식어진 채라, 이 "향기론 난"인 당신을 실제 세상에서는 볼 수도 없어, 되레 저 굴원屈原이 원통함을 호소하며 지은 〈이소경離騷經〉을 읽으며 그 속에만 있는 "향기론 난"을 만나 볼 뿐이니, 아예 이 "향기론 난"을 그려 놓고라도 두고두고 봤으면 좋겠기에, 내 자신이 지금 바로 이 마상란이 되어 그 남경에 가서 그녀처럼 묵란을 마구 그려 보고 싶은데, 그 남경이 바로 어디냐며 반문하는 형식으로 읊고 있는 것이다.

단양의 육선동을 제재로 삼아서 짓다 題丹陽六仙洞

금원 김씨錦園 金氏

봄 물길의 무릉도원 가느란 길 통해 있어　　　春水桃源細路通
사람 만나 서쪽 동쪽 다시 묻지 않으면서　　　逢人不復問西東
하루 종일 오고 가며 꽃냄새에 넋 잃은 채　　　往來終日迷花氣
비단 같은 푸른 산 속 저냥 남아 있게 됐네!　　自在靑山錦繡中

지은이 금원 김씨는 조선조 순조 때 사람으로 시랑侍郎 김덕
희金德熙의 소실이었으며, 여성들의 행동이 매우 제약을 받
던 당시에 14세 어린 나이로 남장을 하고 금강산과 설악산 등
의 명승지를 유람하면서 시를 짓기도 하였고, 동시대 같은 신분과 처
지에 있었던 운초雲楚, 경산瓊山, 죽서竹西, 경춘瓊春 등과 서울의 용산
龍山 삼호정三湖亭에 모여 놀며 시를 지어 주고받기도 하였다. 실제로
남겨 놓은 그녀의 작품들은 여타 여류들의 시보다 구상과 수사가 매우
자연스러우면서도 숙련미를 보이고 있다. 이처럼 시 짓는 재능이 있어
서 문집도 있었다고 하나 지금은 남아 있지 않다.

　지은이의 호로 추정되는 이 금원錦園(비단같이 아름다운 동산)의 의
미를 놓고 추정해 보거나 여인으로서 명산, 명승지를 유람한 사실들을

놓고 보면, 그녀는 나름대로 낭만적인 풍류 의식과 함께 대단한 자긍심이 있었던 것으로 추정된다.

무릉도원 같은 육선동에서 봄의 흥취로 자족자락하는 하루

봄을 맞아 물길이 무릉도원 같은 이 단양 육선동으로 나 있어서, 배가 가는 대로 몸을 맡겨 그냥 육선동이 동쪽에 있는지 서쪽에 있는지도 다시 물을 것도 없이, 하루 종일 걱정 없이 왔다 갔다 하며 강 양쪽에 흐드러지게 핀 복숭아꽃들 냄새에 취해서 넋을 잃은 채, 비단 폭을 펼친 듯이 강 양쪽으로 둘러선 푸르른 이 산 속 강물 위에 제멋대로 자유자재로 노닐며 남아 있게 되었다는 은근한 자랑과 만족의 읊조림이다.

처음 서울에 와 유람하면서 始遊京城

금원 김씨錦園 金氏

봄비에다 봄바람이 잠시 짬도 안 준 채로　　　春雨春風未暫閒
봄날 재민 그저 그냥 물소리 속 그뿐이나　　　居然春事水聲間
보이는 곳 모두 내 땅 아니라며 뭘 따지랴?　　舉目何論非我土
떠돌면서 닿는 곳이 모두 바로 고향인데!　　萍遊到處是鄕關

봄도 다 간 서울에 처음 와서 낯선 자신을 다독이며

봄비가 내리거나 그렇지 않으면 봄바람이 사뭇 불어 대며 잠시도 봄을
즐길 수 있는 겨를을 안 준 채로, 그저 무료하고 무미하게 물소리만 듣
는 속에 보내 버리게 됐지만, 어차피 떠돌이로 사는 팔자로는 닿는 곳
이 바로 고향인데, 이 객지 서울에 와서 보는 것 듣는 것 모두가 낯설
고 생소하지만 여기가 내가 낳고 자란 땅(곳)이 아니라며 따지고 탓할
거야 뭐 있겠느냐는 말로, 사실은 타향에서 겪는 자신의 낯섦과 외로
움을 스스로 다독이려는 안타까운 몸짓이다.

금강산으로 들어가면서 入金剛山

금원 김씨 錦園 金氏

명승지 속 들어가며 경진 더욱 신기하여	轉入名區境益新
지는 꽃과 우는 새에 앞선 일들 서글픈데,	落花啼鳥悵前塵
7할 짙은 숲 풍경에 봄은 그림같이 됐고	七分樹色春如畵
만 섬 쏟는 샘물 소리 골짝 온통 풍성하며,	萬斛泉聲洞不貧
달을 보니 겨우 해야 보름밤을 지났건만	得月纔經三五夜
망향에도 억 개 천 개 몸 되기는 어렵거니,	望鄕難化億千身
깊은 산속 기운 해에 훨훨 나는 학 한 마린	深山斜日翩翩鶴
응당 간밤 꿈속에서 뵈온 그분이시겠지!	應是前宵夢裏人

신기한 풍경들의 전개와 그 속에 도취한 감흥, 그리고 임을 향한 애틋한 연가

이 명승지 금강산 속으로 들어갈수록 펼쳐지는 경지는 더더욱 새로워지는 데에다가, 주위에 흐드러지게 피어 있다가 지는 꽃잎들을 보고 우짖는 새들의 소리를 듣고 있노라니, 여기 오기 전 속세에서 겪었던 일들이 모두 허망하고 부질없는 것들로 여겨져 서글퍼진다.

그런데 지금 여기는 7할이 푸르르게 짙어진 숲의 풍경으로 해서 봄이 한창 무르익어 한 폭의 그림처럼 아름답고, 만 섬쯤 물을 쏟아붓는 듯이 힘차게 흘러내리는 계곡의 샘물 소리는 온 골짝을 온통 역동성으로 풍성하게 해 주고 있다. 여기 와서 또 둥그렇게 떠오른 달을 보니 떠나서 지금까지 온 날짜는 겨우 보름밤이 지난 것을 알겠다만, 같은 시간에 몹시 그리운 고향에도 가 있고 여기에도 있고 또 가고 싶은 여러 곳에도 가 있을 수 있게 억 개의 몸과 천 개의 몸으로 동시에 나뉘어 있기는 어려우니(불가능하니) 참으로 안타까울 뿐이지만, 마침 보니 이 깊은 산속 석양이 기우는 무렵 이 골짝 하늘을 훨훨 날고 있는 학 한 마리는, 틀림없이 어젯밤 꿈속에서 뵈온 고고하신 서방님의 화신일 거라는 말이다.

새벽녘에 앉아서 曉坐

죽서 박씨竹西 朴氏

한 떼 "기럭" 돌아가며 먼 바람결 울부짖어	一陣歸鴻叫遠風
대숲 소리 빗소리에 때로 섞여 들리더니	竹聲時雜雨聲中
찬 등불은 까물까물 향도 마악 멈춘 채로	寒燈欲滅香初歇
새벽달만 외려 작은 담 안 이쪽 지고 있네!	曉月猶遲小院東

지은이 죽서 박씨는 관향이 반남이며 조선조 순조 때 사람으로 종언宗彦의 서녀로 태어나서 강원도 원주에서 자랐던 것으로 추정되고 뒤에 판서判書 서기보徐箕輔의 소실이 되었다. 천부적으로 재능이 뛰어나 배움 없이 시문을 깨우쳤으며, 같은 신분과 같은 처지에 있던 금원 김씨錦園 金氏와도 시와 글로 교유하였으나 불행히도 일찍 죽었으며 시집으로 《반아당시집半啞堂詩集》을 남겨 전하고 있다. 그의 시는 신분적 여하를 떠나서 인성적 수양과 사물적 이해의 상당한 경지를 보여 주고 있어서, 역시 한시사적으로 중요한 의미를 지니고 있다. 그런데 지은이의 호로 판단되는 죽서竹西(대숲의 저편, 혹은 대숲에 깃드는 가을)의 의미를 놓고 추정해 보면, 역시 지은이 자신의 깔끔한 심성이나 지조의 취향을 담은 것으로 추정된다.

꺼져 가는 등불, 멈춘 향내, 져 가는 새벽달로 대변한 고적감

어젯밤에는 "기럭기럭" 소리를 내며 한 떼를 지은 기러기들이 울부짖는 소리가 저 먼 바람결을 타고 와 들리며, 또 대숲의 잎들이 바람결을 따라 내는 소리가 "우수수" 내리는 빗소리와 섞여 밤늦도록 들려 말로 할 수 없는 외로움에 잠을 설친 채 새웠는데, 또 오늘 이 새벽에는 이 방 안에 켜져 있는 등불도 까물까물 꺼져 가고 피우던 향도 마악 풍기던 냄새를 멈춘 채로, 내다보이는 바깥 저기 비가 갠 작은 담장 안 이쪽으로는 새벽달만 져 가고 있다는 것이다.

이 작품은 이렇게 어젯밤과 오늘 새벽이라는 시간과 그 시간과 함께 진행된 공간적 상황들만 등장하고 있을 뿐, 바로 이 작품의 주인공인 지은이의 심경은 전혀 언표되어 있지 않지만, 오히려 이 시공간적 상황들의 제시만으로 지은이의 고적한 심경을 잘 대변하고 있다.

열 살 때 지었다는 시 十歲作

죽서 박씨 竹西 朴氏

창밖에서 울고 있는 저기 산새야	牕外彼啼鳥
어느 산서 자고 바로 날아왔느냐?	何山宿便來
산속에서 생긴 일을 응당 알 텐데	應識山中事
진달래가 피었더냐 안 피었더냐?	杜鵑開未開

비록 남을 본떠 지었지만 제법 귀여움을 피운 솜씨

이 작품은 그 내용을 새삼스럽게 설명할 필요도 없이 간결하면서도 재치가 넘치는 깔끔한 시로, 천진스러운 소녀 같은 지은이의 인상이 선연하게 연상된다. 물론 당나라 시인 왕유王維의 시 〈잡시雜詩(우연히 있던 일을 읊다)〉의 "그댄 지금 고향에서 여길 왔으니, 응당 고향 생긴 일들 알고 있겠지, 오던 그날 우리 집의 비단 창 앞엔, 찬 매화가 피었던가 안 피었던가?(君自故鄕來 應知故鄕事 來日綺窓前 寒梅着花未)"에서 발상 양식을 본떠서 지은 것이지만, 새로운 맛의 장난기가 살짝 가미되어 귀여움이 피워진 솜씨의 시다.

서러움을 풀자며 述懷

죽서 박씨 竹西 朴氏

임 생각을 안 하재도 절로 임이 그리운데	不欲憶君自憶君
임께 묻길 "무슨 일로 항상 서로 헤집니까?"	問君何事每相分
신령 까치 능히 기쁨 전한다는 말 마세요	莫言靈鵲能傳喜
그 몇 번을 괜히 놀라 저녁 해만 넘겼으니!	幾度虛驚到夕曛

그리움이 서러움으로 바뀐 자신의 팔자타령

임을 향한 그리움을 딱 단념하자고 다짐해도 저절로 임이 그리워지는 판인데, 임께 물어보거니와 "대체 왜 임과 저는 언제나 서로 헤어지기만 하는 것입니까?" 사람들은 흔히 까치가 와서 우짖으면 기쁨을 전하는 것이라고 믿어, 까치가 신령해서 능히 기쁜 소식을 예감하여 미리 전한다고 하지만, 그렇게 말하지 마세요. 지금까지 저는 아침에 그 몇 번이나 이 까치 우는 소리를 듣고 믿어 저녁 해가 질 때까지 하루 종일을 기다려 봤으나, 모두가 헛수고였습니다,라는 넋두리다. 아니, 간절한 그리움이 이내 서러움으로 바뀌고 끝내는 말할 수 없이 가슴에만 쌓이는 원한과 비애로 임을 향한 푸념과 스스로의 팔자타령이 된 것이다.

동지를 맞으며 冬至

죽서 박씨 竹西 朴氏

북쪽이라 눈보라가 아직 그냥 몰아치나	北陸猶吹雪裏風
동진 순환 이치 따라 소리 없이 돌아와서	黃鐘應律暗相通
첫 양기는 갈대 재가 날아간 뒤 움직였고	稚陽初動飛灰後
짧은 낮은 약한 광선 겨우 보태졌다마는	短晷才添弱線中
사람 감정 시일 따라 점점 다름 보게 되고	漸見人情時日異
절기 사물 고금 없이 같음 미뤄 알 것인데	推看節物古今同
언 숲 속에 올 봄빛을 누가 먼저 알릴 건가?	凍林春色誰先漏
매화꽃이 그 첫째 공 세울 것을 알겠구나!	占得梅花第一功

동지를 맞으며 깨닫는 우주적 순환 이치에 대한 신비와 경외감

동지는 우주의 양기(따뜻한 태양의 기운)가 처음 시작하며 봄이 싹트는 날이라고 하는데, 지금 이곳이 북쪽이라 그런지 아직도 눈보라가 그냥 몰아친다마는, 이 동짓날은 만고불변하는 우주 사계절의 순환 원리와 순서에 따라 말없이 저절로 돌아와서, 최초의 양陽의 기운이 우주 순환 순서에 따라 움직이게 되었다. 그리고 지극히 짧으나마 낮의 길이가 아직 지극히 짧고 약한 시간이라는 선(줄)에 보태졌다마는(다시 말하면 해가 비치는 낮이라는 시간이 밤이라는 시간보다 겨우 길어지기 시작한 것이라 따뜻한 봄이 겨우 시작된 것이지마는), 그래도 밤보다 길어지고 계절 기후도 차츰 따뜻해지기 때문에, 사람들의 감정이 시일이 감에 따라 달라지는 것(예컨대 계절의 기후와 그에 의한 상황의 변화 여하에 따라 더우니, 추우니, 좋으니, 나쁘니 하며 마음과 태도가 달라지는 것)을 보게 될 것이다. 그러면서도 역시 계절의 변화나 그에 따른 자연 사물들의 현상(예컨대 꽃이 폈다 지면 열매가 열리고, 동물들도 태어나서 살다가 끝내는 죽는 것 등)은 여일하다는 것을 미뤄서 알게 될 것인데, 저기 아직 얼어 있는 숲에 찾아올 봄빛은 그 누구가 먼저 알려 줄 건가를 따져 보니, 바로 섣달에도 핀다는 매화가 가장 먼저 꽃을 피워 봄소식을 제일 먼저 알려 줌으로써 그 첫째의 공을 차지하게 될 것을 알겠다는 말이다.

동짓날을 맞이하면서 나름대로 천문학과 역학(달력의 원리와 응용에 대한 학식)에 대한 상당한 식견을 갖고 그 이치와 현상에 대한 신비감과 함께 경외감을 담아 읊은 시다.

우연히 읊다 偶吟

죽서 박씨 竹西 朴氏

황혼 속에 홀로 앉아 끝내 뭐가 필요하랴!	黃昏獨坐竟何求
지척에서 서로 그려 서글픔만 끝없는 채	咫尺相思悵未休
밝은 달의 밤 깊으면 천년 꿈만 꿔야 하고	明月夜沈千古夢
고운 꽃의 봄 다 가면 1년 내내 시름이니,	好花春盡一年愁
마음 쇠와 돌 아닌데 어찌 진정하겠으며	心非鐵石那能定
몸은 새장 안에 있어 자유로울 수 없건만	身在樊籠不自由
세월 풍광 사람 등져 사뭇 빨리 사라지니	歲色背人長倏忽
다리 아래 동쪽 흘러가는 물을 한번 보라!	試看橋下水東流

부자유와 한계 속에 이별과 그리움으로 점철하는 인생의 한

이 첫 구의 "황혼黃昏"은 물리적인 시간인 하루 중의 '황혼'이면서 인생의 늘그막인 '황혼'이기도 하다. 그래서 이렇게 인생도 늘그막이면서(물론 지은이는 이른 나이로 죽었지만 스스로 시에서는 늙었다고 생각했을 것) 또 하루도 다 간 황혼인 지금 홀로 앉아 있자니 아무리 생각해 본들 무엇을 기대해 볼 게 있겠는가! 정을 주고받아야 하는 사람들과는 서로 헤어져 지척의 거리에 있으면서도 만나지 못하고 그리워만 해야 하니 서글픔은 끝이 없는 채, 달이 밝은 밤이 깊어지면 천년이 다 가도록 그리워하는 꿈만 꿔야 하고, 매해 고운 꽃들이 환하게 피어나는 봄이 다 가고 나면 1년 내내 그리워하는 시름만 안고 살아야 하게 됐건만, 내 마음은 쇠와 돌이 아니니 어떻게 진정할 수가 있으며, 또 내 몸은 여성이라(그것도 정식 아내가 아닌 소실이니) 새장 안에만 잡혀 있는 새와 같이 자유로울 수 없는데, 해마다 반복되는 계절과 풍광들은 그것들을 아쉬워하고 안타까워하는 우리 사람들의 심정은 아랑곳하지 않고 배반하듯 그냥 빨리빨리 흘러가 버리니, 저 중국의 황하 물처럼 영원히 변치 않고 동쪽으로만 흐르듯, 불변하여 흘러가는 시간의 상징인 다리 아래 동쪽으로 흘러가는 물을 시험 삼아 살펴보라는 말이다.

자연의 시간은 영원히 흘러가고 인생은 이 시간 따라 한번 가면 다시 안 온다는 무상감으로 빚어지는 기막힌 한과 슬픔을 갈무려 읊은 시다.

길을 가던 중에 맞는 봄 路中春事

부용 芙蓉

꽃은 산의 뜻이 기뻐 흐드러졌고	花欣山意思
새는 숲의 정신 불러 지저귀는데	鳥喚樹精神
심오하고 묘한 이칠 그려 내라고	模寫玄玄妙
하늘 내게 묘한 솜씰 넘겨주셨네!	天工付此人

지은이 부용은 조선조 순조 때의 사람으로 성은 김씨이고 호는 운초雲楚였으며 평안도 성천成川에서 출생하여 그곳에서 기생이 되어 있었다. 당시에는 사회적, 문화적으로 좀 소외되어 있었던 평안도 지역에서 한문학적 소양을 갖추기란 매우 어려웠을 것임에도 그녀는 작은아버지로부터 운자를 받아 지은 시를 남겨 놓은 것이나 시적 구문의 숙련미를 보면 그녀의 집안이 한문학적 소양을 갖춘 가문으로 그녀 자신이 이미 유소년기에 상당한 시문의 기량을 습득했던 것으로 추정된다. 따라서 그녀는 기녀로서의 기본 교양인 춤과 노래는 물론 시가의 재능도 갖출 수 있었을 것이고, 또한 이곳에 부임하는 수령(원님)들과 접촉하면서 아마도 남다른 지능과 노력으로 시와 글의 교양을 한층 높여 숙련할 수 있었을 것으로 추정되거니와, 이

로 인해 그녀는 기녀로서 이미 가무와 시로 이름이 알려져 있었다.

당시 안동 김씨 양반가의 관리였던 연천淵泉 김이양金履陽이 이곳에 왔다가 그 재능과 품성을 아껴 연령의 차이가 많은데도 불구하고 그녀를 귀엽게 사랑하여 이내 서울로 데려오자, 그녀는 김이양을 지성으로 모시고 사랑하였으며, 그가 굶긴 후에도 사뭇 그 집에서 그 자손들의 돌봄을 받다가 생을 마쳤다. 그녀의 시적 재능은 김이양 및 그의 동료들과도 시를 지어 주고받을 만큼 인정받았으며, 따라서 그들과의 명승지 놀이는 물론 시 모임도 여러 번 가질 수 있었다. 뿐만 아니라 삼호정시단三湖亭詩壇이라는 시단 활동을 통해 같은 처지에 있던 여류인 경산瓊山, 정실貞室, 죽낭竹娘, 옥호玉壺 등과 교류하기도 하였고, 시집으로는《운초집雲楚集》을 남겨 전하고 있다.

그녀의 작품들은 신분적 한계와 그에 따른 불운의 삶으로 인한 진솔한 정한을 섬세하게 읊어 내고 있어, 사회적으로 소외된 신분으로 있던 이들 여류의 내적 진면을 표본적으로 읽어 볼 수 있다는 점에서, 지은이와 그 작품들은 문학사적으로 역시 중요한 의미를 지닌다.

지은이의 이름으로 판단되는 부용芙蓉(연꽃)은 비록 원래의 이름이었는지 그렇지 않으면 기녀가 된 뒤에 지어 받은 것인지 확인할 수는 없지만, 연꽃이 불교에서처럼 세속의 먼지를 털고 새로 태어남을 상징한다는 점에서는 지은이 자신이 자신의 인격적 수양의 의의나 그러면서도 풍류적 의미도 가미하여 스스로 자부하는 이름으로 수용했을 것이 분명하다.

조물주의 조화로 읽어 그려 내려는 봄의 감흥

꽃들은 산이 봄을 맞아 생동하려는 의지를 알아차려 함께 기뻐하는 듯이 흐드러지게 피어 있고, 새들은 저희들이 깃들여 살고 있는 숲들이 역시 봄을 맞아 생동하는 정신을 불러내듯이 지저귀고 있는데, 우주의 순환하는 조화와 그에 따라 돌아온 봄과 이 봄을 맞아 상호 호응 조화하여 시현하는 자연의 현상들을 그려 내 보라고나 하는 듯이, 내 자신도 모르게 하늘이 그 자신만이 그려 낼 수 있는 기막힌 기술, 다시 말하면 시로 읊어 낼 수 있는 재능을 나에게 넘겨주어 너무 감격스럽다는 것이다. 실로 봄을 맞아 순환 생동하는 자연 풍광과의 교감으로 인해 가슴속으로 조용히 이는 깊은 감흥을 읊고 있다. 어쨌거나 기구와 승구는 현대 시인들만큼이나 새로운 심상을 살려 읊는 놀라운 수완을 잘 보여 주고 있다.

부용당에서 비 내리는 소리를 들으며 芙蓉堂 聽雨

부용 芙蓉

1만 말쯤 그리 많은 맑은 구슬을	明珠一千斛
유리 소반 위서 바꿔 세나 싶은데	遞量琉璃盤
한 개 한 개 동글동글 그 모양들은	箇箇團圓樣
수중 선녀 아홉 번 굴린 단약 같겠네!	水仙九轉丹

연잎에 쏟아지는 빗소리를 들으며 연상하는 선녀의 단약 빚기

앉아 있는 부용당, 아마도 '부용芙蓉(연꽃)'이라는 관형어가 붙은 것으로 봐서 이 부용당은 연蓮만이 심어진 못가에 있는 정자나 별당임이 분명하다. 그래서 여기에 앉아 무수한 연잎 위에 마구 쏟아지는 빗소리를 듣고 있노라니, 1만 말쯤 됨 직하게 아주 수없이 많은 빗물 방울이 금방 맑은 구슬알들로 연상되면서, 유리 소반 같은 동글동글한 연잎들 위에서 무수히 서로 바뀌면서 세어지고 있나 싶은데, 아 그 맑은 물방울, 아니 그 맑은 구슬알들의 동글동글한 모양들은, 정녕 저 연못 속 선녀가 하나하나 모두를 아홉 번씩 손가락 끝으로 굴려서 빚어 낸 환약, 바로 먹으면 늙지 않고 영원히 살게 한다는 신선의 환약과 같을 것이라는 말이다.

　역시 여인만의 섬세하고 귀여운 감각과 재치, 그리고 놀라운 영상
능력이 돋보이는 시다. 그리고 이 시에서 또 하나 눈여겨볼 부분은
〈부용당에서 비 내리는 소리를 들으며(芙蓉堂 聽雨)〉라는 시 제목의 표
현이다. 사실은 비가 내리면서 빗물이 연잎 위에 떨어져 동글동글 방
울들이 되어 구르는 것을 눈으로 봤을 텐데, 이것을 눈에 들어온 시각
적 풍경이 아니라 귀로 들려온 청각적 풍경으로 표현함으로써 보다 상
상적인 시상으로 구성했다는 점이다.

낮잠 午眠

부용 芙蓉

복사꽃 핀 지붕 위선 장닭이 울고	鷄唱桃花屋上
버들 가린 문 앞에는 말이 우는데	馬嘶楊柳門前
익은 봄 술 권해 주는 사람이 없어	無人勸我春酒
긴긴 하루 책 밀치고 낮잠만 자네!	遲日抛書午眠

한 폭의 그림으로 그려지는 낮잠 자는 풍경

봄날 한낮 몇 그루의 복숭아나무에는 꽃들이 활짝 피어 덮을 듯이 어우러져 있는 주인공의 집 지붕 위에서는 정녕 장닭 한 마리가 "꼬끼오-" 하며 목청껏 울고 있고, 집 문 앞에는 수양버들이 푸릇푸릇 빛을 띤 가지를 늘어뜨린 속에 매어 놓은 말이 "히히힝" 소리를 내며 울고 있는데, 봄을 맞아 잘 익은 술이 준비되어 있건만 아무도 찾아와 술을 권해 주는 사람이 없어, 혼자 술을 마시기에는 너무 멋이 없어, 긴긴 이 봄날 하루를 내내 보던 책을 한쪽으로 밀쳐놓고 그냥 늘어지게 낮잠만 자고 있다는 것이다.

　이 작품은, 청명하고 화사한 시각과 한가로우면서도 즐거운 청각이 주인공인 화자의 자족, 자락적인 흥취와 유기적으로 통합하여, 흥겨운 한 폭의 그림으로 잘 그려진 수준 높은 시다. 그런데 전구의 "아我"를 지은이 부용 자신인 '나'로 이해하여 "권아勸我"를 꼭 '나에게 권하다'로 이해하고 번역할 필요는 없다. 왜냐하면 문 앞에서 울고 있다는 말이 바로 이 '아我(나)'가 타는 말이라면 여성인 지은이가 이 말의 주인이 될 수 없으며 오히려 남성일 것이므로, 이 시의 주인공은 이렇게 지은이 부용에 의하여 허구적으로 설정된 불특정의 한 선비인 것이다. 따라서 이 "勸我"의 '我' 역시 실재하는 특정 인물로서의 일인칭인 '나'가 아니라 주인공인 자아로서 당연히 권함을 받는 것이라 "권아춘주勸我春酒"는 '나에게 봄 술을 권하다'가 아니라 그냥 '봄 술을 권하다'로 번역을 해야 한다는 말이다.

송악산을 지나가며 過松嶽山

부용 芙蓉

개성 여기 자연 풍경 옛날 그때 꼭 같아서
취적교의 다리 가엔 버들가지 늘어졌고
하루 종일 꾀꼬리는 쉬지 않고 우짖는데
소리마다 뚜렷하게 "고려(꾀꼴)" 하며 우는구나!

崧陽物色似當時
吹笛橋邊楊柳垂
盡日黃鸝啼不住
聲聲宛是哭高麗

유상한 자연 앞에서 절감하는 무상한 역사의 한, 그리고 그 기발한 표현 기교

이 시는 지은이가 봄이 무르익어 버들 숲에서 꾀꼬리가 울고 있는 옛 고려의 수도 개성을 지나가며 옛날을 회고하면서 한스러워 읊은 것이다.

송악산 아래 개성에 펼쳐진 자연 풍경은 옛날 고려 왕조 그 당시와 꼭 같이 변함이 없어서, 사람들이 찾아와서 피리를 불었었다는 그 다리 주위에는 역시 옛 모습 그대로 버드나무 가지들이 휘늘어져 어울려 있어서, 이렇게 자연 풍경들은 옛날과 조금도 변함이 없이 그대로 유상하건만, 이 숲에서 꾀꼬리는 허망하게 멸망한 고려 왕조의 역사가 덧없음(무상함)을 알아 슬퍼하기라도 하는 듯이 하루 종일 쉬지 않고 울고 있는데, 그 우는 소리 "꾀꼴꾀꼴"이 마치도 '곡고려哭高麗(고려

향해 운다), 곡고려哭高麗(고려 향해 운다)'라고 하는 것 같아 더욱 한
스럽다는 표현이다.

　이렇게 "꾀꼴"이라는 꾀꼬리의 울음소리를, 음성으로는 서로 비슷
한 '곡고려'이고 뜻으로는 '고려 향해 운다'라는 말인 '哭高麗'라는 한
자어로 바꿔 표현함으로써, 매우 새롭고 재치 있는 수사적 솜씨를 보
여 주고 있다.

놀림으로 지어 보다 戱題

부용 芙蓉

연꽃들이 피어나서 못 안 가득 붉어지자
모두 연꽃 나의 얼굴보다 곱다 하더니만
아침 해에 둑 위 따라 내가 지나갈 적에는
어찌해서 사람들은 연꽃들을 안 보는고?

芙蓉花發滿池紅
人道芙蓉勝妾容
朝日妾從堤上過
如何人不看芙蓉

여인을 향한 남성들의 심리를 꼬집어 놀리며

연꽃들이 피어나서 못 안을 가득 붉은빛으로 아름답게 전시하며 자랑을 하자, 이 못에 와서 이 꽃들을 보는 사람들이 모두 나에게 "이 꽃들이 아가씨의 얼굴보다 곱네"라고 말하더니만, 아침 해가 떠올라 와 내가 이 못의 둑 위를 지나갈 적에는, 왜 사람들은 어저께 나보다 곱다고 칭찬하던 저 못 안의 연꽃을 안 보는가? 하고 반문하는 것이다.

이 시는 일인칭 화자로서 지은이 부용芙蓉이 반문하는 형식으로 이루어진 작품이다. 아니 단순히 반문하는 것이 아니라 놀리며 힐난하려는 의도를 담은 작품이다. 따라서 여기에 "첩妾"은 바로 지은이 자칭으로 우리말로 번역하면 자신을 스스로 낮추어 일컬은 '첩'이면서 실제로는 '나'이다. 또한 이 작품에 등장하는 "인人"은 그냥 일반적인 사람이 아니라 이 못에 꽃구경을 온 사람들이며 지은이가 의도한 대로 구체적으로는 시와 술과 연인으로 풍류를 즐기는 남성들이다.

그런데 이 작품에서 바로 지은이 자신의 이름인 부용을 '연꽃'이라는 아름다운 꽃으로만 설정하여 지은이 자신인 '妾'(첩이면서 나)과 대비한 것으로 해석해 본다면, 이것은 지은이가 풍류 남성들을 향해 "풍류 남성 당신들은 어제 못에 새로 곱게 피어난 붉은 연꽃들을 보고서는 나의 얼굴보다 훨씬 곱다며, 그 꽃들에 마음이 기울어지더니, 오늘 아침 해가 뜨며 내가 못가 둑 위를 지나갈 적에는, 당신들은 어찌해서 저 연꽃들을 바라보지 않는가?" 참으로 순간순간 눈앞을 유혹하는 것들에 빠져 주체를 못 잡는 남성들이 참으로 가소롭다는 것이다.

뿐만 아니라 부용을 꽃이 아니라 한 여인의 상징으로 제시한 것이라면, "풍류 남성 당신들은 어제는 그 여인이 나보다 아름답다며 좋아하더니, 오늘은 왜 그 여인을 바라보지도 않느냐?"며 역시 못 믿을 인간들이라며 말없이 조롱하고 있는 것이다.

또한 부용을 지은이 자칭인 '妾'(첩이면서 나)과 함께 자신을 이원화하여 제시한 것이라면, "풍류 남성 당신들은 왜 똑같은 나를 어떤 경우는 사랑하고 어떤 경우는 싫어하느냐?"며 도통 믿을 수 없는 상대라는 말 없는 힐난을 하고 있는 것이다.

새벽에 깨어나서 曉起

부용 芙蓉

울타리 밑 노란 국화 피어나 있고
먼 하늘엔 한결같이 가을빛인데,
은하수는 기웃 북극 이어져 있고
하현달은 저 다락 끝 걸려 있으며,
기러기는 사람 꿈을 울어 깨우고
귀뚜라민 객지 시름 덧들여 내니,
글쓰기는 정말 작은 재간인 터라
늦게서야 못난 생켤 깨달았구나!

籬下黃華發
遙空一色秋
傾河連北極
缺月掛西樓
歸雁撓人夢
寒蛩惹客愁
文章眞小伎
晚覺拙身謀

가을 새벽에 깨어나 되짚어 보는 한평생

늦가을 새벽잠에서 깨어나 보니 하현 달빛 속에 흐릿하게 보이는 울타리 밑에는 노란 국화꽃이 다 피어 있고, 아직 다 새지 않은 저 멀리 높다란 하늘에는 사뭇 높푸른 가을빛으로 가득한데, 저기 치어다 보이는 은하수는 기울어진 채 북극성 쪽으로 이어져 있고, 보름을 넘긴 하현달은 저쪽 다락 처마 끝에 걸려 있으며, 남쪽으로 날아 돌아가며 울부짖는 기러기들은 깊이 잠든 사람인 나의 꿈을 깨우고, 차가운 가을

기운이 두려워서인지 밤새워 울고 있는 귀뚜라미는 이 객지 나그네인
나의 시름을 덧들여 더하게 하니, 이런 내 신세를 풀어 이겨 내 보려고
애써 시와 글을 지어 보건만 이것들은 정말 보잘것없는 작은 재간일
뿐이라, 이제 늦게야 지금껏 이렇게 애써 스스로를 달래 보려던 삶의
계획들이 못난 수작들이었음을 깨닫게 됐다는 회한과 자성에 깊은 탄
식이 곁들여져 읊어진 시다.

행화촌 주인에게 주다 贈杏花村主人

부용芙蓉

살구꽃 핀 울타리에 버드나물 문 삼아서	杏花籬落柳爲門
맑은 물에 환한 산들 어엿이 한 마을인데,	水秀山明儼一村
어깨동무 노래하며 아희들은 집 나오고	聯臂謳歌童子出
숲 뒤편서 불 피우며 늙은 농분 애기하며,	隔林煙火老農言
베틀 소리 찰깍찰깍 착한 아낙 알 만하고	機聲札札知良婦
과제 외기 신나하여 착한 손자 보겠으니,	課誦洋洋見肖孫
꼭 자취를 감춰 속셀 떠날 필요 없겠구려	非必藏蹤遊物外
인간 세상 여기 절로 무릉도원 돼 있으니!	人間自有武陵源

부러운 눈과 심경으로 읊어 준 자족과 자락의 향촌 풍경

당신이 사는 이 마을을 와서 보니, 집집마다 살구꽃들이 환하게 피어 있는 울타리들에다가 버드나무들이 문 앞에 서 있고, 맑게 흘러가는 시냇물에다 환하게 둘러선 산들로 어엿하게 하나의 좋은 마을을 이루고 있는데, 천진스럽게 아희들은 어깨동무를 하고 노래를 부르면서 집집에서 나오고, 늙은 농부들은 숲 저 뒤쪽에서 들밭 둑에 불을 피우면서 이야기들을 하고 있다. 집집마다 안방으로부터는 찰깍찰깍 베틀에서 베 짜는 소리가 들려오니 모두들 착한 아낙들이 있음을 알 만하고, 또 사랑방마다에는 과제와 외우기들을 신나게 잘들 하고 있어 집집마다에서 착한 손자들을 볼 수 있으니, 바로 그대가 지금 살고 있고 봄을 맞아 한창 살구꽃이 환하게 피어 있어 더없이 화창하고 평화로운 속에 하늘이 각자에게 준 직분대로 천진스럽게 자족자락하며 살아가는 여기 이 마을이 그냥 그대로 사람들이 찾고 있는 무릉도원이니, 구태여 지금 살고 있는 이곳을 떠나서 자취를 감추고 어딘지도 모르는 엉뚱한 미지의 세계를 찾아가서 노닐 필요가 있느냐는 것이다.

지은이는 오히려 "이 행화촌杏花村(살구꽃이 환하게 핀 이 마을)의 주인인 당신과 당신이 살고 있는 이 마을이 마치도 속세의 때로 찌든 사람들이 사뭇 꿈꾸는 이상향 같아 한없이 부럽다"는 말을 글 밖으로 말하고 있는 것이다.

저의 부모를 보러 돌아가는 어린 여종을 보내면서

送童婢歸覲

정일헌 남씨 貞一軒 南氏

어린 여종 나인 겨우 열네 살이나 　　　童婢年十四
그냥 걸어 부모 보러 간다 하는데 　　　徒步告歸寧
슬프구나! 나는 안방 그냥 살면서 　　　嗟我閨中處
어느 때쯤 부모님 앞 찾아뵐까나! 　　　何時過鯉庭

지은이 정일헌 남씨는 조선조 고종 때 사람으로 본관은 의령이며 약천藥泉 남구만南九萬의 후손으로 어려서부터 지혜로워 글을 읽혔으며, 뒤에 우계牛溪 성혼成渾의 후손인 성대호成大鎬에게 출가하였으나 아들을 낳지 못한 채 20세에 남편을 잃고 얼마 후 시어머니까지 궂기는 불행을 당하였다. 그래서 그녀의 시는 그런 삶의 한과 슬픔을 읊은 것이 많으며, 그러면서도 유가적 덕목과 교양을 익힌 면면을 보이는 작품들을 함께 남기고 있을 뿐만 아니라 그 구상과 수사도 숙련되어 있어서, 역시 여류문학사에서 다루어져야 할 대상들이다. 남겨진 이 작품들은 양자인 성태영成台永에 의해 수합되어 이건창李建昌의 서문과 함께 《정일헌시집貞一軒詩集》으로 발간되었다.

　지은이의 당호로 추정되는 이 정일헌貞一軒(정숙하고 한결같음)은 그 시사하는 의미를 그녀의 실제적 삶의 역정과 비교해 보면 매우 깊이 상관되어 있음을 확인할 수 있다.

여종만큼도 못하게 부자유한 자신의 안타깝고 슬픈 심경

이 작품의 문면상 내용은 새삼 더 설명할 필요도 없이 쉽게 파악되지만, 이 작품의 문맥에 담긴 주제의 심층적 질량을 확실하게 파악하기 위해서는 이것과 상관된 배경들을 살펴볼 필요가 있다. 옛날에 어린 여종은 집주인의 딸이 시집을 가게 되면 그 시집가는 신부에게 사유물처럼 주어져서 그 시댁으로 따라가서 그 댁의 남종에게 시집가서 살게 되어 있었다. 이 작품에 등장하는 여종도 물론 지은이 남씨에게 딸려왔다가 아직은 어리거나 그 시댁에 아직 적합한 남종이 없어 혼인을 안 한 것으로 추정되거니와, 이 여종은 주인에게 물건처럼 귀속되어 있어서 인격이나 인권으로는 천시되고 불행했지만, 체면과 예절의 철저한 실천을 위해 비록 가까운 집 근처, 주변으로의 출입이나 행동도 마음대로 할 수 없었던 양반 사대부가의 여인들보다 오히려 이 체면이나 예절에 있어서는 훨씬 자유로울 수 있었고, 그래서 일상의 행동이 오히려 자유로울 수 있어서 주인의 허락만 받는다면 언제든지 출생지로 부모를 보러 갈 수 있었던 것이다.

이상의 사실을 전제로 하여 보면, 첫째 줄은, '내가 여종 너처럼 열네 살 처녀였다면 틀림없이 어른들로부터 집 밖으로 홀로 나가는 것도 절대 허락되지 않았을 텐데, 너는 그냥 홀로 갈 수 있게 됐으니 얼마나 좋겠느냐? 참으로 너무 부러워 나는 오히려 말로 할 수 없이 슬프다'는 속마음을 밑에 깔고 있다. 둘째 줄에서, 여종이 가는 상태를 "도보徒步(그냥 걸어)"라고 말한 것도 쉽게 추론해서 읽으면 '고생스럽겠다'는 동정의 마음을 말없이 숨긴 것으로 볼지 모르나, 이것은 오히려 '너

와 달리 나는 어디를 가든지 꼭 가마를 타고 가는데, 남 보기에는 이
게 호사스럽고 편하고 자랑스럽다고 할지 모르나, 이 가마를 타고 그
속에 앉아서 가는 나는 오히려 소변보기 같은 불편은 물론, 가마를 메
고 가는 남성들에 대한 불편함, 그리고 밖을 마음대로 내다볼 수도 없
는 부자유, 무엇보다 이런 외출이나 여행이나마 그것들을 허락받고 준
비하는 절차와 과정의 번잡함 등이 얼마나 귀찮고 힘든 줄 아느냐? 너
는 오히려 네 마음대로 홀로 편하게 천천히 걸어서 온갖 것 다 구경하
면서 갈 수 있으니 얼마나 좋으냐?' 하는 부러운 심경의 사설을 역시
말 뒤에 갈무리고 있다. 셋째 줄에서도, "한중처閨中處(안방 그냥 살건
만)"라고 한 것은 역시 '안방에서 그냥 편하고 걱정 없이 살고 있다'는
말이 아니라, 오히려 '안방에서 신부로서의 온갖 예절과 도리를 꼼짝
없이 지키며 그냥 사느라고'라는 안타깝고 처절한 심경을 천연스러운
듯 숨기고 있는 것이다.

　지은이가 열여섯 살에 열일곱 살인 남편에게 시집을 가서 남편이 죽
기까지 4년을 살았으면서도 자녀를 낳지 못한 것을 보면 부부간에는
필시 어려운 사정이 있었을 것으로 추정된다. 또한 남편에 대한 시가
한 수도 없는 것 등을 봐서도 그런 의문을 남겨서, 이 작품을 통해 그
녀의 애달픈 한애恨哀와 함께 자기 보상을 위한 절실한 자유의 갈망이
숨겨진 것을 읽어 낼 수 있는 것이라 하겠다.

시아버님께서 나에게 양자를 데려오기 위한 일로 파주로 떠나셔서 尊舅以求螟事 行次坡州

정일헌 남씨 貞一軒 南氏

이 내 몸은 자식 없고 서방님도 잃은 채로	此身無子又無夫
시부모님 다만 믿다 시모님도 궂기시고	只恃舅姑竟失姑
시동생님 아들 낳아 아들 또한 못 자라나	望弟生兒兒未育
어느 때쯤 나나니벌 멸구 새낄 업게 될꼬?	何時蜾蠃負蒲蘆

절망적 자아의 비탄과 간절한 소망의 노래

나에게는 이내 자식이 없는데 게다가 더 기막히게 서방님도 돌아가셔서 이젠 독신이 되어 버린 채라, 다만 시부님(시아버님)과 시모님(시어머님)을 믿고 살려 했더니 마침내 시모님도 돌아가셨고, 시동생님이 아들을 낳아서 이 아이가 성장하면 나의 양자로 삼게 되리라 기대했건만 이 아이마저 미처 자라기 전에 죽어 버렸으니, 어느 때쯤에나 귀여운 양자(나나니벌로 비유)를 받아 어미(어미벌로 비유)가 되어 업어 보게 될 것인지 모르겠다는 비탄에 찬 자신을, 양자를 기대하는 간절한 소망으로 애써 가누려는 몸짓을 보이고 있다.

그런데 지은이는 이 작품에서 한자 어휘의 의미를 오인하여 실수를 범하고 있다. 양자를 받는 것을 《시경詩經》에서 "멸구가 새끼를 낳으

면 나나니벌이 업고 가서 제 새끼로 기른다(螟蛉有子 蜾蠃負之)"라고
하는데, 지은이는 "포로蒲蘆"를 '명령螟蛉(멸구)'과 같은 말로 착각하
여 사용하였으나, 이 '蒲蘆'는 오히려 멸구가 아니라 바로 "과라蜾蠃"
와 같은 뜻인 '나나니벌'이다. 따라서 이 시구는 그 뜻대로 번역을 하
면 "어느 때쯤 나나니벌 나나니벌 새낄 업게 될꼬?"가 되어 양자를 받
는다는 뜻이 아니라 제 새끼를 업는다는 말이 된다.

그리고 어휘 의미에 대한 오인은 물론 지은이 자신의 과실이지만 이
런 과실을 초래하게 한 데에는 '고姑' 자와 같은 운의 글자가 바로 '로
蘆' 자인 것이 작용한 때문이기도 하다.

병아리 鷄兒

정일헌 남씨 貞一軒 南氏

두 날개로 동글동글 알을 덮은 채
자연대로 20여 일 넘겨 가면서,
여린 사랑 발동하며 어미가 되어
껍질 깨어 이내 새끼 태어난 뒤엔,
자식 주려 벌레·개미 찾아다니고
새끼 경고 까막·까칠 피하게 하니,
닭을 보곤 나는 터득하는 게 있어
자식 양육 수고 사양 안 하는 걸세!

翼覆團團卵
自然卄日蹂
雌慈動作母
甲坼乃生雛
哺子求虫蟻
警兒避鵲烏
觀鷄吾有得
負贏不辭劬

병아리의 생장 과정을 보며 각성하는 모성애

암탉이 알을 품어 병아리를 깨고 그 병아리를 기르는 어미닭은 행태를 있는 대로 그려 설명하듯 표현하고 있어서, 새삼스럽게 부연하는 설명이 필요치 않다. 어쨌거나 동물의 행태를 관찰하며 지극히 인간적인 의미를 탐색하는 지은이의 심성과 눈길은 나름대로 매우 정겹고 새로운 시적 경지를 제시하고 있다.

다만 여섯째 구인 "경아피작오 警兒避鵲烏(병아리들에게 경고하여 까치·까마귀의 침범으로부터 피할 수 있게 한다)"에서 '작오鵲烏(까치·까마귀)'는 실제로 병아리들에게 덤벼들어 해치는 동물이 아닌데 이 동물을 시어로 인용한 것은 아무래도 좀은 불합리한 억지 시어 조작일 수밖에 없다. 그런데 이 작품의 각운 글자들인 '유踰·추雛·구呴'가 모두 평성운平聲韻인 '우虞'에 함께 속한 것이라 이 여섯째 구의 끝에 놓아야 할 각운 글자도 이 '虞'에 속해 있는 글자여야 하지만, 이 '虞'에 속한 글자 중에 매나 독수리 같은 조류를 나타내는 글자는 없고, 여기에 속한 조류를 나타내는 글자로는 이 '烏(까마귀)' 자밖에 없어서 불가피하게 이 글자를 '鵲(까치)' 자와 합쳐 인용한 것이다.

천하에 봄이 와서 天下春

정일헌 남씨 貞一軒 南氏

봄 세 달이 올 소식을 봄신에게 물었더니	三春消息問東君
햇볕으로 쬐어 오고 바람으로 풀어 주며,	日以暄之風以薰
뭇 음기를 몰아내며 천둥 그냥 울려 대고	退却群陰雷動盪
온갖 만물 살려 내며 기운 온통 포근하여,	發生庶物氣氤氳
하늘 날고 못 노닐며 새·물고긴 즐겁겠고	淵天活潑禽魚樂
비를 맞고 이슬 젖어 풀·나무들 기쁠 텐데,	雨露沾濡草木欣
이 천하의 봄기운이 내 몸속도 돌아와서	天下春歸吾肺腑
도운각 위 한가로운 구름 속에 누워 있네!	道雲閣上臥閑雲

봄을 맞아 생동하는 자연과의 조화 속에서 누리는 거나한 흥취

몹시도 기다려지는 봄 세 달이 빨리 안 오는 듯해서 마음속으로 봄을
맡은 신이 있다면 언제 오느냐고 묻고 싶어 하며 지내고 있었더니, 매
일매일 햇볕이 차츰 더 따스하게 쬐어 오고 바람도 매일매일 더 부드
럽게 불어오며 날씨를 풀어 주면서, 지난겨울 내내 꽁꽁 얼어 묶여 있
던 음산하고 찬 기운을 몰아내면서 봄비와 함께 천둥이 울려 대고, 이
어서 온갖 만물들을 살려 내려는 듯 기온이 오르며 포근해져서, 생각

해 보니 이제부터는 소리개는 제 마음껏 하늘을 날고 물고기도 제 마음대로 연못 속에서 한껏 뛰며 놀 것이고, 풀들은 이슬에 흠뻑 젖고 나무들은 비를 흠씬 맞아 기쁘게 자라날 텐데, 이 온 천하의 무르익은 봄기운이 나의 폐부 몸속에도 스며 들어와서, 너무 즐겁고 흥겨워 도고산道高山 밑 우리 집 정자 도운각 위로 올라가서 한가롭게 떠도는 구름 속에 아무 걱정 없이 누워 있다는 만족감의 선언 같은 시다.

2부

중국의 여류 한시 女流漢詩

중국의 한시 역시 아주 상고시대의 작품이라고 하여 전하는 상비湘妃, 서왕모西王母, 서시西施 등의 것들이 있으나 그 작품들과 상관된 사연들이 모두 공상 같은 것들로서 아무래도 의문점이 많은 것들과 진라부秦羅敷의 〈맥상상陌上桑〉처럼 의혹설이 있는 작품들도 번역에서 제외하였다.

뿐만 아니라 과다한 전고典故나 학리적 식견 등을 다룬 작품들도 역시 현대 독자들에게 난해하고 생소할 것으로 판단하여 번역에서 제외하였다.

중국의 여류 한시도 거의 지은이 자신들의 일상적 삶을 중심으로 한 희로애락의 정의적 표출이 주류를 이루고 있으며, 따라서 여기에서도 이런 부류의 작품들을 중심으로 번역하였다.

그리고 이 중국의 여류 한시는 그 작가의 인적 사항이나 작품의 창작 배경에 대한 관련 자료와 사실들의 기록이 한국과 일본의 경우보다 비교적 많이 남아 있어서 작품의 실상을 이해하는 데에 훨씬 더 정확성을 보장할 수 있었다.

구체적으로 중국 여류들의 한시는 그 지은이의 인적 사항을 알리는 자료들이 한국이나 일본의 그것들보다 비교적 양적으로 많이 남아 전해지고 있을 뿐만 아니라 지은이와 시적 주체의 삶이 보다 극적인 경우가 많아 실제 작품의 제재적 참신성이 돋보이며, 또한 수사미의 세련도도 한·일 양국의 작품들의 그것에 비해 보다 다양하고 앞서 있는 것을 확인하게 된다.

문빗장 노래 扊扅歌

백리해 처百里奚 妻

백리해 당신께선	百里奚
다섯 마리 양 가죽에 배상됐지만	五羊皮
이별할 땐 되짚어 생각해 보니	憶別時
암탉 잡아 드리려고 삶을 적에는	烹伏雌
문빗장을 뜯어서 불을 땠는데	炊扊扅
오늘같이 부자·귀인 되시고 나선	今日富貴
내가 한 걸 모두 다 잊으셨네요!	忘我爲

지은이 백리해의 처는 춘추시대의 우虞나라 사람이었다. 남편 백리해가 우나라의 고관으로 있던 중에 우나라가 진晉나라에 의하여 멸망당하면서 포로가 된 뒤 진秦나라 임금 무공繆公 부인의 하인으로 팔려 떠나게 되자, 가난에 쪼들려 사는 그의 처가 슬퍼하여 문의 빗장을 뜯어 불을 때서 암탉을 삶아 대접하며 전송하였다. 그런데 하인으로 팔려 가는 것을 부끄럽게 여긴 백리해가 완宛 지방으로 도망가서 초楚나라 사람들에게 포로로 잡혀 있던 중에, 진나라 임금 무공이 그가 훌륭한 인물이라는 소문을 듣고 다섯 마리의

검은 양 가죽을 초나라 사람들에게 몸값으로 배상하고 그를 데려가서 관리로 임명했다가 뒤에는 정승으로 승진시켰다. 그런 뒤 어느 날 그의 집안에서 크게 잔치를 베풀고 풍악을 연주하는 중에, 빨래를 빠는 고용부로 온 한 여인이 음악을 좀 안다고 하며 이내 거문고를 가져다가 타면서 이 〈염이가厭爾歌(문빗장 노래)〉를 함께 불렀다. 이것을 보고 들은 백리해가 이상히 여겨 물어보니 이 여인은 바로 옛날에 헤어진 아내였다. 이에 백리해는 자신의 잘못을 바로 뉘우치고 다시 부부가 되었다. 그래서 백리해는 세상 사람들에 의하여 '오고대부五羖大夫(다섯 마리 검은 양 가죽으로 배상된 장관님)'라는 호칭을 듣게 되었다.

매정한 남편을 회개시킨 한 편의 직설적 노래

'백리해 당신께서는, 옛날 초나라에 포로로 계시다가 진나라 임금 무공에 의하여 다섯 마리 검은 양 가죽으로 배상됐지만, 돌이켜서 되짚어 생각해 보니 그전 당신께서 진나라로 하인이 되어 떠나시게 되었을 적에, 나는 가난하여 땔나무도 없어 문의 빗장을 뜯어 불을 때서 겨우 암탉 한 마리를 삶아 잡수시게 하고 보내 드렸는데, 당신은 오늘 이렇게 부자에다 정승이 되어 계시면서는, 내가 가난 속에 그렇게 했던 일을 이제 까맣게 잊으셨네요!'라며 직설적으로 푸념하고 있는 것이다.

　물론 이 번역한 글의 여섯째 줄과 일곱째 줄은 원래 "금일부귀망아위今日富貴忘我爲"라는 한 줄의 문장인데 편의상 두 줄로 나누어 번역한 것임을 밝혀 둔다.

노랑고니 노래 黃鵠歌

도영 陶嬰

슬프구나.	悲夫
노랑고니 일찍 홀로 되었지만	黃鵠之早寡兮
7년 동안 짝을 안 지은 채로	七年不雙
목 숙이고 홀로 잠을 잘망정	宛頸獨宿兮
아무나와 무릴 짓지 않으면서	不與衆同
밤중쯤에 슬프게 울부짖으며	夜半悲鳴兮
전의 제짝 수놈을 생각하지만	想其故雄
하늘 일찍 홀로 되라 명령한 거니	天命早寡兮
홀로 자길 어찌 슬퍼할 것이 있나?	獨宿何傷
과부 나는 노랑고닐 생각하고선	寡婦念此兮
뒤 줄 눈물 주룩 흘리며	泣下數行
아아, 애처롭다!	嗚呼哀哉兮
죽은 이를 잊어버릴 수가 없구나.	死者不可忘
나는 새도 오히려 수절하는데	飛鳥尚然兮
하물며 정숙해야 할 사람이거니	況於貞良
비록 훌륭하다는 남자 있어도	雖有賢雄兮
끝까지 함께 행동하지 않으리.	終不同行

지은이 도영은 춘추시대 노魯나라 사람이다. 도명陶明의 딸로 젊어서 과부가 되어 어린 자녀들을 기르며 길쌈하여 생활을 꾸리면서 가난하게 살아가고 있었다. 이렇게 가상하고 가련한 사정을 안 어떤 사람이 적극적으로 혼인을 하자고 간청하니, 이 시를 지어서 자신의 결연한 수절 의지를 밝혔다.

갖은 곤경을 겪으면서도 매섭게 수절을 각오한
결연한 의지의 선언

슬프구나. 신선 닮은 새인 노랑고니 너는 너무 일찍 짝(수놈)을 잃고 홀로 외롭게 되어 있었지만, 그 후 7년 동안 다시 다른 수놈과 짝을 짓지 않은 채로, 밤이 되면 그냥 목을 숙이고 홀로 잠을 잘망정, 다른 노랑고니들과 무리를 짓지 않고 홀로 살면서, 언제나 밤중쯤엔 슬프게 울부짖으며, 옛날 제짝만을 생각하지만, "그래도 하늘이 일찍 홀로 살라는 운명을 명령한 것이니, 밤에 홀로 자는 것을 어찌 슬퍼할 것이 있나!" 하며 스스로를 진정시키고 있으니, 과부인 나는 노랑고니 너를 생각하고서, 뒤 줄 눈물 주룩 흘리며 생각해 보니, 아아 애처롭다! 죽은 이지만 옛 서방님을 잊어버릴 수가 없구나! 날아다니는 새인 노랑고니 너도 옛날 짝을 안 잊고 수절하는데, 하물며 정숙해야 할 사람인 나야 더 말할 게 있겠는가! 그러니 비록 훌륭하다는 남자가 있다고 해도, 끝까지 그와 함께 살아가진 않겠노라.

이 작품은 시종 지은이의 독백 형식으로 되어 있으며, 1구에서 9구까지는 노랑고니의 수절하는 상황을 말하고, 10구에서 17구 끝까지는 지은이가 노랑고니의 애처롭고 아름다운 수절 행태를 거울로 삼아 자신의 매서운 수절 각오와 결연한 의지를 밝히고 있는 것으로 되어 있다.

까막·까치 노래, 두 수 烏鵲歌. 二首

한빙 처 하씨 韓憑 妻 何氏

1

남쪽 산에 까마귀 살고 있는데	南山有烏
북쪽 산에 그물을 치고 있네만	北山張羅
까마귀는 제 스스로 높이 날거니	烏自高飛
그물인들 마땅히 어떻게 하랴?	羅當奈何

2

까막·까치 짝을 지어 날아다니며	烏鵲雙飛
봉황새를 좋아하지 않는 것같이	不樂鳳凰
첩(저)도 바로 서민 집안 여인이라서	妾是庶人
송나라의 임금님이 안 좋습니다.	不樂宋王

지은이 하씨는 전국시대 송宋나라 사람으로 송나라의 임금인 강왕康王의 궁 안 일을 맡은 사인舍人이었던 한빙韓憑의 아내로 매우 아름답고 착하였다. 이런 점을 안 왕이 흑심을 품고 먼저 청릉대青陵臺를 건축하고 하씨를 멀리서 바라보다가 이내

강제로 하씨를 빼앗고는 남편인 한빙을 감옥에 가두자, 하씨는 이 시 첫째 수를 지어서 왕에게 자신의 곧고 굳은 의지를 보였으며, 둘째 수를 지어서 갇힌 남편에게 보냈으나 남편은 이 시를 받고도 끝내 자살하였다. 이 사실을 안 하씨는 왕과 함께 청릉대에 올라가서는 바로 아래로 투신자살하였다. 그런데 그녀의 허리띠 속에서 발견된 유서에는 자신의 시신을 남편의 무덤에 합장해 달라는 부탁이 있었으며, 그녀의 품속에서 남편에게 먼저 보냈던 그 시가 발견되자, 크게 화가 난 왕은 일부러 남편의 무덤과 마주한 쪽에다 따로 떼어 묻었다. 그런데 하룻밤이 지나자 두 무덤에서 각각 가래나무가 자라 나와 뿌리가 땅속에서 서로 이어지고 가지가 땅 위에서 서로 이어졌으며, 이 나무들에는 원앙새가 항상 짝을 지어 깃들여 살면서 아침저녁으로 슬피 울어, 사람들이 모두 기이하게 여겨 말하기를 “이 한 쌍 원앙은 정녕 한빙 부부의 영혼이다”라고 하였고, 이 원앙을 보는 사람들은 눈물을 흘리지 않는 이가 없었다.

은근히 매서운 저항 의지와 사랑을 위한 굳은 지조. 두 수

첫째 수는 바로 하씨가 자신의 매서운 저항 의지를 담아 왕에게 전하려는 의도로 지어 읊은 시다. 이 작품에서 “까마귀”는 물론 우리나라에서처럼 좋지 않은 새가 아니라 중국에서는 좋은 새라, 이 작품에서는 바로 지은이 자신을 대신한 존재로 제시한 것이고, “그물”은 왕이 자신을 유혹하고 구금하기 위해서 계획한 음모와 건축한 청릉대를 함께 상징하여 원용한 말이다.

까마귀는 이 남쪽 산(하씨가 사는 곳)에 살고 있으면서 즐거워하고 있는데, 북쪽 산(왕이 청릉대를 지은 왕궁 안)에 그물을 쳐 놓고 이곳으로 날아오게 하여 잡으려고 하지만, 까마귀는 누구의 제약도 안 받고

제 스스로 마음껏 높이 날고 있으니, 아무리 그물을 쳐 놓은들 어떻게 하실 겁니까? 까마귀는 절대로 억제되거나 구속받지 않을 것이라는 항변이요 선언이다.

둘째 수는 바로 지은이 하씨가 남편인 한빙에게 결연한 신념과 굳은 언약을 전하는 시다. 여기서도 까막·까치는 그저 보통 흔한 새지만 칠월 칠석 오작교烏鵲橋 설화에 나오는 것처럼 다정하고 불변하는 사랑의 화신으로, 지극히 평범한 신분의 지은이 하씨 자신과 남편 한빙을 비유하고 있으며, 봉황은 물론 세상에서 흔히 귀하게 여기는 새로 여기서는 바로 왕을 비유한 것으로, 지은이는 자신이 비록 몸과 뜻을 바칠 대상으로 수용할 수는 절대 없지만 존귀한 분으로 인정하는 도리만은 다한다는 것을 보이는 표현 수법이다.

저 까막·까치가 비록 지극히 평범한 새들이지만 참으로 다정하고 불변하는 사랑으로 영원히 함께해야 하는 것처럼, 당신과 저도 비록 지극히 평범한 신분의 사람들이지만 서로 다정하고 불변하는 사랑으로 영원히 함께 살아가야 할 것이므로, 비록 봉황새처럼 고귀하신 임금님이시라고 해도 절대로 좋아할 수가 없는 것이요, 오직 서방님 당신만을 사랑할 수밖에 없다는 결연한 사랑의 성언이요 굳은 지조의 서약이다.

비단부채 노래 紈扇歌

반첩여 班婕妤

제나라의 비단 천을 새로 자르니	新裂齊紈素
희고 깨끗 서리·눈발 같았었기에,	皎潔如霜雪
합죽선을 재단해서 만들었더니	裁成合歡扇
둥그런 해 환히 밝은 달 모양 같아,	團團似明月
서방님의 품·소매 속 나고 들면서.	出入君懷袖
부칠 적엔 잔바람을 일으켰건만	動搖微風發
항상 그냥 두려운 건 가을 닥쳐와.	常恐秋節至
서늘바람 찌는 더윌 거두어 가면,	涼颸奪炎熱
상자 속에 넣어져서 버려진 채로	棄捐篋笥中
은혜와 정 중도에서 끊길 거였네!	恩情中途絶

지은이 반첩여는 한漢나라 사람이다. 교위校尉 반황班況의 딸로 재능이 있고 언변이 좋으며 시도 지을 줄 알아 왕궁의 궁녀로 뽑혀 가서 임금인 성제成帝의 총애를 받아 임금님의 심부름을 도맡는 궁녀 벼슬인 첩여婕妤로 임명되어 있었으나, 조비연趙飛燕이라는 후궁의 고자질로 임금에게 소외당해서 장신궁長信宮으로

가서 태후太后(임금의 어머니)만을 모시면서 외롭게 살다가 죽었다.
이 작품은 여기서 외롭게 살고 있을 때 지은 것인데, 후에는 많은 중국
의 시인은 물론, 한국과 일본의 많은 시인도 반첩여의 이 외로운 삶을
대신해서 이른바 '장신궁長信宮'이라는 제목의 수많은 시를 읊어 냈다.
그리고 이 작품은 그 제목이 '원가행怨歌行'이라고 불리기도 하였다.

가을 맞은 부채로 비겨지는 자아의 슬픈 노래

명품으로 알려진 제나라 지역에서 나는 비단을 새로 잘라 놓고 보니,
그 바탕의 희고 깨끗하기가 마치도 서릿발과 눈발같이 너무 좋아서,
이것을 잘 재단하고 마름질해서 합환부채(합죽선合竹扇)를 만들고 보
니, 둥그런 게 환하게 밝게 떠 있는 반달 모양 같아서, 서방님의 아낌
을 받아 그의 품 안에 아끼는 물건이 되어 그 소매 속에 넣어졌다가 꺼
내졌다가 하면서, 펴서 천천히 부칠 때에는 은근히 시원한 잔바람을
일으키건만, 그러나 오히려 항상 두려운 건 가을이 와서, 서늘한 바람
이 이 여름날의 찌던 더위를 싹 가시게 하면, 드디어 이 부채는 쓸데가
없어져 상자 속에 넣어져 버려진 채로 있게 되어, 서방님이 항상 필요
하여 아끼던 애착심을 중도에 그만 끊어 버리고 영영 잊힐까 싶어서라
는 말이다. 물론 지은이가 이 작품에 등장시킨 비단 합죽선은 바로 자
신을 대입시키기 위한 것으로 역시 그 수사적 수법도 매우 재치 있는
것이라 할 만하다.

*秋扇(추선, 가을의 부채) 부채는 여름의 한더위에는 주인의 손에서 잠시도 떨어지지
않고 사랑을 받으며 애용되다가, 시원한 가을이 오면 쓸데가 없어 주인의 손에서 멀어
져 드디어는 상자 속에 갈무려지게 되므로, 이 가을의 부채는 젊어서는 사랑을 받다가
늙으면 사랑을 못 받고 소외되어 외롭게 되는 여인에 비기어져 왔다.

백발 머리 타령 白頭吟

탁문군 卓文君

하얗기는 산 위의 눈빛과 같고	皚如山上雪
허옇기는 구름 사이 달빛 같아져,	皎若雲間月
듣자 하니 서방님은 두 생각 있어	聞君有兩意
일부러 와 서로 잘라 결정하자니,	故來相決絶
지금 오늘 말술 놓고 모임 하고는	今日斗酒會
내일 아침 궁 안 도랑 머리로 가셔,	明旦溝頭水
궁 안 도랑 위를 저벅 걸으실 적엔	躞蹀御溝上
궁 안 도랑 동·서 나눠 흘러갈 테니,	溝水東西流
처량하고 또다시 처량하여도	淒淒復淒淒
시집·장가갈 일 때문 울 필요 없고,	嫁娶不須啼
한마음만 가진 사람 제발 만나서	願得一心人
백발까지 서로 아니 헤어지고파.	白頭不相離
대 장대는 어찌 그리 간들거리며	竹竿何嫋嫋
생선 꼬린 어찌 그리 나대는 건지,	魚尾何簁簁
사나이엔 의지·기상 중요한 건데	男兒重意氣
어찌 돈만 벌어 모듈 하려 합니까?	何用錢刀爲

 지은이 탁문군은 한漢나라 사람으로 임공臨邛의 부호인 탁
왕손卓王孫의 딸이었다. 예쁜 눈썹에 고운 얼굴, 부드러운 살
결의 미인으로 일찍이 시집가서 바로 남편을 잃고 17세에 청
상과부가 되어 친정에 와 있었다. 어느 날 아버지가 크게 잔치를 베풀
고 많은 손님을 초청하여 즐기고 있는데, 이때 성도成都에서 글 짓는
재간이 있으나 가난한 선비인 사마상여司馬相如가 유람을 다니다가 이
곳에 들러 술과 음식을 조금 얻어먹기 위해 이 잔치 자리에 참석하였
다. 여기서 이곳의 원님인 왕길王吉의 안내로 술을 마신 후 거문고를
타자, 이 소리를 들은 탁문군이 문틈으로 그의 청수한 얼굴을 엿보고
나서 이내 그와 정들게 되었고, 밤에 그가 있는 곳으로 찾아가 함께 살
게 되었다. 그러나 아버지 탁왕손이 자신의 뜻과 달리 가난한 사마상
여에게 가서 사는 딸을 돌보지 않자, 살기가 어려워진 이 부부는 아버
지가 빤히 보는 곳에 가서 술집을 차렸다. 문군은 직접 주방을 맡고 상
여는 그릇을 씻으며 장사를 하자, 이것을 창피하게 여긴 탁왕손이 노
비와 전답, 주택을 마련해 주고 거금을 넘겨주었다. 그리고 상여는 황
제인 무제武帝의 부름을 받아 가서 〈상림부上林賦〉, 〈장문부長門賦〉 등
을 지어 올려 총애를 입게 되었다. 그런데 걱정 없이 살게 된 사마상여
가 무릉武陵의 아가씨를 첩으로 데려오려고 하자, 탁문군은 이 〈백두
음〉을 지어 단호하게 결별의 의지를 전하였다. 이에 놀라고 뉘우친 사
마상여는 축첩 의도를 단념하였다.

변심한 남편의 제안을 사절하는 결연한 의지의 노래

내가 나이 들고 늙어 버려 검던 머리털이 이제 낮에는 산 위에 쌓인 눈
빛처럼 하얗고, 밤에는 하늘에 뜬 구름 사이의 달빛처럼 허옇기만 하
여, 서방님은 내가 싫어져서인지 나 말고 또다시 젊은 한 여자를 두고

싶은 두 생각을 가지고 있어서, 일부러 나에게 와서 딱 잘라 결정하자고 하시는데, 그래서인지 오늘 새삼스레 이렇게 말술을 차려 자리를 마련해 놓고 이야기하지만, 내일 아침이 되어 궁 안 도랑 머리로 가서, 그곳을 거닐다 보면 그 궁 안 도랑물은 동쪽과 서쪽으로 나뉘어 흐를 테니(바로 서방님 당신 앞에 함께 두고 싶은 나와 그 무릉의 젊은 여인은 각각 이 두 갈래 물이 서로 반대로 흐르는 것처럼 절대로 화합이 안 될 테니), 서방님 당신이나 나나 처량하고 또다시 처량하다고 해도, 우리가 제각각 다시 시집가고 장가가야 하는 것 때문에 슬프거나 걱정되어 울고불고할 필요는 없어요. 다만 나는 제발 한결같이 시종 한마음만 가진 사람(남자)을 만나, 늙어서 머리가 백발이 되어 죽을 때까지 서로 헤어지지 않고 싶을 뿐입니다. 그런데 서방님 당신을 놓고 비겨서 생각해 보니, 당신의 인격인가 싶었던 저 곧고 굳다던 대나무 대궁은 어찌 그렇게 간들거리며, 당신의 심성인가 싶었던 저 부드럽고 귀엽던 물고기의 꼬리는 어찌 그렇게 나대는 겁니까?(내가 당신의 인격을 아주 잘못 봤었다는 말임) 사나이 대장부에겐 마땅히 굳은 의지와 기개가 아주 중요한 것인데, 어찌 돈이나 벌어서 호강하며 마구 살아가는 짓이나 하려고 합니까?

상대 사마상여가 결별하자는 제안을 하기 전에 선수로 먼저 당당하게 결연한 의지의 결별을 선언하는 시다. 시 속에서 대응하는 사설이 마치도 대장부의 자신에 찬 언변 같아 족히 사마상여의 어안이 벙벙했을 것으로 추정되거니와, 그래서 사마상여는 곧바로 자신의 잘못된 생각을 접었던 것으로 판단된다.

그리고 이 작품은, 여기서 제시하여 다룬 문면과 달리 첨삭이 되어서 전하는 여러 이본 작품이 있음을 밝혀 둔다.

되놈 피리 열여덟 박자에 따라 부른 노래 胡笳 十八拍

채염 蔡琰

내가 태어난 처음엔 아직 아무 일도 없다가	我生之初尙無爲
내가 태어난 뒤에는 한황실 운 시들어서,	我生之後漢祚衰
하늘이 사랑 안 해 난리 재앙 내리시고	天不仁兮降難離
땅도 사랑 안 해 나로 이땔 만나게 해,	地不仁兮使我逢此時
전쟁 매일 일어나서 길은 모두 위험하고	干戈日尋兮道路危
백성·사졸 피란 도망 함께 모두 슬펐으며,	民卒流亡兮共哀悲
전쟁 먼지 들판 덮어 되놈 기세 대단해서	煙塵蔽野兮胡虜盛
뜻한 생각 어긋나서 절개 의리 못 지킨 채,	志意乖兮節義虧
야만 풍속 대해 보니 내겐 맞지 않는 거라	對殊俗兮非我宜
모진 모욕 당했지만 누구에게 알리겠나?	遭惡辱兮當告誰
피리 한 번 불 적마다 거문고도 한 곡 타나	笳一會兮琴一拍
분하고도 원통한 맘 아는 사람 하나 없네!	心憤怨兮無人知

지은이 채염은 한漢나라 말기의 사람으로 자는 문희文姬이며 당시에 유명한 문인인 채옹蔡邕의 딸이었다. 재능이 뛰어나고 학식도 높았으며 거문고도 잘 탔다. 처음에 위중도衛仲道

에게 출가하였으나 중도가 죽자 친정에 와 있었다. 그런데 북방 흉노 족의 침입으로 난리를 만나 그들에게 피랍되어 가서 흉노 족장인 좌현왕左賢王의 왕후가 되어 두 아들까지 낳았으나 그것은 죽지 못해 겪은 악몽 같은 삶이었다. 여기에서 이 흉노족이 부는 피리 가락에 맞추어 자신의 참혹하고 슬픈 감정을 담은 시 열여덟 수를 지어 불렀으며, 이 작품은 바로 그중의 한 수다. 그 뒤에 조조曹操가 그녀의 아버지 채옹과의 정분을 생각하여 그녀의 사정을 불쌍히 여겨 흉노 족장에게 뇌물을 주고 그녀를 데려와서 다시 동사董祀에게 시집보냈다. 그런 뒤에도 그녀의 글 재능은 조조의 아낌을 사뭇 받았다.

지은이의 이름인 염琰(홀笏을 만드는 귀한 옥)을 보거나 문희文姬(글 잘하는 아가씨)라는 자를 봐서 그녀는 매우 문학적 자긍심과 자존심이 강한 여인이었을 것으로 추정되며, 실제 그녀의 작품들에서 그것이 확인된다.

되놈들에게 피랍되어 겪는 불행에 우는 애처로운 노래

내가 태어난 초기에는 우리 한나라가 오히려 아무 일도 없이 태평하였다가, 내가 태어나서 좀 세월이 지난 뒤에는 우리 한나라의 황실 운수가 쇠약해지기 시작하느라고 그런지, 하늘도 우리 한나라를 사랑하지 않아 난리와 재앙을 내리시고, 땅도 우리 한나라를 사랑하지 않아 나 같은 여인들로 하여금 요 때에 태어나게 했는데, 전쟁이 매일 일어나서 모든 길이 위험스럽고, 그래서 백성들이나 병사들도 피란하고 도망하면서 모두 함께 슬퍼했으며, 전쟁의 먼지가 들판을 덮어 몰려오면서 되놈(흉노)들의 기세가 너무 등등했지만, 나는 절대 되놈들에게는 굴복하여 시집가지 않겠다고 다짐했던 각오와 의지가 어긋난 채, 그 각오를 못 지키고 강압에 의해 되놈들의 부족장인 좌현왕에게 시집을 가

게 되었지만, 너무도 낯설고 생소한 그 되놈들의 풍속을 대하고 보니
전혀 내겐 역겨운 거라, 그래 그 풍속에 고분고분 따르지 않다 보니,
모진 모욕을 무수히 당했지만, 내 마음을 그 누구에게 알릴 여지도 없
었으며, 그래서 이곳 되놈들이 피리를 한 번 불 적마다 거기에 맞춰 거
문고를 한 곡씩 타며 시를 지어 노래로 부르며 풀고자 하건만, 이 노래
에 담긴 분하고 원통한 내 마음을 아는 사람이 하나도 없다는 것이다.
감옥에 갇힌 듯이 억류된 채 의미 없이 살아야 하는 자신의 분하고 원
통한 팔자를 애처롭게 호소하는 노래다.

길 떠난 분께 부치다 寄行人

포령휘 鮑令暉

계수나문 두세 가지 돋아나 있고	桂吐兩三枝
난초는 네댓 잎을 움 틔웠는데	蘭開四五葉
이런 때에 임은 아니 돌아오시니	是時君不歸
봄바람만 한갓 이 첩 비웃습니다.	春風徒笑妾

 지은이 포령휘는 남북조시대 송宋나라 사람으로 당시에 유명한 시인이었던 포조鮑照의 누이였으며 시를 잘 지었다. 그래서 포조가 임금에게 올린 글에서 그녀의 글 재능을 추천하기도 하였다. 그런데 지은이의 이름인 영휘슈暉(착하고 빛남)는 아마도 부모나 어른이 지어서 지은이의 인격과 심성을 잘 닦도록 독려하는 의미를 담아 준 것으로 추정되며, 지은이 자신도 그런 의미에 상응하는 의식을 가졌을 것이 분명하다.

오시지 않는 임을 향한 기다림에 애타는 마음

여기서 길 떠난 사람(行人)이라고 부른 대상은 정녕 사랑하는 남성이었을 것이다. 그래서 '봄이 와서 계수나무도 어느새 새로 두세 개의 가

지가 돋아나 있고, 난초도 새로 네댓 가닥의 잎들이 움을 틔우고 있는
데, 바로 저 나무와 풀도 봄을 맞으면서는 새로운 생명들을 함께하여
돌아오는데, 이러한 때에 임 당신은 돌아오지 않으시니, 정녕 봄바람
만이 한갓되이 이 첩 저를 보고 비웃는 듯합니다'라는 말이다.

양양의 노랫가락 襄陽樂

포령휘 鮑令暉

아침 되어 양양성을 출발해서는	朝發襄陽城
저물녘에 대제 와서 유숙하려니	暮至大堤宿
대제에서 노니는 모든 아가씨	大堤諸女兒
꽃인 듯이 예뻐 총각 눈 놀래겠네!	花艶驚郎目

승지에서 불리는 젊은 남녀의 풍류 노래

양양襄陽은 호북성湖北省에 있는 한 곳으로 진晉나라 때 양호羊祜의 타루비墮淚碑로도 잘 알려진 명승지다. 그래서 여기서는 민요가 많이 불려서 그에 따른 악부시樂府詩가 많이 지어졌다. 이 시도 역시 그런 악부시의 하나로 수왕탄隨王誕의 작품이라고도 알려져 있다.

　작품의 내용은 새삼스레 더 풀이할 필요도 없이 다 알 수 있는 것이지만, 남성으로 설정된 시의 주인공인 화자도 역시 명승지인 이 양양에서 풍광을 구경하며 풍류를 즐기려고 아마도 유흥가가 있음 직한 이곳 대제에 와서 하룻밤을 자려고 하는 차에, 마침 보니 거리에 놀이를 나온 많은 아가씨의 얼굴이 모두 너무 예쁘게들 생겨서, 자신을 위시하여 여기를 찾아온 총각들이 모두 놀라서 눈이 휘둥그레지겠다는 말이다.

서릉의 노랫가락 西陵歌

<u>소소소</u> 蘇小小

첩 이 몸은 기름칠한 마차를 타고	妾乘油壁車
낭군께선 청총마를 잡아타시곤	郎騎靑驄馬
어느 곳서 맘 하나로 맺어 볼까요?	何處結同心
서편 언덕 솔·잣나무 아래서지요.	西陵松柏下

 지은이 소소소는 남북조시대 제齊나라 사람으로 명승지 전당錢塘의 이름난 기생이었다. 글 재능이 뛰어나고 미모 역시 출중하였으나 일찍 죽어서 항주杭州에 묻혀, 뒤에 소식蘇軾이 그녀의 무덤을 찾아 글을 짓고 비를 세워 주기도 하였다.

지은이의 이름인 이 소소小小(아주 작고 귀여움)는 아마도 누군가에게 지어져서 받은 예명일 것으로 판단되나, 지은이 자신도 이것을 아껴 사용했을 것으로 추정된다.

젊은 남녀의 굳은 사랑을 위한 다짐의 노래

이 작품은 지은이 자신이 작품 속의 주인공이 되어 낭군과 만나 평생을 함께할 것을 서약하자는 형식으로 읊어진 시다.

서방님! 이 첩(자신을 낮추어서 스스로 부르는 말)은 얌전하고 정숙
하게 격을 차려서 기름칠한 마차를 타고 가고, 낭군께서는 늠름하고
당당하게 위엄을 갖추셔서 청총마를 타시고서, 어느 곳에서 만나 마
음을 하나로 함께 맺으면(同心結) 좋을까 하고 생각해 보니, 서편 언덕
으로 가면 거기에는 우람한 소나무와 잣나무들이 추운 겨울에도 변하
지 않고 꿋꿋하게 생명 의지를 지키고 서서 굳은 절개의 상징이 되어
있으니, 바로 그 나무들 아래에 가서 그 나무들의 절개를 배우고 따르
기를 다짐하며 둘이 평생 한마음으로 변치 않고 살자는 결연한 약속을
함께했으면 좋겠다는 말이다.

이 시는 비록 지은이 자신도 이렇게 굳은 사랑의 약속을 소망하여
지은 것이지만, 직접 자신의 실제적인 사실을 제재로 삼아 읊은 것은
아니고, 일반적으로 여인이면 누구나 이런 소망을 갖게 된다는 전제에
서 공동 의식을 대변하는 민요 형식으로 창작된 것이라 할 수 있다.

　＊靑驄馬(청총마) 우리말로는 '총이말'이라고 하며 갈기와 꼬리가 푸르스름한 빛깔을
띤 말로 힘이 좋고 날랜 말이다.

외로운 한 마리 제비를 보고 孤燕

요옥경 姚玉京

지난해에 짝이 없이 돌아가더니	昔時無偶去
금년 봄도 외려 홀로 돌아왔구나.	今春猶獨歸
옛 주인님 은혜·의리 너무 귀중해	故人恩義重
차마 다시 한 쌍 지어 날 순 없어요!	不忍更雙飛

지은이 요옥경은 남북조시대 양梁나라 사람으로 본래 자신의 성은 왕씨王氏였는데 어머니의 성을 따라 요씨가 되었다. 16세에 위경유衛敬瑜에게 시집갔으나 얼마 후 경유가 죽자 수절하며 홀로 살게 되었다. 어느 해인가에 제비 한 쌍이 날아와 집 들보 위에 집을 짓고 살고 있는데, 새매가 날아와서 수놈을 낚아채어 가버려 암놈만 홀로 남아 매일 슬피 울며 둥지를 맴돌다가 가을이 되어 곧 강남으로 돌아갈 때가 되자, 어느 날 이 암제비가 옥경의 팔 위로 날아와 앉아 돌아가겠다는 인사를 하는 듯 지저귀어, 옥경이 붉은 실을 다리에 매어 주면서 "내년 봄에 우리 집으로 다시 온다면 너는 내 짝이 되는 거다!"라고 말해 주었다. 그런데 다음 해 봄이 되자 이 암제비는 홀로 다시 옥경의 집에 찾아왔으며, 그 후 7년 동안을 매해 옥경

의 집으로 홀로 날아와 함께 지내다 돌아가곤 했다. 그런데 옥경이 죽자 이 제비가 날아와 슬피 울어 가족들이 옥경의 무덤이 남쪽 교외에 있다고 말하는 것을 듣고는 이내 그곳으로 날아가 그 무덤 앞에서 죽었다. 그런 뒤 언제나 바람이 맑게 불고 달이 밝게 뜨는 밤이 되면 이 옥경과 제비가 파수灞水(섬서성 남전현에서 발원해서 흐르는 물로 장안으로 흘러와서 파교 밑을 흐른다) 위에서 함께 노는 것이 사람들의 눈에 띄기도 하였다.

지은이의 이름인 옥경玉京(옥황상제가 산다는 하늘 위의 서울)은 그 상징하는 의미로 봐서, 처음부터 부모나 어른으로부터 지어 받은 것이 아니라 남편을 잃고 홀로 사는 동안 지은이 스스로 외로운 자신의 상황을 하늘에 산다는 신선의 그것으로 환치하여 상상적으로나마 보상해 보려 한 것이 아니었던가 추정되기도 한다.

외로운 제비를 향해 동병상련의 정으로 자문자답해 보는 고독한 자아

이 작품은 지은이가 수놈을 잃고 홀로 남은 암제비에 대해서 자신과 같이 남편을 잃고 홀로 과부가 된 여성처럼 여겨서 동병상련同病相憐의 감정으로 읊은 시다. 내용을 새삼스레 풀어 읽을 것도 없이, 앞의 기구와 승구는 지은이 옥경이 제비에게 "작년에 짝을 잃고 가을에 홀로 강남으로 가더니, 금년 봄에도 오히려 새로 짝을 만들어 오지 않고 그대로 홀로 돌아왔구나!" 하고 궁금하면서도 안타깝고 그러면서도 기특하고 놀랍고 고마워 던지는 질문 아닌 질문이며, 뒤의 전구와 결구는, 앞에서 지은이 옥경이 던진 질문에 대해 제비가 "주인님인 당신께서 저에게 베푸신 은혜와 그래서 주인님과 맺어진 의리가 말로 다할 수 없이 귀하고 중한데, 주인님을 저버리고 어떻게 다른 짝을 다시 지

어서 함께 돌아올 수가 있겠습니까? 절대로 그럴 수는 없습니다"라고
대답한 것이다. 뿐만 아니라 말없이 "주인님도 옛 서방님만을 생각하
며 절개를 지키고 사시는데, 전들 어떻게 옛날 짝(수놈)을 잊고 새 짝
을 만들 수 있겠습니까?" 하는 내용까지 담고 있는 대답이다.

　결국 이 작품은 지은이 자신의 수절 의지를 스스로 다짐하면서 한편
으로는 홀로 된 자신의 팔자를 스스로 불쌍히 여기고 한편으로는 홀로
자신을 굳고 매섭게 지켜 수절하는 자신의 의지와 행실을 말없이 자부
하고 있는 것을 짝을 잃고 홀로 된 제비를 내세워 대변하고 있는 시다.

즉석에서 지은 시 口占

낙창공주 樂昌公主

오늘은 어떻게 된 객지 자린지	今日何遷次
새 나리님 옛 나리님 마주 계시니	新官對舊官
웃음·울음 모두 함께 못 하겠어서	笑啼俱不敢
사람 노릇 어려운 걸 첨 알았네요!	方信作人難

지은이 낙창공주는 남북조시대 진陳나라 사람으로 바로 진나라 임금인 후주後主의 누이였다. 태자사인太子舍人이던 서덕언徐德言에게 출가하였는데, 마침 나라 안의 정치 상황이 혼란스러워지자 덕언이 자기 부부가 서로 걱정 없이 살 수 있는 보장이 없다고 여겨, 아내에게 "당신같이 재능과 미모가 뛰어난 사람은 나라가 망하게 되면 반드시 새로운 권력가에게 귀속되어 영원히 못 만나게 될지도 모르지만, 그래도 우리의 정과 인연은 끊어질 수 없는 것이라 다시 만날 약속을 해 놓고, 이다음 만났을 때에 서로 믿음의 확인 표시물로 삼아 거울 하나를 반씩으로 잘라 각각 갖도록 합시다. 그랬다가 오랜 뒤 나중에라도 상황이 안정되면 정월 보름날 시장에서 만나 이 거울 반쪽씩을 서로 맞춰 부부임을 확인합시다"라고 하였다.

끝내 진나라가 망하자 낙창공주는 신흥 수隋나라의 권력가인 월국
공越國公 양소楊素에게 귀속되었다. 몇 해 후 덕언은 약속대로 정월 보
름날 시장으로 가서 기다렸으나 낙창공주는 없고 그 반쪽 거울을 사서
가지고 있던 사람만 나타나서 서로 맞춰 보니 딱 들어맞았다. 그래서
덕언은 "거울은 사람과 함께 갔다가, 거울만 돌아오고 사람 안 오니,
다시는 그 사람을 볼 수가 없고, 달빛 같은 거울만이 괜히 남았네!(鏡
與人俱去 鏡歸人未歸 無復嫦娥影 空留明月輝)"라는 시만 지어 읊었다. 이
소식과 함께 이 시를 전해 들은 낙창공주가 슬퍼하며 울기만 하자, 양
소는 그 우는 이유를 캐어묻고 사연의 자초지종을 듣고는 덕언을 찾아
불러오게 하여 서로 만나게 하고 이어 잔치를 베푼 다음 공주에게 솔
직한 심정을 시로 읊게 하였다. 공주는 양소를 따라야 할지 전남편인
덕언을 따라야 할지 참으로 기구한 운명의 기로에서 착잡하고 괴로워
망연자실한 자신의 처지를 바로 이 시로 읊었다. 이 시를 읽어 본 양소
는 후한 선물과 함께 두 사람이 강남으로 함께 가서 잘 살게 하였다.

기막힌 팔자와 인연에 망연자실하는 자아

오늘은 미처 꿈에서도 생각할 수 없었던 이 객지 낯선 자리에서, 옛 서
방님이셨던 서덕언 나리님과 새로 나를 거두어 돌보시는 새 주인이신
양소 나리님이 서로 한자리에서 마주 앉아 계시니, 옛 서방님이 너무
반가워 실컷 울고 싶으면서 또 함께 너무 감격스러워 실컷 웃고 싶은
것이 사실이지만, 이 새 주인 앞에서 이 옛 서방님을 향한 그런 감정
표현을 할 수 없는 상황이니, 옛 서방님을 천신만고 끝에 만나서 당연
히 반가워 웃고 감격해 울고 하는 것이 올바른 사람이요 정상적인 사
람이지만, 이 자리에서는 그런 사람 노릇 하는 것이 참말로 어렵다는
것을 바야흐로 알게 되었다는 눈물겹고 가슴 쓰린 한탄의 시다.

자신을 슬퍼하며, 세 수 自感·三首

후부인 侯夫人

1

뜰엔 황상 행차 자취 끊어진 채로　　　　　庭絶玉輦迹
고운 풀만 무더기로 자라 있는데　　　　　芳草漸成窠
은은하게 풍악 소린 들려져 오니　　　　　隱隱聞簫鼓
폐하 은혠 어디에만 많으신 건가?　　　　　君恩何處多

2

울자 해도 눈물조차 흐르지 않고　　　　　欲泣不成淚
슬퍼지면 되레 억지 노랠 부를 뿐　　　　　悲來翻强歌
뜰엔 꽃들 흐드러져 피려 하건만　　　　　庭花方爛漫
즐길 길이 없는 봄을 어떻게 하랴!　　　　　無計奈春何

3

봄 녹음은 바로 사뭇 짙어 가건만　　　　　春陰正無際
홀로 걷는 내 마음은 무엇 같은가?　　　　　獨步意如何
그저 그런 풀·꽃만도 못한 신셀세!　　　　　不及閑花草
그것들은 비와 이슬 흠뻑 맞는데.　　　　　翻成雨露多

지은이 후부인은 수隋나라 사람으로 궁중에 궁녀로 선발되어 수나라 문제文帝의 후궁이 되었다. 그러나 후궁이 원래 많아 그녀는 아주 미모임에도 종내 선택을 받지 못하였다. 그래서 자신의 신세만을 홀로 한탄하던 그녀는 끝내 서까래에 목을 매어 자결하였다. 그런데 그녀의 팔에 매여 있는 비단 주머니에서 자신이 평소 지어 두었던 글과 시가 나왔다. 이것들을 읽어 본 문제가 슬픈 심정으로 와서 시신을 살펴보니 그 얼굴빛이 아직도 복숭아꽃처럼 아름다웠다. 이에 문제는 자신의 침전에 후궁 추천을 담당한 관리를 불러 "너는 많은 후궁을 짐에게 추천하면서 왜 이 후궁만은 빼 버려서 이렇게 죽게 했느냐?" 하며 꾸짖고 사형에 처하였다. 그리고 이 후부인의 장례를 후하게 치러 주고 그녀가 남긴 시를 아껴 외우면서 작곡을 담당한 관리를 불러 작곡하게 하였다.

비·이슬 혜택으로 자라고 피는 풀·꽃만큼도 못하다는 자학적 절규의 노래

첫째 수는, 내가 거처하는 방에는 황상 폐하께서 오신 적이 없어 그 타고 오시는 마차의 바퀴자국도 아예 일체 볼 수 없는 채로, 고운 풀들만 자라나서 무더기를 이루고 있는데, 홀연 멀리서 은은하게 황상 폐하의 행차를 알리는 풍악 소리가 들려오니, 아! 멀리 어디에서 들려오는지는 잘 모르지만 그곳에 살고 있는 후궁은 누구인지 모르나 참으로 많은 은혜와 사랑을 받을 것이라는 추측을 하는 것으로, 여기에는 황상 폐하의 총애를 전혀 받지 못하는 자신과 누구인지 모르지만 지금 많은 은혜와 사랑을 받고 있는 그 후궁을 대비시켜 역으로 자신의 외로운 상황을 강조하고 있다.

둘째 수는, 소외된 채 고독하게 살고 있는 자신은 이미 하도 많이 울

어 왔기 때문에 이제는 지쳐 버려 때때로 울려고 해도 눈물이 말랐는
지 눈물이 나오지도 않으며, 문득문득 슬퍼지는 때면 오히려 안 슬픈
척하려고 억지로 노래를 부르며 넘길 뿐, 지금 앉아 있는 방 앞 뜰 위
에는 고운 꽃들이 마악 흐드러지게 피어나려 하고 있지만, 황상 폐하
께서 오셔서 돌아보지 않으시니, 아무리 봄이 이렇게 시작이 된다 해
도 그 누구와 함께 즐길 수가 없는 것을 어찌하면 좋겠는가 하는 자기
탄식이요 자기 호소다.

  셋째 수는, 봄은 바야흐로 무르익어 푸르른 녹음이 끝없이 짙어져
가건만, 이렇게 좋은 계절, 이렇게 싱싱한 녹음 속을 홀로 걷고 있는
내 신세는 대체 무엇과 같은가를 내 스스로 넋두리하듯 되짚어 보니,
이렇게 버려진 채 고독한 나는, 하늘이 비와 이슬(사랑과 은혜)을 내려
흠뻑 적셔 주어서 한껏 자라고 꽃이 피고 열매를 맺는 저 길가나 들판
아무 데나 흔하게 있는 보통의 풀이나 꽃들만도 못하다는 것으로, 거
의 자학에 가까운 절규의 목소리가 들리는 시다.

봄놀이 노래 春遊曲

문덕황후 文德皇后

비원 안에 핀 살구꽃 아침 해에 화안하여	上苑杏花朝日明
고운 안방 예쁜 저들 봄 흥취가 막 일어서,	蘭閨艶妾動春情
우물 위의 복사꽃서 얼굴빛을 훔쳐 갖고	井上新桃偸面色
처마 끝의 새 버들서 잰 몸짓을 배우고선,	檐邊嫩柳學身輕
꽃 속에서 오고 가는 나비춤을 구경하고	花中來去看舞蝶
나무 위서 길고 짧은 꾀꼴 소릴 듣노라니,	樹上長短聽啼鶯
숲 아래서 어찌 멀릴 빌려 물어볼 게 있나?	林下何須遠借問
탁 벗어난 멋진 놀이 옛날부터 유명한데!	出衆風流舊有名

지은이 문덕황후는 당唐나라 사람으로 성은 장손長孫씨이며 장군인 장손성長孫晟의 딸이었다. 태종황제太宗皇帝의 황후로서 일찍부터 역사와 예법을 공부하며 심신을 수양하였고, 역사 위에서 훌륭했던 여성들의 선행을 글로 모아 《여칙女則》이라는 10편의 책을 만들기도 하였다.

귀족 여인의 봄놀이 흥취

이 황궁 저 비원 안에 활짝 피어난 살구꽃들이 아침 햇볕 속에 화안하여, 이 곱고 향기로운 황궁 안방에 있는 예쁜 저들(궁 안에 들어와 있는 황후를 위시한 후궁들과 모든 궁녀)은 봄 흥취가 마구 일어서, 저 우물 위에 연분홍색으로 곱게 피어 있는 복사꽃에서 그 고운 색깔을 훔치기라도 한 듯 얼굴빛들이 발그스레하고, 저 처마 밑에 연녹색으로 경쾌하게 늘어져 있는 버들가지들에서 배우기라도 한 듯 가냘픈 몸짓들을 지니고서는, 꽃 속을 오고 가며 춤추듯 날고 있는 나비들을 구경하며 있기도 하고, 나무 위에서 긴 가락으로 혹은 짧은 가락으로 우짖고 있는 꾀꼬리 소리를 듣고 있기도 하니, 이렇게 이 비원 숲들 아래에 있으면서 어찌 공연히 눈앞이 아닌 멀리에 있는 공상적인 풍경들을 상상하여 물어볼 필요가 있는가? 속세의 잡된 것들을 탁 벗어난 이곳 궁 안 비원의 풍경이야말로 옛날부터 유명한데!

이 작품은 물론 일반 민중들의 생활 현실이나 소망과는 너무 동떨어진 궁궐 안이라는 특수 공간의 풍경이요 현실이지만, 그 당시 당연히 누리게 되는 특수한 신분과 지위에 있는 황족들로서는 이 황궁이나 비원 안의 생활이나 풍경들은 그 자체가 분수에 맞는 것으로 그들 자신들에게는 결코 초현실적이거나 분수를 넘는 것이 아니고 오히려 현실에 충실하게 분수를 지키는 것으로 자인되었음을 알아야 할 필요가 있다. 그래서 이런 풍경 말고 멀리 있어 상상적인 풍경들이 필요하지 않다고 한 것이다.

태종황제 폐하께 바치다 進皇上陛下

서현비 徐賢妃

아침 되면 경대 앞에 가서 앉아선	朝來臨鏡臺
화장한 뒤 잠시 동안 배회할망정	粧罷暫徘徊
천금에나 처음으로 한 번 웃는데	千金始一笑
한 번 불러 어찌 능히 오게 하나요!	一召詎能來

지은이 서현비는 당唐나라 사람으로 이름은 혜惠이며 서효덕徐孝德의 딸로 태어나서 5개월 만에 말을 하고 4세에 《논어論語》를 읽고 8세에 글을 지을 줄 알았다. 태종황제太宗皇帝가 기특하다는 소문을 듣고 궁 안으로 불러서 재인才人(후궁의 한 계층)으로 임명했다가 이내 소용昭容으로 승진시키자, 글을 올려 당시 정치적 문제에 대한 견해를 밝히기도 하여 황제가 상을 내리기도 하였고, 그녀는 이내 현비賢妃라는 고위에까지 올랐다.

황제의 부름에도 당차게 사양하는 매서운 여심

우선 이 시의 창작 배경에 대한 이야기는, 지은이 서현비가 일찍이 당나라 수도인 장안長安의 한 사원에 가서 머물고 있었는데, 태종황제가 소환을 했음에도 오래도록 오지 않아 황제가 성을 내자, 이 소문을 들은 서현비가 이 시를 지어 바쳤다고 하였다.

 '제 자신이 비록 보잘것없는 한 여인으로서 매일 아침이 되면 경대 앞으로 가 앉아서, 화장하고 난 뒤 잠시 동안 배회하는 단조로운 듯한 생활을 할망정, 정말 사람의 인격을 잘 알아 제대로 대접해 주는 경우에만 비로소 한 번 웃으며 응하는 자존심은 가진 여인인데, 아무리 지엄하신 황제 폐하의 명령이시라고 해도 그렇게 일방적으로 하셔서야 어떻게 능히 사람을 금방 명령에 응해서 오게 하실 수가 있겠습니까?' 라고 하는 지극히 짧은 시의 문맥이다. 하지만 아무리 존엄하신 만승 천자이시라고 해도 사람을 부르는 예절은 제대로 지키셔야 한다는 곧고 바른 간언(간하는 말)을 조용히 대신하고 있는 것이라, 매우 당차고 매서운 태도로서의 결연한 선언이라 할 만하다.

중양절에 황제 폐하께서 자은사에 납셔서 부도에 오르시자 뭇 신하들이 국화주를 올려 바쳤다
九日 上幸慈恩寺 登浮圖 群臣上菊花酒

상관완아 上官婉兒

서울 장안 중양절을 맞이하여서	帝里重九節
이 절 안엘 폐하께서 찾아오시니	香園萬乘來
사기 퇴치 산수유를 모두들 차고	卻邪萸入佩
헌수하여 국활 술잔 띄워 돌리며,	獻壽菊傳杯
탑은 하늘 이고 솟아 있는 것 같고	塔類承天湧
문은 부철 기다리어 여나 싶은데	門疑待佛開
폐하 글이 해·달처럼 높이 계시니	睿詞懸日月
돌아 비출 빛을 길이 우러르리다!	長得仰昭回

지은이 상관완아는 당唐나라 사람으로 시랑 벼슬을 하고 있던 상관의上官儀의 딸이었다. 어려서부터 지혜롭고 시와 글을 잘 지어서 측천무후則天武后 때에 궁 안으로 불려 들어가서 궁중의 문서들을 짓기도 하였다. 중종황제中宗皇帝가 즉위하면서 더욱 신임하여 소용昭容으로 급수를 높여 임명하자, 그녀는 황제에게 학자와 선비를 많이 양성하여 인재로 발탁할 것을 아뢰었으며, 황제와 신하들이 잔치를 베풀고 시를 짓는 자리에는 언제나 참석하여 황제와

황후를 대신하여 시를 짓기도 하였을 뿐만 아니라, 이 자리에서 지어
진 시들을 평가함으로써 좋은 시 작품들이 창작되게 하는 데에 기여하
기도 하였다. 그래서 그녀가 죽은 뒤에 황제의 명령으로 그녀의 시 작
품들을 모아 장설張說로 하여금 시집을 만들게 하였다.

　지은이의 이름인 완아婉兒(순하고 예쁜 아이)는 그 의미로 봐서 부모
나 어른들이 인성의 순화를 위해 의의로 지어 준 것일 가능성이 많으
나, 지은이 자신도 이것을 당연하게 받아 애용했을 것이 분명하다.

임금님을 모시고 사원에서 베풀어진 잔치 자리에 대한
서경과 서사, 그리고 최고, 극도의 찬미

이 시는, 황제 폐하의 마을인 이 서울 장안長安은 참으로 좋은 명절인
중양절을 맞아서, 이곳에 있는 큰 절인 자은사에 황제 폐하께서 친히
찾아오시니, 이곳의 모든 사람과 신하들은 사특하고 부정한 기운을 물
리치고 여기에 있는 사람들, 특히 황제 폐하의 수명을 무한히 연장시
키기 위해 산수유를 모두 꺾어 꽂아 차고서, 역시 장수한다는 국화주
를 황제 폐하께 권해 드리며, 이 절 안에 서 있는 탑은 하늘 곧 황제 폐
하를 머리에 이어 받들고 솟아 있는 듯이 서 있고, 이 절의 문은 부처
님 곧 부처님같이 인자하신 황제 폐하를 기다리며 열려 있는 듯싶은
데, 또한 여기 오셔서 너무 은혜롭고 인자하신 마음을 읊어 격조 높은
시를 남겨 놓으셨으니, 역사 위에서 돌고 돌아 영원히 은혜롭고 인자
하게 남아 계실 그 빛을 길이 두고 우러러 뵈올 수 있게 되었사옵니다,
하고 한껏 찬미하고 있는 것이다.

장운용에게 주다 贈張雲容

양귀비 楊貴妃

비단 소맨 향 풍기며 향내 이내 안 가신 채	羅袖動香香不已
붉은 연대 가을 안개 그 속 간들거리는 듯	紅蕖裊裊秋煙裏
사뿐 구름 고갯마루 잠깐 바람 흔들리다	輕雲嶺上乍搖風
파릇 버들 못가에서 처음 물월 스치누나!	嫩柳池邊初拂水

 지은이 양귀비는 당唐나라의 포천蒲川에서 양원염楊元琰의 딸로 태어났다. 어릴 적 이름은 옥환玉環이었으며 미모로 인해 황제의 아들인 수왕壽王 모瑁의 후궁 후보로 뽑혀 가서 여관女官이 되어 태진太眞이라는 호까지 받고 별장궁에서 수련하던 중에 황제인 현종玄宗의 눈에 들어 그 부름을 받고 황궁으로 가서는 노래와 춤, 그리고 음악에도 밝았을 뿐만 아니라 천성이 영리해서 현종의 의중을 기막히게 잘 알아차려서 깊은 신임과 총애를 받게 되었다. 그러나 야사 같은 이야기지만, 양귀비는 이런 호강에도 나이 늙은 현종이라 그녀의 성에 안 차서였는지 안녹산安祿山을 양자로 들여 놓고 은밀하게 간통하다가, 이것을 눈치 챈 현종이 안녹산을 멀리 북방의 절도사節度使로 보내 떼어 놓자, 양귀비의 오라비인 권력가 양국충楊國忠

과 불화가 있던 안녹산이 반역하여 난리를 일으켜 수도인 장안으로 진격하였다. 그래서 현종은 이 양귀비를 데리고 서촉西蜀으로 피란을 떠나려 하자, 황제의 호위부대인 육군六軍과 함께 그 사령관인 진형례陳玄禮가 "난리의 주범인 양귀비를 처결하지 않으시면 폐하를 호위하고 갈 수가 없사옵니다"라고 항명해서, 양귀비는 이들에 의하여 드디어 마외파馬嵬坡에서 교수형에 처해져 일생을 마쳤다.

그런데 이 작품은 그녀가 교수형에 처해진 후 주머니 속에서 나왔다고 전해지고 있는 시다. 비록 전설 같은 이야기라 정말로 자작품인지 남에 의해 조작된 가작인지는 확인할 길이 없지만 일단 자작으로 인정하여 번역하였으며, 작품 자체는 그 구상이나 수사가 제법 세련된 수준을 보이고 있다.

섬세한 눈썰미와 산뜻한 비유로 잘 살려 묘사된 무희의 춤사위

이 작품의 제목에서 지은이 양귀비가 이 시를 지어서 준다고 한 상대인 장운용은 바로 양귀비 자신의 시녀였던 여인으로, 그 당시 유명한 악곡춤인 예상우의무霓裳羽衣舞를 아주 잘 추었다고 알려져 있다. 따라서 이 작품은 바로 양귀비가, 장운용이 이 춤을 추는 상태를 묘사한 시로 추정된다.

지금 네가 입고 춤추고 있는 비단 제품의 무용복 소매에서 풍겨 나오는 향내가 사뭇 그냥 남아 있는 채, 춤을 막 추기 시작하며 서 있는 너의 온몸 자태는 마치도 곱게 붉은 꽃을 피운 연 대궁이 가을 안개 속에서 간들거리며 서 있는 듯하다가, 드디어 춤을 점점 추어 가자 그 다양한 춤사위가, 어느 때는 사뿐 뜬 구름이 고갯마루 위에서 잠깐 바람결에 흔들리는 것 같기도 하고, 또 어느 때는 못가에 서 있는 파릇파릇한 버들가지가 물위를 살짝살짝 스치는 것 같기도 하다는 말로, 상대

의 실제 행태를 더없이 잘 포착하고 그려서 추키는 시다. 따라서 놀라
운 시각으로의 관찰과 구상, 그리고 생동적인 비유의 묘사가 매우 뛰
어남을 볼 수 있는 좋은 작품이다.

얼굴을 그려 서방님께 부치다 寫眞寄外

설원 薛瑗

붓 가지고 참 얼굴을 그려 보려고	欲下丹靑筆
칠보 거울 먼저 잡자 싸늘만 한데	先拈寶鏡寒
쓸쓸해진 얼굴 벌써 놀랄 만하고	已驚顔索莫
희끗 빠진 살쩍 차츰 깨닫겠으며	漸覺鬢凋殘
눈물 괸 눈 그리기는 쉬웠지마는	淚眼描將易
창자 시름 그려 내긴 어려웠어요.	愁腸寫出難
서방님 다 잊으실까 두렵사오니	恐君渾忘却
때로 그림 펴서 놓고 보시옵소서!	時展圖畫看

지은이 설원은 당唐나라 사람으로 남초재南楚材에게 출가하였으나, 남편이 떠난 뒤에 돌아오지 않고 객지에서 새장가를 가려 한다는 소문이 들려와, 지은이는 자신의 얼굴을 스스로 그리고 이 시와 함께 남편에게 부치자, 이 시와 초상화를 읽고 본 남편은 스스로 부끄러워하며 드디어 집으로 돌아왔다.

그림 붓을 가지고 저의 참모습대로 얼굴을 그려 보려고, 칠보로 꾸민 거울을 먼저 가져다가 잡고 있자니 날씨가 추워선지 거울의 자루도 싸늘하기만 한데, 거울 속에 비친 저의 얼굴은 벌써 너무 야위고 쓸쓸해진 상태라 스스로도 놀랄 정도가 되었고, 역시 거울 속에 비친 저의 두 살쩍(귀밑털)은 차츰차츰 희끗해져 빠지고 있는 것을 깨닫겠으며, 역시 거울을 보면서 얼굴 상태를 자세히 그리려고 하니 눈물이 고인 저의 눈 모양은 쉽게 그리겠으나, 시름이 쌓인 창자 속은 그려 내기 어려웠습니다. 그런데도 이렇게 그려 보내 드리는 것인데, 제가 정말로 마음속으로 두려운 것은 서방님께서 저를 온통 다 잊으시지 않았을까 하는 점이오니, 제발 보내 드리는 제 얼굴 그림을 때때로 펴 놓고 보셔서 잊지 않아 주셨으면 좋겠습니다, 하고 안타까운 소원을 호소하고 있다.

장 선비님께 답해 드립니다 答張生

최앵앵 崔鶯鶯

서편 행랑 아래에서 달 기다리다	待月西廂下
바람 맞아 대문 반쯤 열어 둔 채로	迎風戶半開
담장 스쳐 꽃 그림자 흔들거려서	拂牆花影動
고운 분이 오시는가 싶었습니다.	疑是玉人來

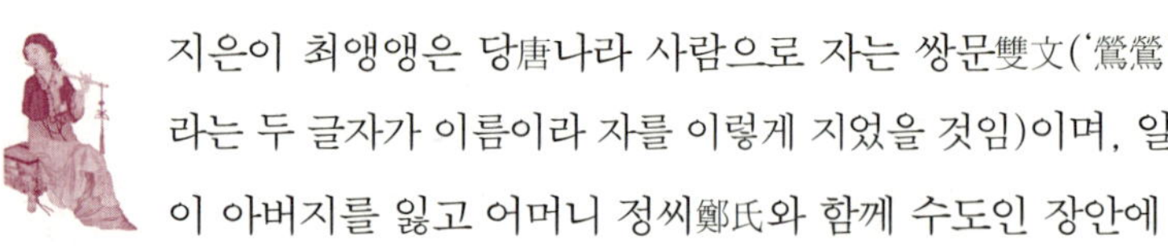

지은이 최앵앵은 당唐나라 사람으로 자는 쌍문雙文('鶯鶯'이라는 두 글자가 이름이라 자를 이렇게 지었을 것임)이며, 일찍이 아버지를 잃고 어머니 정씨鄭氏와 함께 수도인 장안에 와서 보구사普救寺라는 절에 붙어살고 있었다. 얼굴이 예쁘고 글도 잘 지었는데, 같은 절에 와서 붙어살고 있는 시골 유학생 장공張珙을 만나 서로 사랑하게 되었으나 어머니의 반대로, 앵앵의 몸종인 홍낭紅娘을 통해 서로 몰래 글을 주고받으며 서상西廂(서쪽 행랑)에서 만나 왔기 때문에 뒤에 《서상기西廂記》라는 각본으로 작품화되기도 하였다. 결국에는 장공이 과거에 합격하는 것을 전제로 어머니로부터 혼인 허락도 받아 나중에는 부부로 잘 살게 되었다.

지은이의 이름인 앵앵鶯鶯(꾀꼬리 꾀꼬리)은 이 이름을 희화화하듯 지은 그녀의 쌍문雙文이라는 자와 함께 결코 인성적 수양의 의미 부여 같은 것과는 상관없이 단순히 문예적 감각의 재치만을 보여 주고 있을 뿐이다.

혹시나 오시려나 기다리는 이 마음

임은 달이 밝으면 오실 것이라 여겨져 서편 행랑 아래서 달이 빨리 떠오르기를 기다리다가, 마침 바람이 불어와 대문을 반쯤 열어 놓은 채로 서 있는데, 바람결에 꽃포기의 형체가 저 담장 아래를 스치며 흔들리자 옥같이 고우신 분인 임이 오시나 싶었다는 말이며, 사실은 이렇게 오시지 않아 애태우며 기다리고 있는 마음을 알아 달라는 호소요 청원이다.

조씨 선비님께 답하며 酬趙子

보비연 步非煙

서로 만남 어려워서 생각만 해 한스럽고
만나서는 되레 바로 이별할 게 걱정이니
제발 저기 소나무 위 학의 몸들 되어서는
한 쌍 이뤄 날아가서 뜬 구름 속 들고파요!

相思只恨難相見
相見還愁却別君
願得化爲松上鶴
一雙飛去入行雲

지은이 보비연은 당唐나라 사람으로 공조工曹의 관리였던 무공업武公業의 첩이 되어 있었는데, 얼굴이 예쁘고 자태가 아름다울 뿐만 아니라 노래를 잘 불렀으며 글과 시도 잘 지었다. 그런데 이웃에 사는 조상趙象이라는 남성이 비연을 훔쳐보고서는 넋이 빠져 시를 지어 몰래 보내며 애타는 심경을 전하자, 이를 본 비연 역시 정을 못 이겨 시를 지어 답하였다. 이렇게 서로 정을 주고받게 된 두 사람은 담을 넘어 다니며 뜨거운 애정을 나누게 되었다. 그러나 얼마 안 가서 이 사실이 무공업에게 발각되어 보비연은 이내 혹독한 태형(볼기를 치는 형벌)을 당하여 사망하였다. 이 작품은 바로 사랑의 밀회를 어렵게 이어 가던 기간에 너무도 애타고 안타까운 처지와 심경을 읊어 전한 시로 추정된다.

　　그런데 지은이의 이름으로 기록되어 있는 이 보비연步非煙은 분명 성(步)과 이름(非煙)으로 된 말이지만, 이것은 남편에 의해서나 지은이 자신이 자작한 이름으로, 지은이 자신의 가냘프고 아름다운 자태가 거닐 때는 아마도 안개가 살포시 움직이는 것 같은 상태이지만 안개는 아니면서 안개처럼 거닌다는 의미로 성과 이름을 하나의 의미 단위로 묶어서 사용한 것으로 추정된다.

무한한 사랑의 자유를 향한 애원 – 한 쌍의 학이 되어 날았으면

서로 기막히게 그립건만 만나 볼 수 없는 것이 너무도 한스럽고, 이렇게 애태우다가 또 막상 서로 만나게 되면 금방 도로 이별하게 될까 봐 걱정되니, 우리 둘이 함께 저기 저 소나무 위에서 자유롭게 날고 노닐며 천 년의 수명을 누린다는 한 쌍의 학이 되어, 저 높고 푸르른 하늘을 아무것도 거칠 것이 없이 실컷 떠도는 하얀 구름 속에 들어가 함께 노닐고 싶다는 말이다.

연자루에서 백사인께 화답하다 燕子樓 和白舍人

관반반 關盼盼

빈 누각을 지키면서 한의 인상 지웠지만   自守空樓斂恨眉
정말 신센 봄 다 지난 모란 가지 닮았는데   形同春後牧丹枝
사인께선 이 사람의 깊은 뜻을 모르시고   舍人不會人深意
저승 따라 안 간 것을 의심쩍다 하시네요.   訝道泉臺不去隨

지은이 관반반은 당唐나라 사람으로 서주徐州의 기생이었
으며 뒤에 상서尙書인 장건봉張建封의 첩이 되었다. 노래와
춤에 능했을 뿐만 아니라 시도 잘 지어 장건봉의 총애를 받
았다. 그러나 장건봉이 죽자 개가하지 않고 장건봉의 옛 집터에 있는
단출한 누각인 연자루燕子樓에서 10여 년을 홀로 살고 있었다. 그런
데 당시의 명시인으로 사인舍人 벼슬을 하고 있던 백낙천白樂天이 시
를 지어 보내면서 "지금까지 수절하며 그렇게 죽은 남편만을 사랑하
고 위한다면 당연히 따라서 죽었어야지 왜 그냥 살아 있느냐?" 하는
투로 풍자하는 의미를 담아 전하였다. 이 시들을 받아 읽은 지은이는
"첩이었던 제가 만약 남편을 따라 죽어서 소문이 나면, 세상에서 곧고
바른 생활로 훌륭하신 고관이라는 칭송을 받으시던 서방님께서 '여색

"

을 얼마나 좋아했기에 첩이 따라 죽었을까' 하는 오명을 영원히 듣게
되실 거라서 결코 따라 죽을 수는 없었습니다" 하는 전언과 함께 이
시를 지어 보냈다. 그리고 열흘 후에 스스로 굶어 자결하면서 "아희들
은 하늘 곧장 솟아 닿는 뜻을 몰라, 부질없이 진흙 갖고 깨끗한 털 더
럽히네!(兒童不識沖天物 謾把靑泥汚雪毫)"라는 시구를 읊어, 자신의 죽
지 않은 의미를 알아차리지도 못하고 풍자한 백낙천을 철모르는 아이
에게 비겨 나무라고는 이내 생을 마쳤다.

　지은이의 이름인 반반盼盼(분명한 눈빛이 반짝임)은 아마도 까만 눈
동자와 흰 눈알로 눈자위가 분명하게 예뻐서 지어진 이름이었던 것으
로 지은이 자신도 애용했을 것으로 추정된다.

서방님을 위해 외려 따라 죽지 않은 뜻을 모르시네요

남편이 지어 놓은 작은 누각에서 외롭게 살면서도 한스러워 눈살을 찌
푸리는 인상은 일찍부터 남에게 보이지 않고 살았지만, 정말로 내 신
세는 봄이 다 지나가 버려 꽃이 다 져 버린 채 아무도 거들떠보지 않
는 모란 가지와 같은 신세가 되어 있는데(마음속으로는 얼마나 비참한
지 모르는데), 백낙천 당신은 남편을 따라 죽지 않고 있는 나 이 사람
이 마음속에 진정으로 남편을 위해서 무슨 뜻을 품고 있는지도 모르면
서, 남편을 따라 죽지 않은 것이 정말로 수절을 옳게 하는 건지 모르겠
다는 식으로 의심하고 있다는, 항변 아닌 항변을 하고 있는 것이다.

융단신을 만들어 양달 선비님께 드리며 製履贈楊達

요월화 姚月華

쇠 가위로 붉은 융단 잘라 내어서	金刀剪紫絨
임을 위해 가벼운 신 만들었으니	爲郎作輕履
제발 한 쌍 오리모양 신선 신 되어	願化雙仙鳧
펄펄 날아 안방으로 들어오세요!	飛來入閨裏

지은이 요월화는 당唐나라 사람으로 일찍이 꿈속에서 둥근 달이 화장대 앞에 떨어지는 것을 보고 깨어나서부터는 두뇌가 총명해지고 모든 것이 민첩해졌다. 그러나 소녀 때에 어머니를 잃고 아버지의 전근지를 따라가서 양자강 가에 살게 되었다. 그런데 그 이웃에 사는 젊은 선비 양달楊達이 시를 잘 짓는다는 소문을 듣고 시녀를 시켜 시 원고를 빌려 달라고 청하였다. 이에 양달이 흔쾌히 바로 시를 지어 보내 주었다. 이렇게 해서 요월화도 시를 지어 보내자 이내 서로 시를 계속해서 주고받으며 정이 들었고 서로 스스럼이 없이 오가며 사뭇 사귀게 되어 백의회白鷁會라는 시 모임도 만들었다. 그러나 호사다마로 요월화의 아버지가 멀리 다른 곳으로 전근되어 가면서 두 사람은 영영 헤어지게 되었다.

　지은이의 이름인 월화月華(환하게 밝은 달빛)는 그 의미로 봐서 부모에 의하여 인성적 지표의 의미를 담아 지어졌을 가능성이 있고 지은이 자신도 애용했을 것으로 추정된다.

이 신을 신고 날아서 저의 안방으로 들어오세요!

이 작품의 내용을 정확히 이해하기 위해서 작품에 등장하는 오리모양 신(융단신)에 대한 배경을 알아 둘 필요가 있다. 동한東漢 때에 왕교王喬라는 사람은 요술을 잘 부려 자주 황제에게 불려 가서 요술을 보여 드리곤 하였는데, 왕교가 황제의 부름을 받아 왕궁에 올 적에는 매우 빨리 왔음에도 불구하고 아무도 그가 타고 오는 마차도 말도 본 사람이 없어 모두 이상하게 생각하였다. 그래서 어느 날 황제는 내시를 시켜 왕교가 오는 것을 몰래 살펴보게 하였다. 그랬더니 시간이 되자 왕교는 신선이 되어 오리모양의 비단신을 신고 훨훨 날아서 궁 안으로 들어왔다고 하는 이야기가 전해지고 있다. 따라서 이 작품에서 지은이 요월화는 자신이 만들어서 드리는 이 융단신이 바로 그 신선이 신는 오리모양의 신이 되어 양달 선비님 당신이 신고 훨훨 날아서 요월화 자신이 있는 깊은 안방으로 들어오시라는 말이다.

금실 노래 金縷詞

두추랑 杜秋娘

임이시어 금실 옷만 아까워하지 말고
임이시어 모름지기 젊은 때를 아끼소서.
꺾음 좋게 꽃 폈을 제 곧장 바로 꺾으시고
기다리다 꽃도 없는 가질 꺾진 마옵소서.

勸君莫惜金縷衣
勸君須惜少年時
花開堪折直須折
莫待無花空折枝

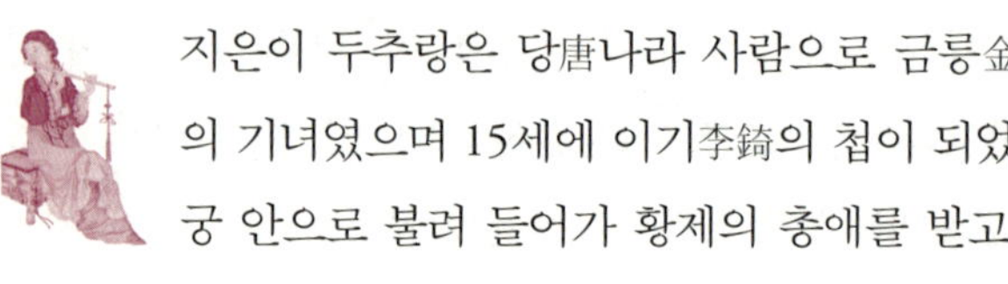

지은이 두추랑은 당唐나라 사람으로 금릉金陵(지금의 남경)의 기녀였으며 15세에 이기李錡의 첩이 되었다. 이기가 죽자 궁 안으로 불려 들어가 황제의 총애를 받고 이내 비빈이 되었고 특별히 목종황제의 임명으로 황자들의 보모가 되기도 하였으며, 나중에는 황제의 특별 허가를 받아 고향으로 돌아갔으나 가난 속에서 생을 마쳤다. 그래서 당시의 명시인 두목杜牧이 그녀를 딱하게 여겨 시를 남기기도 하였다. 그녀는 당대唐代 여류 3시인 중의 한 사람이 되었다.

그런데 지은이의 이름인 추랑秋娘(가을 아가씨)은 아마도 예명으로 지어진 것으로 추정되나, 여기에는 풍류적인 의미와 함께 인성적 의미(가을은 청정하고 엄숙한 절도의 계절)도 함축하고 있어서, 지은이 자신이 애용한 이름이었을 것이 분명하다.

금실로 지은 옷만 아끼지 말고요, 젊음 아껴요

임이시어 제발 비싸고 값지다는 금실로 꿰매서 지은 옷만 아까워 경비를 절약하면서 노는 것과 즐기는 것을 일절 거부하는 고집만 부리지 마시고, 한번 지나가면 다시 돌아오지 않는 젊음을 모름지기 아까워하실 줄 아셔야 합니다. 젊음은 인간의 일생에 있어서 오직 한 번만 피는 꽃과 같은 것이니, 꽃에 비교해서 꽃이 막 피어나서 꺾어 갖기에 가장 좋을 때가 되면 제때에 바로 꺾어 가져야지, 괜히 어물어물하며 기다리다가 꽃은 다 지고 아무것도 없는 빈 가지를 꺾게 되는 어리석은 짓은 해서는 안 된다는 말이다.

그녀는 손님이 와서 술을 마실 제면 언제나 이 시를 노래처럼 읊어주어서 이 시는 일종의 권주가勸酒歌같이 많은 사람에 의해 불리기도 하였으며, 그래서 우리나라의 민요 권주가에도 영향을 준 작품이다.

가을이 원망스러워秋怨

어현기魚玄機

<table>
<tr><td>자탄커니 다정한 게 바로 시름거리인데</td><td>自歎多情是足愁</td></tr>
<tr><td>더더구나 날씬 뜨락 가득 가을 돼 버린 채</td><td>況當風日滿庭秋</td></tr>
<tr><td>깊숙 안방 깊어 가는 시계 소리 가까우니</td><td>洞房偏與更聲近</td></tr>
<tr><td>매 밤마다 등불 앞서 머리털만 세려 하네!</td><td>夜夜燈前欲白頭</td></tr>
</table>

지은이 어현기는 당唐나라 사람으로 당나라의 서울인 장안長安의 양갓집 딸로 태어났다. 원래 이름은 유미幼微이고 자는 혜란惠蘭이며 현기는 나중에 도교道敎 사원에 들어가서 여도사女道士가 되어 받은 이름이었다. 어려서부터 재능이 남달랐으며 독서를 좋아하여 시와 글을 잘 지었고 특히 시에 있어서는 전후대에 어떤 여류시인보다 뛰어나다는 평을 받았다.

그녀는 집이 가난하여 17세에 보궐補闕 벼슬에 있는 관리 이억李億에게 부인 같은 대우를 받는 첩으로 시집가서 그의 총애를 받았으나 본부인의 질투를 받아 불편한 생활을 하게 되었다. 원래 연령 차이가 많았던 이억으로부터 끝내는 소외를 받자 그 집에서 나와 도교 사원에 가서 여도사가 되었다. 그녀는 시로 소문나서 당시의 유명 시인이던 온비경溫飛卿 같은 사람들과도 교유하였으나 여제자인 녹교綠翹를 타살한 것이 탄로 나서 극형에 처해지면서 불행한 일생을 마쳤다.

그런데 지은이의 원래 이름인 유미幼微(어리고 시원찮음)와 자인 혜란惠蘭(사랑스러운 난초)에서는 그것들을 지어 주었을 부모나 어른들의 연민과 기대가 담겨 있으나, 현기玄機(신비롭고 깊은 기밀)라는 도교의 법명에서는 지은이 자신의 탈현실의 공상적 지향 의식이 엿보인다.

외로움에 가을밤은 더욱 원망스러워

내 자신이 절로 탄식하게 되는 건 바로 임을 향한 정이 너무 많아 이것이 오히려 더욱 시름겹게 만드는 걱정거리인데, 거기다가 날씨는 아무 근심 없는 사람들에게도 을씨년스럽게 하는 가을 기운으로 온 집안 뜨락을 가득 감돌게 해 버린 채, 아무도 안 오는 깊숙한 안방에 깊어 가는 밤을 알리는 물시계 소리만 더욱 가까이 들려오니, 매일 밤마다 등불 앞에서 자신은 내내 잠을 이루지 못하면서 애를 태우노라니 머리털만 허옇게 세려 한다는 원망이요 한탄이다.

서방님 이억 원외께 부칩니다 寄李億員外

어현기 魚玄機

해 수줍어 비단 소매 얼굴 가리고	羞日遮羅袖
봄 시름에 깨나 화장하기도 싫어	愁春懶起粧
가장 비싼 보물은 찾기 쉬워도	易求無價寶
정 있는 임 만나기는 어려운 거라,	難得有情郎
베개 위서 말도 없이 눈물만 지고	枕上潛垂淚
꽃 사이서 남모르게 애만 끊기며	花間暗斷腸
제냥 능히 송옥 몰래 볼 수 있던들	自能窺宋玉
왜 반드시 왕창 향해 한 품겠어요?	何必恨王昌

세상에 아무것도 다 소용없고 오직 당신만을 향한 일념뿐입니다
서방님의 부인이 아니라 첩으로 있던 신세라 떳떳하게 나서서 살 수도
없는 못난 사람이라 해가 뜬 밝은 세상에서는 저 하늘의 해를 보기가
부끄러워 비단 소매로 얼굴을 가린 채 살고, 봄이 오면 좋은 것이 아니
라 오히려 시름에 사로잡혀 잠에서 깨어나 화장하는 것도 싫어하며,
오히려 값비싼 보물은 구하기가 쉬워도 참으로 나를 사랑하는 정을 가
진 임은 만나기가 어려워서, 밤이 되어 자려고 누워 베개를 베고서는

말도 못 한 채 눈물만 흘릴 뿐이고, 낮에 밖에 나가 꽃포기들 사이에서 남은 알 수도 없게 홀로 애가 끊기면서 겨우겨우 살고 있거니와, 제 자신이 능히 송옥宋玉(초나라 사람으로 시를 잘 지었음)같이 시 잘 짓는 어떤 시인을 몰래라도 만나 볼 수 있었다면, 어찌 꼭 왕창王昌(당나라의 관리로 풍채가 뛰어나 모두 부러워했음)같이 풍채 좋고 잘나신 서방님을 향해서 한을 품겠습니까? 저의 원통한 마음을 풀어 호소할 수 있는 상대도 저에겐 없으므로 오직 서방님만을 향한 일념뿐이라는 애타는 호소의 시다.

이 작품의 이런 내용으로 봐서 아마도 남편의 사랑이 식은 뒤에 남편으로부터 소박당하고 도교 사원에 가서 여도사 노릇을 하는 동안에 지어 부친 시로 추정된다.

봄날 그리움의 노래, 네 수 春望詞, 四首

설도 薛濤

1

꽃이 펴도 함께 감상할 수가 없고 　　　　花開不同賞

꽃이 져도 함께 슬퍼할 수도 없어 　　　　花落不同悲

서로가 그리운 땔 묻고 싶다면 　　　　欲問相思處

꽃이 피고 꽃이 지는 때이랍니다. 　　　　花開花落時

2

풀을 뽑아 동심결을 맺어 놓고서 　　　　攬草結同心

장차 마음 친구에게 주려고 하나 　　　　將以遺知音

봄 시름은 바로 길이 끊긴 채라서 　　　　春愁正路絶

봄을 맞은 새도 다시 슬피 웁니다. 　　　　春鳥復哀吟

3

바람결에 꽃도 날로 시들려는데 　　　　風花日將老

아름다운 기약 외려 아득한 채로 　　　　佳期猶渺渺

같은 마음 가진 사람 맺지 않고서 　　　　不結同心人

부질없이 같은 마음 풀만 맺어요! 　　　　空結同心草

4

가지 가득 피는 꽃을 어쩌면 좋아	那堪花滿枝
되레 둘이 서로 생각나게 만드니	翻作兩相思
옥비녀를 아침 경대 내려 놨건만	玉簪垂朝鏡
봄바람은 아는가요 모르는가요!	春風知不知

지은이 설도는 원래 장안長安 사람으로 자는 홍도洪度이며 당唐나라 말기에 사천四川(지금의 성도)에 관리로 와 있던 설운薛鄖의 딸이었다. 그런데 아버지가 지나칠 정도로 청렴하여 집안이 가난하였으며, 더구나 아버지가 죽자 어머니와 함께 둘만 남은 생활은 더욱 어려웠다. 그녀는 외모가 맑고 아름다웠을 뿐만 아니라 두뇌가 총명하고 영특했으며 어릴 적부터 시를 지을 줄 알아 원근에 소문이 나 있었으나 이 객지 사천에서 살아갈 길이 막막하자 할 수 없이 기녀가 되어 손님들의 술자리에 참석하게 되었다.

이후 사천에 안무사安撫使로 부임해 온 위고韋皐가 그녀의 재능과 미모를 아껴서 자주 불러 술자리를 열고 시를 짓게 하였다. 뿐만 아니라 위고는 설도의 인격을 존중해서 관청 안으로 불러들여 지내게 하였고, 이내 황제에게 글을 올려 그녀에게 교서랑校書郞이라는 명예 관직을 임명 받게 하였다.

이렇게 이름이 당시 문단 지식인들에게 널리 알려지면서 이곳 사천 지역 장관들의 막부를 자유롭게 출입하며 그들의 사랑을 받았음은 물론, 당시의 유명 시인이던 원진元稹, 백거이白居易, 장적張籍, 두목杜牧, 유우석劉禹錫 등과 교유하며 시를 짓기도 하였다. 그리고 원진을 잠시 모시다가 원진의 노여움을 사서 소외되자, 모두 서로 헤어지게 되는 사연 열 가지를 시로 읊어 〈10리十離〉를 지은 것을 읽고, 원진은 다시 그녀를 불러들여 가까이 지내며 정분을 나눴다고 하였다.

나중에는 이 성도成都의 백화담百花潭에다 음시루吟詩樓라는 자그마한 누각을 짓고 살면서 송화지松花紙라는 종이와 붉은 색종이인 설도전薛濤牋이라는 시 원고지를 직접 만들어 사용함으로써 세상에서 유명한 시 원고지로 알려졌으며, 그녀가 물을 긷던 우물은 설도정薛濤井이라 불리며 남아 있게 되었고, 시 작품은 500여 수가 된다고 알려져 있다. 이런 연고들과 함께 그녀는 여교서女校書라고 불려졌다.

이별한 채 봄을 맞아 더욱 간절해지는 그리움의 노래

첫째 수는, 꽃이 피면 너무도 좋아 감상하게 되지만 당신이 없어 함께 감상할 기회도 없고, 또 꽃이 지면 너무 허전해 슬퍼하게 되지만 당신이 없어 함께 슬퍼할 기회도 없어, 만일 어떤 사람이 나에게 서로 가장 그리워지는 경우(때)가 언제냐고 묻는다면, 서슴없이 같이 감상했으면 싶어 꽃이 피는 때와 역시 함께 슬픔을 나눌 수 있으면 싶어 꽃이 지는 때라고 말하겠다는 말이다. 다시 가장 기쁜 것과 가장 슬픈 것은 반드시 사랑하는 사람과 함께해야 그 기쁨은 배가 되고 그 슬픔은 배로 서로 위로가 되어, 기쁨과 함께 슬픔도 아름다워진다는 생각이다.

둘째 수는, 가는 줄기를 가진 풀의 줄기를 뽑아서, 영원히 두 마음을 하나로 꼭 맺어 묶어 놓아 영원히 풀리지 않는다는 의미를 가진 동심결同心結이라는 매듭을 만들어 놓고서, 장차 내 마음을 정말 속속들이 알아주는 동지로서의 당신에게 주려고 하지만, 우리가 서로 만나야 할 이 좋은 계절 봄에 당신이 오는 길(인연)이 끊기어 말할 수 없이 시름에 싸인 채, 봄을 맞은 저 새도 슬피 울 뿐이라는 말이다.

셋째 수는, 바람만 너무 심하게 불고 피어 있던 꽃들도 이제 시들려고 하는 너무 아쉬운 때인데, 당신과 만날 수 있는 아름다운 기약은 예측도 할 수 없이 오히려 아득하기만 한 채, 꼭 같은 한마음을 가진 당신과 나의 마음은 하나로 맺어지지 않고, 부질없이 풀줄기들만 한마음으로 맺어지고 있을 뿐이라는 말이다. 이 셋째 작품은 우리나라에도 전해져 안서岸曙 김억金億에 의하여 〈동심초同心草〉라는 현대시로 번안되어 잘 알려지기도 하였다.

　넷째 수는, 저 가지에 가득 피고 있는 꽃들을 보게, 아 어쩌면 좋아! 분명 저렇게 흐드러지게 핀 꽃들이 외로운 나에게는 불현듯 걷잡을 수 없이 당신을 생각나게 하고 그리워지게 만드니, 더욱 외로울 수밖에 없는 나는 어쩌면 좋은가! 이내 낙망과 실의와 슬픔에 젖은 채 항상 사랑하는 당신을 위해 당신에게만 보이려고 곱게 머리를 빗고 머리에 귀엽게 꽂던 옥비녀가 소용없는 물건이 되어, 아니 아름답게 머리를 꾸밀 필요도 없어 그냥 경대 앞에다 내려놓아 버렸건만, 이렇게 고독과 낙망과 실의에 빠진 내 앞에 설렁설렁 잘도 부는 봄바람은 나의 기막힌 심경과 처지를 아는지 모르는지 알 수가 없다는 원망이요 호소다.

입으로 부르듯 지은 시口占
―송태조宋太祖에게 답한 것

화예부인花蘂夫人

임금께서 성 위에다 항복 깃발 세웠으니 君王城上竪降旗
저야 깊은 궁 안 있어 어찌 알겠습니까만 妾在深宮那得知
14만의 군대들이 함께 갑옷 벗었다니 十四萬人齊解甲
오히려 남아다운 한 사람도 없었네요! 寧無一個是男兒

지은이 화예부인은 오대五代 후촉後蜀의 군주인 맹창孟昶의 왕비로 성은 비씨費氏였으며 청성靑城 사람이었다. 맹창이 극진히 사랑해서 화예花蘂(꽃술)라는 애칭을 내려 주었다. 시를 잘 지어서 일찍이 왕건王建의 궁사宮詞와 겨루기 위해 궁사 100수를 짓기도 하였다. 그러나 후촉이 송宋나라 태조太祖 주원장朱元璋에게 항복하고 지은이는 포로가 되어 잡혀가 송태조 앞에서 질문을 받고 이 시를 지어 바치자 송태조는 매우 가상하게 여겼다고 알려져 있다.

**허망한 망국의 비운 앞에 부끄러운 남정네를 향한
뼈아픈 한탄의 노래**
'임금님(자신의 남편)께서 전쟁에 패해서 어쩔 수 없이 항복을 결심하시고 항복하는 깃발을 성 위에 내세우셨으니, 저야 연약한 한 여자로서 그냥 깊숙한 궁 안에 있었으니 전쟁을 하는지, 항복하게 됐는지 어떻게 알겠습니까? 아무것도 모르고 있다가 이렇게 패전국의 포로로 잡혀 오게 되었습니다. 그런데 저희 나라의 저간의 사정을 돌이켜 보니, 대체 14만 명이나 되는 군대가 꼼짝도 못하고 항복하여 일제히 무장해제를 당했다고 하니, 그중에는 어떻게 남아다운 사람 하나도 없었던 꼴이니 참으로 부끄럽고 한탄스럽네요!'라고 하는 것으로, 너무도 한심하고 통탄할 일이라는 뼈아픈 자조와 날카로운 자경의 복합적인 목소리를 담은 시다.

봄은 다 끝나 가는데 春殘

이청조 李淸照

봄 끝장에 무슨 일로 애써 고향 생각하나?	春殘何事苦思鄕
병중 머리 빗노라니 한이 가장 길어선데	病裏梳頭恨最長
들보 위의 제비들만 하루 종일 지저귀고	梁燕語多終日在
잔 바람결 장미 향기 주렴 가득 풍기누나!	薔薇風細一簾香

지은이 이청조는 송宋나라 사람으로 이격비李格非의 딸이며 호는 이안거사易安居士, 또는 수옥漱玉이라 하였다. 18세에 호주수湖州守인 조명성趙明誠에게 출가하여 부인이 되어서 남편을 도와 《금석록金石錄》이라는 책을 엮기도 하였다. 시를 잘 지어서 청신하고 수려한 풍격의 작품들을 남겼고, 뒤에 다시 장여주張汝舟에게 재가하였다. 말년의 사적은 전하지 않고 《수옥집漱玉集》이라는 시집을 남기고 있을 뿐이나 송나라의 대학자 주희朱熹는 그녀의 시문 능력을 높이 평가하였다.

지은이의 청조淸照(맑게 비춤)라는 이름은 아마도 수옥漱玉(깨끗이 씻긴 옥)이라는 자와 상관하여 인성적 수양의 지표적 의미를 부여하고 있어서 지은이 자신이 애용했을 것으로 추정된다.

스스로 내 자신에게 묻거니와, 봄이 다 끝나 가는 이즈음에 나는 무슨 일로 괴롭게 애써 고향을 생각하고 있나? 아, 다른 이유가 아니라 병을 앓고 있는 중에 머리를 빗노라니 머리털도 술술 힘없이 빠지는 판이라 이런 내 신세로 인한 한탄이 어느 때보다도 가장 길기 때문이라고 생각되는데, 이런 처지에 저 들보 위에 집을 짓고 사는 제비들은 남의 심정도 모르고 하루 종일 즐거운 듯 지저귀고 있으며, 잔바람이 사알사알 부는 결을 따라 활짝 피어난 장미꽃들의 향기만 주렴 가득 풍기어 오고 있을 뿐이라는 읊조림으로, 즐겁고 화사한 봄 풍경에 오히려 더욱 외로워지는 자아의 고독감을 대비적으로 좀은 구슬프고 낮은 목청으로 읊고 있다.

물을 한 움큼 움켜 뜨자 손바닥에도 달이 있어서
掬水 月在手

주숙진朱淑眞

할 일 없어 강 머리서 푸른 물결 떠 노닐자	無事江頭弄碧波
분명하게 손바닥 위 달 담긴 걸 보겠으니	分明掌上見嫦娥
모르겠네, 이적선과 같은 이가 있다 하면	不知李謫仙人在
강 머리에 일찍 가서 달을 잡자 했었을까?	曾向江頭捉得麼

지은이 주숙진은 송宋나라 전당錢塘 사람으로 어려서부터 독서하기를 좋아해서 시를 잘 지었으며 스스로 호를 유서거사幽棲居士라 하였다. 그러나 어쩌다가 성에 차지 않는 서민 계층의 남성에게 시집가서 불만스러운 삶을 살았으므로 항상 남모르는 우수의 심정을 품은 채 일생을 마쳤다. 그래서 뒤의 사람들이 그녀의 시집을 《단장집斷腸集(애끊는 시집)》이라고 부르게 되었다. 그러나 그녀는 이청조李淸照와 함께 송나라의 여류시인을 대표하는 작가로 평가받게 되었다.

지은이의 이름인 숙진淑眞(착하고 참됨)과 호인 유서거사幽棲居士(숨어 사는 선비)라는 것들을 봐서 그녀는 스스로 자기 심성 수양에 힘썼을 가능성이 점쳐진다.

어린아이인 양 물장난을 해 보며 이백 이야기까지 곁들여 읊은 동화 같은 시

이 작품은 그 배경에다, 술을 마셔 취한 이백李白이 달을 잡자며 채석기采石磯에 뛰어들어 죽었다는 설화를 가미하여 읊고 있다. 시원한 달밤에 강 머리에 나가 한가로이 앉아 놀다가 두 손바닥을 모아 푸른 물결을 한 움큼 뜨자 이 물 속에도 둥근달이 비쳐 들어와 보이니, 모르긴 하지만 옛날 자칭 신선이라 하며 달밤에 술을 마시고는 강물 속에 비쳐 있는 달을 잡자며 채석기에 뛰어들어 죽었다는 설화를 남기고 간 이백이 이 자리에 있다면, 그가 예전처럼 강(채석기) 머리로 달려가서 달을 잡자고 했겠느냐는 말이다.

다시 말하면 이백도 지금 나처럼 두 손바닥으로 한 움큼 물을 떠서 손 안에 비치는 달을 감상할 것이고 결코 물에 뛰어들지는 않았을 거라는 말이다.

봄밤에 春夜

주숙진 朱淑眞

창 반쯤에 기우는 달 임이 돌아가신 뒤요	半窓斜月人歸後
한 베갯맡 맑은 바람 꿈을 깨고 난 때인데	一枕淸風夢罷時
어떡해요? 배꽃 핀 채 봄은 적적할 뿐이니	無奈梨花春寂寂
두견 우는 소리 속에 다만 눈썹 찌푸릴 뿐!	杜鵑聲裡祇嚬眉

**봄밤을 겨우 새우고, 가신 임을 꾸던 꿈까지 깬 채
두견이 울음만 들으며 수심에 찬 여인**

깊어 가는 봄밤을 겨우 지새우고 맞은 첫새벽, 외로움과 그리움에 온
통 사로잡혀 있는 나, 저 창 반쯤에는 달만 기울고 있는 지금은 임은
벌써 돌아가신 뒤이고, 또한 이 한 베갯맡에는 맑은 바람이 설렁 불어
오고 있는 지금, 애써 들었던 잠에서 고맙게도 꾸어진 꿈속 거기서 임
을 만났건만 그만 깨어 버리고 만 안타까운 순간인데, 어떻게 하면 좋
아요? 배꽃들은 흐드러지게 핀 채 이 봄은 사랑하는 당신이 안 계셔서
오히려 적적하기만 할 뿐이니, 저기 울고 있는 두견새 소리 속에 나는
너무도 외롭건만 다만 시름을 못 이겨 눈썹을 찌푸리며 애태울 뿐이라
는 말이다.

여름비 끝에 감도는 시원한 기운 夏雨生凉

주숙진 朱淑眞

타는 듯한 뜨거운 볕 바로 찌듯 무덥다가 　　烈日如焚正蘊隆
검은 구름 비를 실어 먼 하늘서 쏟더니만 　　黑雲載雨瀉長空
금방 벼락 내려치다 천둥 한 번 뜸해지자 　　須臾霹靂一聲歇
뜰 앞 대숲 시원하게 좋은 바람 불어오네! 　　庭竹蕭蕭來好風

찌는 폭서를 식히는 한바탕 폭우와 천둥 끝의 청신한 정경

한여름 타는 듯한 햇볕으로 푹푹 찌는 듯이 무덥다가, 어느새 저 하늘에는 검은 구름이 막 뭉치듯이 모여 비 기운을 잔뜩 싣고 몰리면서 그냥 사정없이 굵은 빗줄기의 소나기가 마구 쏟아지더니만, 금방 천둥소리와 함께 벼락을 치기를 한바탕 하고는 이내 천둥소리가 뜨음해지며 언제 그랬냐는 듯 하늘이 파랗게 개이자, 뜰 앞 담 주변에 주욱 늘어선 대숲이 비를 맞고서 싱그럽게 되살아난 듯한데, 어디선가 시원한 바람 한 자락이 이 대숲을 스쳐 스르르 불어오면 심신이 시원해진다는 기막힌 순간의 청신한 정경을 그리듯이 읊은 시다.

궁 안의 노래宮詞

양태후楊太后

버들가지 비를 맞아 새파란 빛 물들었고	柳枝挾雨握新綠
복사 꽃술 바람 들어 좀 붉은빛 터뜨리며	桃蕾含風破小紅
하늘 위의 봄 풍경을 유독 일찍 내려 받아	天上春光偏得早
우뚝 높은 궁궐 전각 오색구름 속에 있네!	嵯峨宮殿五雲中

지은이 양태후는 송宋나라 사람으로 황제인 영종寧宗의 세 번째 황후였다. 처음 궁 안에 선발되어 들어왔을 때에는 회계會稽 출신이라는 것 말고는 성씨姓氏도 알려지지 않았으나 같은 회계 출신으로 세상에 이름이 알려진 양차산楊次山을 자신의 오빠라고 말함으로써 자신도 이내 양씨가 되었다. 그 뒤에 황제 영종에 의하여 평락군부인平樂郡夫人으로 봉해졌다가 얼마 후 첩여婕妤로 승진하였고 다시 귀비貴妃로 승진하였다. 황제의 두 번째 황후가 죽자 함께 황제의 총애를 받던 조미인曹美人과 둘이 황후 후보에 올랐으나 귀비를 싫어하던 한타주韓侂冑가 황제에게 조미인을 추천하였다. 그러나 황제는 경전과 사서를 터득하여 역사에도 밝고 기지와 재치가 뛰어난 이 귀비를 황후로 책봉하였다. 나중에 지나친 전횡을 일삼던 한

타주를 제거한 다음에는 승상인 사미원史彌遠의 술수를 모르고 그의 계획으로 이미 정해져 있던 황태자를 폐하고 새로 황태자를 정해서 영종황제의 뒤를 잇게 하는 데에 동조하였다. 그러나 어쨌건 새로 등극한 황제 이종理宗을 위한 수렴청정垂簾聽政은 매우 훌륭하게 잘한 것으로 알려졌으며, 이 이종황제에 의하여 태후太后로 봉해졌다.

봄을 맞은 궁 안의 화려한 풍광을 위한 찬사

궁 안의 버들가지들은 봄비를 맞고 휘늘어져서 새잎들이 눈을 틔우며 새파란 빛깔로 물들어 있고, 궁 안 정원 곳곳에 심어져 있는 복숭아 나뭇가지들에는 한창 피어나기 시작한 꽃망울과 꽃술들이 산들산들 불어오는 바람을 머금고 좀씩 붉어지는 꽃잎들을 터뜨리면서, 원래 하늘 위에서 벌어지던 봄 풍경들을 유독 이 궁 안에서만 일찍 내려 받았나 싶게, 우뚝우뚝 높이 솟아 있는 궁궐들과 전각들이 신선 세계와 같이 다섯 가지 빛깔의 아름다운 구름 속에 감싸여 있어 참으로 화려하고 장엄하다는 찬사다.

그런데 지은이는 이 작품과 같은 제목으로 열네 수의 시를 더 남기고 있으며, 이 중에 "궁 뒤 울 안 깊숙한 채 풍경들은 아늑하고, 고운 꽃들 예쁜 대숲 봄 자태를 뽐내건만, 폐하 행차 몇 헬 가도 놀 일 오지 않으시니, 그 몇몇의 정자·누대 낡은 채로 놔두었네!(後院深沈景物幽 佳花姸竹弄春柔 翠華經歲無遊幸 多少亭臺廢不修)"라는 작품은 황제의 검소한 생활을 기정사실인 듯 넘겨짚어 간하는 형태로 읊고 있으며, "훈풍 속에 궁궐·전각 하루해는 긴 때이고, 천기 조용 운용하기 한 판 바둑 놓기인 듯, 국수들인 사람들이 넉넉 제 곳 잡았으니, 알지어다 폐하 계산 신기하게 나온 것을!(薰風宮殿日長時 靜運天機一局棋 國手人人饒處着 須知聖算出新奇)"이라는 작품은 하늘의 기밀 계획같이 기막히게 정확하고 치밀한 황제의 정책을 바둑 놓듯 설계하여, 그 정책들에 가장 능력 있고 적합한 인재들을 적재적소에 배치해 놓고 있으니, 황제의 그 기막힌 정책과 적재적소의 인재 등용이 모두 신기한 황제의 생각에서 나왔음을 알아야 한다는 것으로, 이 작품 역시 황제가 이미 실천하고 있는 듯이 읊어 칭송함으로써 오히려 황제가 그렇게 노력하지 않을 수 없게 하는 기막힌 수법을 쓰고 있는 것이다. 이런 의미에서 지은이의 이 〈궁 안의 노래(宮詞)〉 열다섯 수는 이른바 시적 풍유의 방법을 훌륭하게 수행하고 있다고 평가할 만하다.

낭군께 부침 寄郞

천녀 倩女

견우·직녀같이 본래 하늘 위의 신선들도	牛郞織女本天仙
은하수로 가로막혀 만날 길이 묘연타가	阻隔銀河路杳然
오늘 저녁 외려 능히 서로 만나 모이는데	今夕猶能相會合
인간 세상 우린 어찌 만나 화합 못 합니까?	人間何事不團圓

지은이 천녀는 송宋나라 사람으로 연평延平 출신이었다. 그런데 이 '천녀'라는 이름은 사실은 중국에서 '실연을 당하여 죽은 소녀의 영혼'을 이르는 말이라, 지은이의 실제 성과 이름은 알려지지 않은 것이고 당시에 누군가가 이렇게 이름을 붙여 준 것으로 추정된다. 어쨌거나 기록에는 천녀가 일찍이 아버지를 잃고 어머니의 가르침을 받아 시를 지을 줄 알게 되었는데, 이웃에 사는 선비 진언신陳彦臣이 항상 좋아하는 눈치만 보낼 뿐 서로 만나지 못하였다. 그래서 지은이가 칠석인 7월 7일에 이 시를 지어서 보내자, 진언신은 15일 밤에 만나자는 약속과 함께 "옥 체질에 얼음 살결 고야산의 선녀로서, 멋에 우아한 태도는 제냥 천연 그대로니, 하늘 마음 사람 마음 만약 함께 합친다면, 달 둥글 땔 기다리면 사람 또한 둥글리라!(玉質氷

肌姑射仙 風流雅態自天然 天心若與人心合 待到月圓人亦圓)"라는 시를 지어
보냈다. 그래서 정말로 15일에 만났으나 천녀의 어머니에게 이것이
발각되어 어머니는 이곳 담당 관리인 옥강중玉剛中에게 고발하였다.
그런데 천녀의 시 짓는 재능을 알고 있던 옥강중이 대나무 발(竹簾)을
제재로 주면서 시를 지으라고 하였다. 이 주문에 천녀가 바로 "푸른
대를 쪼개 놓자 가닥마다 직선이고, 붉은 실로 꼬아 엮자 올올마다 신
기한데, 꽃과 같이 조각조각 이뤄질 걸 좋아해서, 곧은 마딜 서로서로
어긋나서 엮게 했네(綠筠劈破條條直 紅線經回眼眼奇 爲愛如花成片段 致令
直節有參差)"라고 지어 바치자, 옥강중은 바로 천녀와 진언신은 부부
가 되라고 판결하였다.

그런데 이상의 여러 사실을 놓고 추정해 보면 이 천녀倩女는 고유
의 인명이 아니고, 역시 실연당하고 죽은 여인과 같은 처지가 될지 모
르는 이 주인공을 살려 내기 위하여 그 누군가가 주인공을 억울한 여
인으로 변호하여 붙인 이름(보통명사)이었으나, 이것이 고유명사처럼
전해진 것으로 추정된다.

칠월 칠석 까막까친 만나는데 우리는 왜 못 만나요?

'저 견우와 직녀는 본래부터 저 높은 하늘 위에 사는 신선들인데도, 서
로 만날 수 있는 길이 은하수에 의하여 서로 갈라져 막혀 있어서 어떻
게 될지 묘연하다가, 오늘 7월 7일 저녁이 되어서는 서로 만나 모이게
되었는데, 저 높은 하늘도 아닌 이 지상 인간들이 사는 세상에서 낭군
과 저 두 사람은 무슨 일로 서로 만나서 한 부부로 화합할 수 없는 것
입니까'라고 하는 원망이면서 '낭군께서 왜 서로 만나는 약속을 안 하
느냐'고 하는 독촉이기도 한 시다.

죽순을 보고 笋

정윤단鄭允端

대숲 속에 봄비가 내리고 나서	竹林春雨過
야윈 죽순 이끼 뚫고 자라났으니	瘦笋迸苔長
그냥 앉아 높은 마딜 기다려 보면	坐待成高節
맑은 줄기 짧은 담장 솟아나겠지!	淸標出短墻

지은이 정윤단은 원元나라 때 사람으로 자는 정숙正淑, 호는 화교花橋로 평강平江 사람이며 송宋나라의 승상丞相인 정청鄭淸의 5대손이었다. 어릴 적부터 경서 공부를 하여 글과 시를 잘 지었고 같은 고향 사람 시백인施伯仁에게 시집갔다. 그러나 장사성張士誠이 반란을 일으켜 이곳을 점령하자 재산을 빼앗기고 병과 가난에 고생하다가 30세의 젊은 나이로 생을 마쳤으며 《숙옹집肅雝集》이라는 시집을 남겼다.

지은이의 이름인 윤단允端(진실로 단정함)이나 자인 정숙正淑(바르고 착함)은 어른으로부터 지어 받은 것으로 추정되나 지은이 자신이 자기 수양의 지표로 삼아 애용했을 것으로 인정된다.

종류가 원래 가냘프고 야윈 줄기(대궁)인 대숲 속에 늦봄비가 흠뻑 내리고 나서, 역시 가냘프고 야윈 죽순이 제법 힘차게 지면을 덮고 있는 푸른 이끼를 뚫고 자라나 있으니, 아 이제 저 죽순을 그냥 가만히 두고 보면서 기다리고 있노라면, 불원간 가늘지만 꼿꼿하고 맑고 깨끗한 줄기가 주욱 자라서 나지막한 담장 위로 솟아나 서 있게 될 거라는 말이다. 이 대나무는 지은이가 푯대로 삼는 고고하고 청명한 인격의 선비를 상징하고 있을 뿐만 아니라 수양하고 싶은 자신의 인품도 대입시키고 있는 대상이다.

가을 창 앞에서 회포를 적다 秋窓書懷

정윤단 鄭允端

시인 체질 옛날부터 살 안 찐다 하지마는	詩骨從來不受肥
늙은 병에 옷 무게도 못 이기면 어떡하나?	那堪衰病弗勝衣
아침 되어 시험 삼아 비단 치말 입다 보니	朝來試把羅裙整
야윈 허리 봄에 비해 또 반 허리 줄었구나!	瘦比今春又半圍

병에 야윈 자신의 가을을 맞는 회포

옛날부터 전해 오는 바대로 시인은 사색을 많이 해야 하고 고민도 많이 해야 하므로 자연히 몸이 마르고 야위게 되어 있다고 하지만, 나는 이렇게 가을을 맞아서 더욱 사색과 고민이 깊어지게 되었고 거기다가 늙고 병까지 들어 더욱더 마르고 야위어서 허약해진 체력으로 옷 무게도 못 이기게 되면 이걸 어떻게 해야 한다는 말인가? 이렇게 허약해진 내 자신이 참으로 처량할 지경인데, 아침이 되어 일어나서 시험 삼아 비단 치마를 새로 입다 보니, 내 야윈 허리둘레가 금년 봄에 비해서 또 반이나 줄어 있다는 시름과 한탄의 읊조림이다.

우연히 지은 시偶成

손혜란孫蕙蘭

뜨락 울안 깊숙한 속 일찍 문을 닫아 놓고 　　　　庭院深深早閉門

옷 짓다가 말이 없이 황혼 맞아 앉았는데 　　　　停針無語對黃昏

푸른 망사 창 밖에는 처음 달이 떠오르며 　　　　碧紗窓外初生月

매화꽃을 비춰 주자 넋이 나갈 듯하구나! 　　　　照見梅花欲斷魂

지은이 손혜란은 원元나라 때 사람으로 얼굴이 맑고 고왔으며 6세에 어머니를 잃고 아버지에게 글을 배웠다. 부여려傳汝礪에게 출가하여 시를 지었으나 많이 짓지 않았고, 지은 시도 스스로 원고를 태워 없앴다. 죽은 뒤에 남편인 부여려가 남은 원고를 수집하여 《녹창유고綠窓遺稿》라는 시집을 발간하였다.

지은이의 이름인 혜란惠蘭(사랑스러운 난초)도 어른들로부터 지어 받은 것으로 추정되나 지은이 자신이 인성 수양의 상징으로 수용했을 것으로 추정된다.

달빛 속의 매화꽃으로 그려 보는 여인의 자화상

집 안의 뜨락과 울안이 깊숙한 분위기로 되어 있는 데다가, 오후가 되어 일찍 대문을 닫아 놓고 방 안에서 조용히 바늘로 옷을 짓고 있다가 어느덧 황혼을 맞아 앉아 있는데, 푸른 망사로 된 창 저 밖에는 처음으로 달이 마악 떠오르면서 뜨락 가장자리에 고목 등걸로 선 채 피어 있는 매화꽃을 비춰 주자, 이 고고하고 순결한 자태에 나는 그만 넋이 나갈 듯하다는 감탄이다. 그래서 이 달빛 속에 새로운 심기를 만들며 더욱 돋보이는 매화의 자태는 바로 지은이 자신이 그렇게 되고 싶은 심상적 자화상이며, 분명 자기의 감정이 투영되고 있으면서도 비교적 지적으로 그려서 보여 주는 한 폭의 그림 같은 시다.

가을밤에 秋夜

맹숙경 孟淑卿

콩꽃들에 비 흡족해 저녁 되며 서늘해도　　　　荳花雨足晚生涼
숲 속 여관 외로운 잠 긴긴 밤이 겁나지만,　　　林館孤眠怯夜長
제냥 시름 많은 터라 잠 이룰 수 없는 거지　　　自是愁多不成寐
가을 샘가 귀뚜라미 울기 때문 아니라오!　　　　非緣金井有啼螿

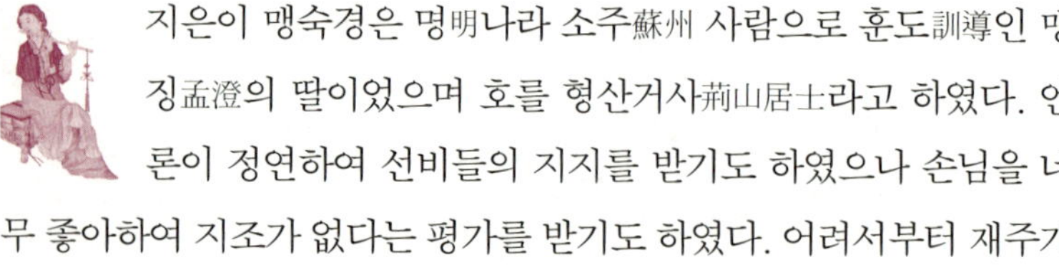

　　　지은이 맹숙경은 명明나라 소주蘇州 사람으로 훈도訓導인 맹징孟澄의 딸이었으며 호를 형산거사荊山居士라고 하였다. 언론이 정연하여 선비들의 지지를 받기도 하였으나 손님을 너무 좋아하여 지조가 없다는 평가를 받기도 하였다. 어려서부터 재주가 있고 언변이 뛰어났으며 시와 사詞를 잘 지었고 일찍이 "시는 탈태화질脫胎化質(형식을 벗어나 바탕만으로 변화돼야 하는 것)을 해야 한다"는 시론詩論도 주장하였으며, 주숙진朱淑眞과 이청조李淸照의 시 품격을 비교 평가하기도 하였다.

　　지은이의 이름인 숙경淑卿(착한 너)도 어른들에게 지어 받은 것으로 추정되나 지은이 자신이 인성 수양의 훈도적 의미로 수용했을 것이 분명하다.

가을밤을 지새우는 여인의 고독

이 시는 음력 7월경에 지어진 것이 분명하다. 왜냐하면 기구에 나오는 "두화우荳花雨(콩꽃에 내리는 비)"는 '두화수荳花水(콩꽃이 피는 음력 7월 무렵에 내리는 빗물)'라는 말을 응용한 것이기 때문이다.

음력 7월을 맞아 콩꽃들도 건강하게 피어 결실을 잘하라는 듯이 비가 흡족하게 맞추어 내려서 기온이 좀은 내려간 데다가, 더욱이 저녁이 되어 기운이 서늘해졌고, 거기다가 숲이 우거진 속에 있는 여관이라 더욱 서늘해져서 이렇게 잠자기에 좋은 곳인데도 불구하고 나는 외롭게 홀로 자야 하는 잠이니 (여름에 비해) 가을이라 밤이 긴 것이 겁날 수밖에 없지만, 사실 이 길어진 가을밤에 잠을 못 이루는 것은 제 자신 스스로의 시름이 많기 때문이지, 가을을 맞은 샘 주위에서 울어대는 귀뚜라미 소리 때문은 아니라는 말이다.

서호의 풍속 노래 竹枝詞

주정암 朱靜庵

여기 서호 머리에는 술 파는 집 자리 잡아	西子湖頭賣酒家
봄바람 속 펄렁펄렁 술 깃발이 걸렸는데,	春風搖蕩酒旗斜
길 가던 이 술을 사서 노래하며 떠나면서	行人沽酒唱歌去
뜨락 가득 진 살구꽃 다 밟으며 가는구나!	踏碎滿庭山杏花

지은이 주정암은 명明나라의 해령海寧 사람으로 상보경尙寶卿인 주조朱祚의 딸로 어려서부터 영리하여 많은 책을 두루 읽었으며 시와 글을 잘 지었다. 교유敎諭인 주제周濟에게 출가하였으나 남편에 대한 불만족감을 항상 갖고 있어서, 울타리께에 핀 매화꽃을 내세워서 "가련하다 정말 알고 감상할 분 못 만난 채, 시들어져 남은 향기 촌사람만 마주했네(可憐不遇知音賞 零落殘香對野人)"라고 읊음으로써, 자신을 매화에, 남편을 촌사람에 비유하고 있다.《정암집靜庵集》이라는 문집을 10권 남기고 있다.

지은이의 호로 추정되는 정암靜庵(조용한 집)은 아마도 지은이 자신이 스스로 지은 것으로서 출가 후 불만스러운 생활로 인한 자신의 산란한 심경을 스스로 진정시키자는 의미를 담아 사용한 것으로 판단된다.

서호 술집 앞의 풍경을 그린 한 폭의 그림

이 항주 서호 호수 머리에 술을 파는 집이 자리를 잡고 있어, 마침 설렁설렁 불고 있는 봄바람결에 이 술집 깃발은 펄렁거리고 있는데, 길을 가던 행인 한 사람이 이 술집에 들러서 술을 사 갖고 흥겹게 노래 부르며 길을 다시 출발하면서, 뜨락과 마당 가득 져 내린 개살구 꽃잎들을 대수롭지 않은 듯 밟아 버리더라는 말이다.

이 작품은 문맥상으로는 분명 지극히 일상적이고 소박한 호숫가 마을의 풍경 단면을 스케치하듯 읊어 보여 주고 있는 풍경화 같은 시지만, 전구와 결구의 내용은 기막힌 순정을 하룻밤 정으로 남기고 매정하게 떠나는 한 남성을 향한 원망을 은유로 읊은 것으로 읽히기도 하는 시다.

돌아가신 서방님을 향해 울며 哭夫

진덕의 陳德懿

장군에다 재상으로 공명 이룬 40년에	將相功名四十年
어찌 한번 저승 가서 막힐 줄을 알았나요?	豈期一別隔重泉
글 체제는 바로 지금 모범으로 딱 맞았고	文章正合今時範
정치 업적 후세까지 전해지게 될 만하며,	政績堪爲後世傳
거울 보면 항상 난새 혼자인 꼴 슬퍼져도	對鏡每傷鸞影隻
당신 덕에 집 이어 갈 현명한 앨 두었지만,	承家賴有鳳毛賢
썰렁 바람 척척한 비 쓸쓸한 등불 아래	凄風苦雨寒燈下
몇 번 슬퍼 눈물 줄줄 흘렀는질 모릅니다!	幾度哀思淚潸然

지은이 진덕의는 명明나라의 인화仁和 사람으로 남강南康의 원님인 진민정陳敏政의 딸이었으며, 원래 대대로 명문가로 어릴 적부터 경전을 익혀 시와 글을 잘 지었다. 이런 명성으로 도어사都御史인 이앙李昻에게 출가하였으며 문집 4권을 남기고 있다.

　지은이의 이름인 덕의德懿(덕이 있고 아름다움)는 분명 부모나 어른이 지어서 준 것이겠지만, 지은이 자신의 인격 수양의 덕목으로 수용했을 것은 분명하다.

서방님께서 장군에다 재상까지 되시어 부귀와 공명을 누리며 40여 년을 살아오시면서, 어찌 한순간에 굶기셔서 저승으로 돌아가셔 서로 작별하게 될 줄이야 알았습니까? 서방님께서 지으신 훌륭한 글들의 체제는 이 시대 글의 모범으로 딱 맞고, 남겨 놓으신 정치의 업적은 후세 정치의 시범으로 전해질 만하며, 언제나 아침에 거울을 보노라면 혼자인 처지가 된 내 모습이 한량없이 슬퍼져도, 당신이 집안을 이어 갈 현명한 아들을 남기고 가셔서 참으로 다행이긴 하지만, 썰렁한 바람과 척척한 비 속 쓸쓸한 등불 아래에서, 그 몇 번을 슬퍼 눈물을 줄줄 흘렸는지 모른다는 목메는 하소연이다.

애태우는 봄 傷春

추새정 鄒賽貞

그리움의 고통 누가 딱하다 하랴	誰憐情思苦
하루 내내 사립문을 닫아 둔 채로	鎭日掩柴扉
명매기는 들보 위서 재잘거리고	紫燕依梁語
끝물 꽃들 비 맞으며 날려 지는데,	殘花帶雨飛
비취 빛깔 휘장 아래 지쳐 자다가	懶眠翡翠幬
원앙 베틀 시름 젖어 베를 짜면서	愁織鴛鴦機
봄 풍경은 거듭 만나 구경하건만	春色重相見
멀리 간 분 외려 돌아 안 오시누나!	遠人猶未歸

지은이 추새정은 명明나라 연산鉛山 사람으로 국자감승國子監丞 복미헌濮未軒의 부인이었으며, 어릴 적부터 총명하고 지혜로워 많은 책을 읽고 시를 잘 지었다. 당시의 사람들로부터 여사女士(학식과 인품이 높은 훌륭한 여자 선비)라는 호칭을 받았으며, 스스로 호를 사재士齋라 하였을 뿐만 아니라《사재집士齋集》이라는 문집도 남겼다.

지은이의 이름인 새정賽貞(곧고 깨끗할 것을 빎)은 아무래도 부모나 어른들로부터 지어져서 받은 것이 분명하나, 지은이가 스스로 지었다는 호인 사재土齋(선비가 거처하는 집)와 상호 연결해 보면 자아의 심성 수양에 유의했을 것은 분명하다.

모두가 화사하고 흥겹건만 나만 홀로 애타는 봄

이 작품은 정녕 사랑하는 임을 멀리 떠나보내고 홀로 봄을 맞아 외로움에 못 견뎌 애타는 심경을 읊은 시다.

나는 떠나가신 임을 향한 간절한 그리움에 견디기 어려울 만큼 괴롭건만 그 누가 내 심정을 "딱하구나!"라며 동정해 주기나 하랴. 아무도 내 심경을 알아주는 사람이 없어 아예 하루 종일 내내 사립문을 꽉 닫아 둔 채로 홀로 집 안에 앉아 있는데, 나의 이렇게 외로운 심정과는 상관도 없이, 아니 저들은 오히려 즐겁다는 듯이 저 대들보 위에 집을 짓고 있는 명매기(제비의 일종)는 하루 종일 즐겁게 재잘거리며 놀고 있고, 역시 봄날은 내 심경을 아예 무시한 듯이 한창 무르익었다가 지나가면서 끝물을 장식한 꽃잎들이 부슬부슬 내리는 늦봄비를 맞으며 푸슬푸슬 날려 지고 있는데, 이런 늦봄 날씨 속에 하루를 너무 외롭게 보내는 나는 이내 푸르른 비단 휘장 아래서 지쳐 자다가 깨어 일어나서는, 원앙새처럼 나란히 차려진 베틀에 올라앉아서도 사뭇 시름에 젖은 채 베를 짜면서, 외롭고 무상한 인간사는 아랑곳하지 않고 자연의 순환 원리에 따라 거듭거듭 돌아오는 봄 풍경은 매해 구경하건만, 멀리 떠나가신 사랑하는 분은 다시 돌아온 봄에도 오히려 돌아오지 않으신다는 원망이요 한탄이다.

아들 정에게 부친다 寄鋌兒

양문려 楊文儷

서울에 머문 너를 생각해 보니	念汝留京國
봄꽃들이 두 번이나 붉었었다만,	春花兩度紅
깊고 엄한 궁 안에서 책을 읽고서	讀書丹禁裏
자랑스러운 옥당에서 글 지을 테니,	試筆玉堂中
재능 뛰면 명성 응당 떨칠 것이고	才超名應振
벼슬 낮다 도가 없는 것은 아니니,	官貧道不窮
한평생을 모름지기 자력 힘쓰라	百年須自勵
청백 옛날 우리 가풍이었었으니!	淸白舊家風

지은이 양문려는 명明나라 사람으로 공부원외랑工部員外郎인 양응해楊應獬의 딸이며 부도어사副都御史인 손승孫陞의 둘째 부인이었다. 어려서부터 총명하고 지혜로워 옛글과 책을 많이 익혔고 시를 잘 지었다.

뿐만 아니라 부덕을 잘 갖추었고 모성애가 강해 세 아들을 잘 가르쳐서 모두 고관으로 출세시키기도 하였으며, 또한 시집을 세상에 남기고 있다.

　　지은이의 이름인 문려文儷(글과 짝함)라는 의미는 아마도 부모나 어른들이 학문에 정진할 것을 권장하기 위해서 지어 준 것으로 판단된다.

사랑과 기대와 독려의 의연한 어머니 마음

이 어미는 서울에 가서 머물고 있는 너를 멀리서 헤아려 보니, 네가 서울로 간 지 벌써 2년이 되어 봄을 두 번째 맞고 있어 보고 싶은 마음은 더없이 간절하다만, 중요한 국가의 인재로 선발되어 엄숙한 궁 안에서 성현의 가르침을 담은 책을 많이 읽고서, 자랑스럽게 옥당(翰林院)에서 당당하게 나라를 위한 글들을 짓고 있을 테니, 이렇게 나라를 위한 계획을 세우고 글을 짓고 해서 재능이 뛰어나게 인정되면 자연스럽게 명성이 세상에 떨쳐질 것이고, 또한 지금 맡고 있는 벼슬 직급이 비록 아직 낮다고 해도 이 벼슬자리라고 해서 나라를 위한 올바른 길이 거기에 없는 것은 아니니, 어느 직급의 벼슬자리에 있거나를 막론하고 나라와 백성을 위해 모름지기 자신의 성의와 능력을 다해서 노력하라. 더구나 옛날부터 우리 집안의 가풍은 청렴과 결백이었으니 백분 명심하여 절대로 가풍을 더럽히는 사람이 되어서는 안 된다는 엄정한 교훈이요 경계다.

늘어 가는 봄에暮春

단숙경端淑卿

90일의 봄 풍경은 잘못 돌아온 것인가?	九十春光忒地來
복사꽃은 비 맞으며 푸른 이끼 떨어지니	桃花帶雨點蒼苔
다만 열매 맺어 놓고 가지 떠나 가 버리곤	秪求結實辭枝去
좋은 때가 쉽게 돌아 안 오는 건 상관 않네!	不省芳時不易回

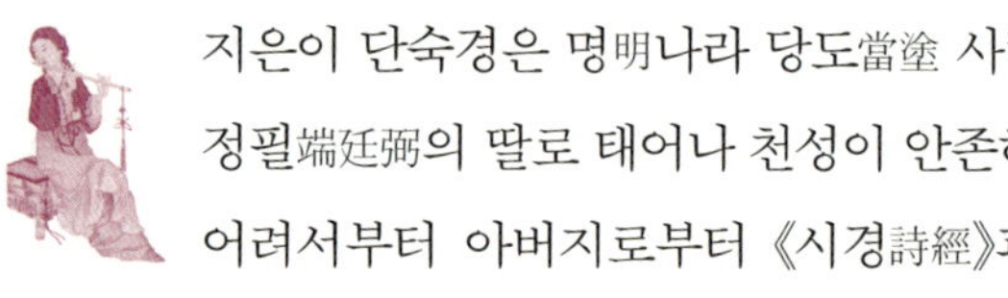

지은이 단숙경은 명明나라 당도當塗 사람으로 교유敎諭인 단정필端廷弼의 딸로 태어나 천성이 안존하고 두뇌가 영리하여 어려서부터 아버지로부터 《시경詩經》과 《열녀전烈女傳》 등을 익히면서 많은 책을 읽을 수 있게 되었다. 스스로 호를 녹창綠窓이라고 하였으며 이웃 마을에서까지 칭송을 듣기도 하였고, 단호유관丹湖儒官인 병유丙儒에게 출가하여 함께 늙으며 주위로부터 존경받기도 하였다. 죽은 뒤에는 《녹창시고綠窓詩稿》라는 시집을 남겼다.

지은이의 이름인 숙경淑卿(맑고 착한 너)은 아마도 심성의 도야를 권면하기 위해서 부모나 어른들이 지어 준 것으로 판단된다.

아니 세 달이요 90일이나 되는 봄이 어느 사이 이렇게 펀뜻 거의 지나가 늦은 봄 한 달만 남게 되었는지, 이번 봄은 석 달 90일이 아닌 더 짧은 시일로 된 엉뚱한 봄의 풍경이 잘못 돌아온 게 아닌가 싶게, 봄 풍경의 마지막 대표로 피어 있던 복사꽃들은 비를 맞으며 푸른 이끼 위에 떨어져 버리니, 이 안타까운 봄의 풍경들을 맡아서 관리하는 조물주께서는 복사꽃으로 하여금 겨우 수정만 마쳐서 열매나 맺게 하고는 다 져 버려서 봄이 이제는 아주 흔적 없이 사라지게 하고 있으니, 대체 조물주께서는 봄이라는 이 아름답고 좋은 시절이 원하는 대로 쉽게 돌아오지 않는 아주 아쉬운 계절이라는 것에 대해서 전혀 상관하지 않는 모양이라는 은근한 원망이면서 푸념을 곁들인 것이기도 하다.

베짱이 우는 소리를 들으며 聞促織

단숙경 端淑卿

베짱이는 뭐가 그리 슬픈 것인고?   促織何悲切
텅 빈 집 안 밤 지새워 울고 있으니!   虛堂徹夜鳴
풀 마른 채 이끼 섬돌 촉촉한 곳서   草枯苔砌滑
찬 이슬에 달빛 환히 밝아질 지금,   露冷月華明
안방 주인 원한 뭔지 알지 못하고   不諳閨閤怨
나그네의 정을 생판 놀라게 하니,   生驚旅邸情
매해마다 시름겨워 네 소릴 듣곤   年年愁聽汝
살쩍·두발 눈서리가 다 끼었구나!   鬢髮雪霜生

베짱이를 향해 원망해 보는 자기 고독의 하소연

이 첫째 줄과 둘째 줄은 물론 시상의 변조를 위해 도치된 것이다. 아무도 없이 나만 홀로 있는 이 집 안에서 밤을 지새우며 쉼 없이 내내 울어 대고 있으니, 베짱이들아 대체 너희는 뭐가 그렇게 슬픈 것이냐? 지금 너희는, 가을이라 풀들은 다 말라 시들었지만 이끼 긴 섬돌 밑과 틈 사이 습기가 촉촉하게 남아 있는 곳에 살면서, 이슬은 차갑고 달빛은 환하게 밝아지는 지금 이렇게도 슬프게 울고 있으면서, 깊은 안방에서 홀로 잠 못 들고 앉아 있는 여인의 원통한 한이 무엇인지도 모르고, 먼 길을 떠나와 객지 여관방에서 외롭게 머물고 있는 나그네의 향수만 들쑤시어 못 견디게 하니, 매해마다 이렇게 울어 대는 너희의 슬픈 소리를 시름겹게 들어 온 나는, 어느 사이엔가 두 귀밑털과 두발이 모두 눈을 맞은 듯, 서리가 낀 듯 허옇게 되었다는 한탄이요 원망이다.

텅 빈 안방에서 空閨

왕봉한 王鳳嫻

벽엔 거미 줄을 치고 거울 먼지 끼인 채로	壁網蛛絲鏡網塵
꽃비녀도 버려두고 봄 온 것도 모르다가	花鈿委地不知春
마음 상해 재잘대는 제비 보기 두려운데	傷心怕見呢喃燕
새긴 들보 외려 앉아 주인 나를 찾고 있네!	猶在雕樑覓主人

지은이 왕봉한은 자를 서경瑞卿, 호를 문여자文如子라 하였으며, 명明나라 송강松江 화정華亭 사람으로 진사進士인 장본가張本嘉의 아내였다. 시를 잘 지어서 그녀의 시에 대해서 범렴范濂은 평하기를 "격이 높고 화사하기로는 전기錢起와 유우석劉禹錫을 뛰어넘고, 맑고 참신하기로는 온정균溫庭筠과 허혼許渾을 훨씬 뛰어넘는다(高華絶響錢劉 淸新逈出溫許)"라 하였고 시집인 《관주집貫珠集》을 남겼으며, 두 딸인 장문주張文姝와 장연주張娟姝도 시를 잘 지었다.

지은이의 이름인 봉한鳳嫻(봉황새처럼 화려함)은 서경瑞卿(상서스러운 너)이라는 자, 그리고 문여자文如子(문채인 듯한 사람)라는 호 등과 상관시켜 보면 좀은 예능을 갖춘 인성의 도야를 지향한 인물이었을 것으로 추정된다.

사랑하는 서방님이 안 계신 지 오래인 빈 안방은 벽에 거미가 줄을 친 채이고 화장하고 치장할 일도 없어 쓰지 않는 경대도 거울에 먼지가 긴 채로, 머리에 꽂던 꽃을 새긴 비녀도 꽂을 일이 없어 그냥 한편에 버려두고는 봄이 온 것도 모르고 있다가, 외로움에 마음이 상해 있는 터라 더욱 마음이 상할까 봐서 다정하게 짝지어서 즐겁게 재잘대고 있을 제비를 보기가 두려운 판인데, 우연히 조각한 대들보 위를 바라보니 제비들은 오히려 그 위에 다정하게 앉아서 주인인 나를 찾고 있는 듯이 재잘대고 있다며 원망도 하고 한탄도 하고 있는 것이다.

산속에 살며 있는 대로 읊다 山居卽事

육경자 陸卿子

모두 옥이 묻혀 있는 토지뿐이고	有地皆埋玉
소나무를 심지 않은 산은 없으며,	無山不種松
비 푹 온 뒤 아침 되면 버섯을 따고	雨深朝拾菌
햇볕 들면 한낮 맞춰 분봉을 하며,	日暖晝分蜂
사슴들은 바위 아랠 타며 노닐고	麋鹿緣巖下
살쾡이는 약 캐다가 만나 보는데,	狐狸採藥逢
복사꽃들 온통 모두 피어났으니	桃花開已遍
나무꾼들 길을 모두 잃을 것 같네!	樵客欲迷蹤

지은이 육경자는 명明나라 고소姑蘇 사람으로 육사도陸師道의 딸로 태어나 태창太倉 사람 조환광趙宦光에게 출가하여 그와 함께 한산寒山으로 숨어 들어갔다. 천성이 번화하게 꾸미는 것을 싫어해서 산속에 초막을 짓고 부처를 모시며 재를 올리는 것을 일상으로 삼고 살았다. 시 짓기를 좋아해서 《고반집考槃集》과 《현지집玄芝集》이라는 시집들을 남겼다.

탈속적인 이상의 공간으로 그려 보며 자족자락하는 산속의 삶

내가 살고 있는 이 산속 마을은 어느 곳이거나 옥들이 묻혀 있을 만큼의 좋은 토지뿐이고, 주위에 둘러서 있는 산들은 모두 소나무로 가득 심어져 있지 않은 곳이 없으며, 이렇게 속세의 흔한 마을과는 아주 다른 별개의 마을이라, 가을비가 푹 내리고 난 뒤 아침이 되면 산에 올라가 버섯을 따고, 맑은 햇볕이 들면 한낮을 맞춰 날아 나간 새·벌 새끼들을 나누어 받아 오며, 산 근처로 가 보면 야생 사슴 떼는 바위 아래의 험한 계곡 길을 잘 찾아 타며 노닐고 있고, 또 산에 올라 약을 캐다가 살쾡이를 만나기도 하는데, 마침 때맞춰 복숭아꽃들이 온통 여기저기 모두 만발해 있으니, 나무꾼들은 이 흥겨운 봄 풍경에 도취되어 나무하는 것도 잊고 길도 잃을 것 같다는 말이다. 내가 사는 이 마을은 무릉도원 같기도 하고 신선 마을 같기도 하여 참으로 즐겁고 만족스럽다는 은근한 자부를 읊은 시다.

떠도는 부평초(개구리밥)를 보고 浮萍

서원徐媛

물결 쫓겨 고운 물가 붙어도 있고	逐浪依芳渚
바람 실려 들 웅덩이 뜨기도 하니,	憑風泛野濆
떠도는 꼴 응당 나와 닮아져 있고	浮踪應類我
정처 없긴 네가 갑절 안타깝다만,	飄泊倍憐君
더러워진 진흙 빛에 물들진 않고	不染涔泥色
시들 마른 풀잎들과 같을 순 없어,	難同敗葉群
물결 따라 널찍한 곳 흘러갔다간	順波流軋處
한 계곡의 구름 서로 의지하겠네!	相傍一溪雲

지은이 서원은 명明나라 소주蘇州 사람으로 자는 소숙小淑이며 어려서부터 두뇌가 총명하여 일찍 글을 깨쳐서 〈내칙內則〉을 위시한 많은 책을 읽고 시와 글을 지었고, 앞에서 다룬 육경자陸卿子와 시를 지어 서로 주고받으며 사귀면서 이름들이 세상에 알려져 당시 이 지역 선비들부터 '오문吳門 이대가二大家(오문 지방의 두 대가)'라는 칭송을 듣기도 하였다. 부사副使인 범윤림范允臨에게 출가하였고 나중에 《낙위음絡緯吟》이라는 시집을 남겼다.

'부평초 너는 때로 출렁대는 물결에 쫓겨 다니다가 운 좋게 아름다운 물가에 몰려 붙어살기도 하고, 때로는 어찌어찌하다가 바람결에 실려 날려서 저 먼 들판 물웅덩이에 떨어져서 둥둥 떠 있기도 하니, 물결에 실려 떠돌아다니는 상태는 응당 현재의 내 신세와 닮아져 있고, 정처 없이 돌아다니는 형편은 네가 나보다 갑절로 안타깝고 딱하다만, 그런 처지인데도 너는 절대로 더러워진 진흙에 빠져 물들지는 않고, 가을이 오면 시들어서 마른 풀잎들과 한패가 될 수는 없어서, 평화롭게 술술 흐르는 물결에 자연스럽게 실려 널찍한 어느 호수로 흘러갔다가는, 거기서 편안하게 떠 노닐면서 호수 옆 한 계곡에 한가롭게 잠겨 있는 하얀 구름과 서로 의지하여 있겠구나!'라는 연민과 함께 소망을 담은 기원이면서, 여기의 "부평초"는 작품 속의 "나"이고 또 이 "나"는 "부평초"로서 서로는 둘이면서 하나이고 하나이면서 둘이다. 따라서 이 작품 속 부평초의 생애 과정은 바로 지은이가 주인공으로 제시한 "나", 아니 이 "나"로 대표되는 많은 여인의 파란 많은 생애 역정이면서 또한 소망이요 각오이기도 한 것이다. 그래서 우리는 이 시에서 부평초와 나를 내세워 울려 내는 동병상련의 애틋한 목소리를 들을 수 있다.

돌아가신 서방님을 슬퍼하며 悼亡夫

박소군 薄少君

슬픈 노래 들으셔도 마음 슬퍼 마옵소서 　　　　君聽哀詞意勿悲
하루살이 무궁화꽃 애타한들 뭘 합니까? 　　傷蜉弔槿亦何爲
신선 한 판 바둑 둘 때 상전벽해 된다 하니 　仙人一局滄桑變
백 년 인생 원래 바둑 몇 알 놓기 같습니다. 　百年原同幾着棋

지은이 박소군은 명明나라 누동婁東 사람으로 수사秀士인 심승沈承의 아내였다. 심승은 재능이 있어 많은 기대를 받았으나 젊은 나이로 요절하였다. 이에 지은이는 요절한 남편을 위해서 견딜 수 없는 애도의 심경을 100수의 시로 남겼다고 하며, 이 중 41수가 세상에 전해지고 있다. 그리고 그녀도 얼마 후 남편의 뒤를 따라 생을 마쳤다.

울음이 터질 슬픔을 입술을 깨물며 태연한 듯
서방님께 바치는 진혼곡

서방님, 제가 지금 지어 부르는 이 애도의 시를 그 저승에서 들으시더라도 마음으로 슬퍼하진 마시옵소서. 왜냐하면 저 하루만 산다는 하루

살이나 무척 고우면서도 아침에 피었다가 저녁이면 그만 져 버리는 무궁화꽃을 보고 아무리 아까워하고 안타까워해 봐야 그 져 버리는 것을 막을 무슨 방법이 있습니까? 모두 부질없는 노릇일 뿐입니다. 신선 세상에 가 보면 신선들이 바둑 한 판을 두는 동안이 이 인간 세상의 시간으로는 바다가 뽕나무 밭으로 변하고 뽕나무 밭이 바다로 변하는 긴긴 시간이니, 우리 인간의 일평생인 백 년이라는 긴 시간도 신선 세상으로 바꿔 생각해 보면 겨우 바둑알 몇 개 놓는 시간에 지나지 않을 뿐이니, 저승에 계신 서방님께서도 이 인간 세상에서 조금 더 오래 살거나 보다 짧게 살거나 하는 것들에 대해서 너무 안타깝게 생각하지 마시라는 위로이면서 청원이기도 한 것이다.

그런데 이 제목의 작품 41수를 읽어 보면, 사실은 지은이의 남편을 향한 슬픈 정한과 참담한 심경 등을 느끼고 겪은 진실대로 다 시화하여 자신의 외롭고 슬픈 사정들을 다 풀어 하소연하고 있으면서도, 마지막으로 눈물을 거두고 심경을 가다듬은 채 매서울 만큼 경건한 자세로 이 작품을 읊어 진혼곡을 대신하고 있는 것이다.

매화가 피었나 살펴보면서 探梅

왕미 王微

옛날 그분 나에게서 떠나시면서	故人辭我去
"매화 필 때 만나자"고 약속하셔서	期我梅花時
어젯밤에 우연 그게 생각이 나서	昨夜偶相念
깨나 뜨락 노매 가질 살펴봤어요!	起看庭樹枝

지은이 왕미는 명明나라 광릉廣陵(양주의 일부) 사람으로 자는 수미修微였으며 스스로 호를 초의도사草衣道士라 하였다. 미모와 재능을 함께 갖추어 사람들의 기대를 받았을 뿐만 아니라 시를 잘 지어서 그 빼어나게 고운 수사와 그윽한 홍취의 시정이 이청조李淸照, 주숙진朱淑眞과 나란하다는 호평을 듣기도 하였다. 그러나 7세 때에 아버지를 여의고 고아 같은 신세가 되어 평생을 한스럽게 살면서 항상 가벼운 배 한 척을 준비하여 책을 싣고 오호五湖 사이를 떠돌기도 하였다. 뒤에는 기생이 되어 살다가 이내 황관黃冠(도교의 도사)이 되었으며 《원유편遠游篇》이라는 문집을 남겼다.

꽃 필 때 온다 하신 약속에 매화꽃을 살피는 애틋한 마음

이 시는 문면상으로는 기다리는 여심을 일반화한 형태로 읊어지고 있지만, 실제로는 옛날 지은이 자신에게서 떠나신 그분에게 드리는 것으로 보는 것이 맞다. 지은이의 생애가 보여 주는 상황이나 기생이었다는 점 등을 감안해 보면, 아무래도 지은이 자신의 마음을 직접적으로 알리고 싶어 한 것으로 판단되기 때문이다.

옛정이 함빡 든 그분(아마도 사랑하는 임이었을 그분)이 그때 나에게서 떠나가시면서, "언젠가 날짜를 알 수는 없지만 뜨락 옆에 서 있는 늙은 매화나무 가지에 하얗게 꽃이 피는 날에는 돌아갈 테니 그때 꼭 만나자"고 하셔서, 어젯밤에 자려고 누웠다가 문득 그것이 생각나 아침에 잠에서 깨어나서는 바로 뜨락으로 나가 그 늙은 매화나무(노매) 가지에 꽃이 피었는가, 하고 살펴보았다는 말이다.

그런데 이 시의 결구에서 지은이는 "살펴봤어요"라고 끝맺음 했을 뿐, 매화꽃이 피어 있었는지, 아직 안 피었는지 그 결과는 독자의 자유로운 상상으로 유도하고 있으면서, 지은이 자신은 묵시적으로 '아직 안 피었다'고 결정함으로써 〈매화를 원망함(怨梅)〉이라는 작품으로 "뜨락 노맨 또한 어제 그대로이니, 옛날 그분 어느 때나 오시려는고? 꽃들마다 제냥 일찍 피어났는데, 유독 너만 홀로 더디 피려는 건가?(庭樹亦如昨 故人來何時 花花自早發 偏爾獨開遲)"라고 읊어 아직 피지 않은 매화를 원망하고 있으며, 이번에는 지은이가 또 그 아직 안 핀 매화를 대신해서 〈매화를 대신해서 답하다(代梅答)〉라는 작품으로 "노매에게 묻는 분께 말 전하노니, 세월이야 어찌 능히 빌리겠어요? 당신 마음 더디 핀다 원망하지만, 내 마음은 늦게 질 걸 사랑합니다(寄語問樹人 歲月那能借 爾意怨開遲 儂意憐遲謝)"라고 하여, 매화 나는 자연의 섭리대로 필 때가 되어야 피는데 어떻게 미리 시간을 빌려서 필 수가 있으며, 또한 나는 오히려 늦게 피어서 늦게까지 있다가 지는 것을 오히려 사랑한다는 매화의 항변 같은 어투로 읊음으로써, 지은이는 역시 장난기의 시인적 재치도 부리고 있다.

추분날 아들 용제가 그리워서秋分日 憶子用濟

시정의柴靜儀

절기 만나 우리 아들 생각이 나서	遇節思吾子
시 읊으며 저녁 무렵 맞고 있는데,	吟詩對夕曛
제비들도 낼모레면 돌아갈 거고	燕將明日去
가을철도 오늘로서 나눠질 게니,	秋向此時分
객지에서 괜히 칼만 두들기겠고	逆旅空彈鋏
살기 위해 다만 글만 팔 뿐일 테니,	生涯只賣文
마땅히 귀향선에 돛 올려 걸고	歸帆宜早掛
눈 내릴 땔 기다리려 하지는 마라!	莫待雪紛紛

지은이 시정의는 청淸나라 때 절강浙江의 전당錢塘 사람으로 자를 계한季嫺, 호를 응향각凝香閣이라 하였으며 심한가沈漢嘉에게 출가하였다. 그녀의 시는 당시 선비들로부터 곧은 심성과 바른 도리에 맞춰 지어져서 경계와 교훈이 될 만하여 풍월이나 읊는 시와 아주 다르다는 평가를 받았다. 그리고 《응향각시초凝香閣詩抄》라는 시집을 남겼다.

지은이의 이름인 정의靜儀(얌전한 행동)는 아마도 부모나 어른들로부터 지어 받았을 것이며 계한季嫺(안존한 막내)이라는 자와 상관시켜 추정해 보면 정숙한 인성의 수련을 위한 것으로 실제 그녀의 심성과 시적 성향과 일치하는 것을 확인할 수 있다.

가을 절기를 맞으며 객지에서 고생하는 아들을 기다리는 모정

가을도 반으로 나뉘는 추분이라는 절기를 만나 이 어미는 불현듯 나의 아들 네가 생각나, 하루 종일 사뭇 시를 읊으면서 저녁 무렵을 맞고 있는데, 아 이렇게 흘러가는 계절을 따져 보니 내일모레쯤이면 제비들도 강남으로 날아 돌아갈 것이고, 이 가을 석 달도 오늘 추분날을 기준으로 반으로 나뉘어 지나갈 테니, 너는 그 먼 객지에서 옛날 풍환馮驩(제나라 맹상군의 식객)이 인정을 못 받아 칼을 두드리며 노래한 것처럼 너도 임금님이나 고관들로부터 발탁되지 않아 한탄만 할 것이고, 그래서 하루하루를 남을 위해 글만 지으며 겨우겨우 살아갈 테니, 그럴 바에는 마땅히 귀향선에 일찌감치 돛을 올려 걸고, 눈이 펄펄 쏟아지는 겨울을 기다리지 말고 빨리 돌아오라는 간곡한 모정의 부탁을 하고 있는 것이다.

아들에게 부치다 寄子

서씨徐氏

온 집안이 평안함도 너 알라고 알리지만	家內平安報爾知
논밭 농사 잘되어서 살림 넉넉해졌으니	田園歲入有餘資
네 근무지 물건일랑 한 실낱도 쓰지 말고	絲毫不用南中物
청백리가 좋게 되어 태평성대 보답하라!	好作淸官答盛時

지은이 서씨는 청淸나라의 산동山東 신성新城 사람으로 이름은 알려지지 않았으나 시어사侍御史 경명세耿鳴世의 부인이며 도어사都御史 경정백耿庭柏의 어머니였다. 자녀들을 엄격하게 교훈한 훌륭한 어머니로 알려져 있다.

청렴과 정직의 실천을 훈계하는 현명한 어머니상

여기 고향의 온 집안은 아무 걱정 없이 모두 평안하다는 것도 네가 알아야 하기에 이렇게 알리지만, 함께 여기 고향의 우리 집에서는 금년에 논밭 농사가 잘되어 수확이 많아 집안 살림이 여유롭게 넉넉해졌음을 알리거니와, 그래서 너의 녹봉(봉급)이 아니라도 우리 집의 살림에는 앞으로 걱정할 게 없으니, 너는 네가 지방 장관으로 근무하는 그

곳 남쪽 지방의 토산물은 무엇을 불문하고 실올 하나만큼이라도 사적
으로 사용하지 말고, 이렇게 해서 청렴결백한 관리가 되어 부정과 비
리가 절대 없는 태평성대 국가 정책에 걸맞은 올곧은 관리로서 국가의
은혜에 보답해야 한다는 간곡하면서도 엄정한 훈계의 시다.

어머니를 그리워하며 憶母

예서선 倪瑞璿

강 넓어 배 젓기 곤란 나를 찾는 사람 없어   河廣難杭莫我過
요즘 안부 어떠신지 알아볼 수 없는 터라   未知安否近如何
남모르게 어머니를 그려 눈물 흘리는 건   暗中時滴思親淚
내 생각에 다만 눈물 더 나실까 겁나설세!   只恐思兒淚更多

지은이 예서선은 청淸나라 강남江南의 숙천宿遷 사람으로 서기
태徐起泰의 두 번째 부인이었다. 뒤에 형제들의 권유로 스스
로 이름을 극간克旰, 자를 징자徵子라고 바꾸었다. 시를 지을
줄 알았을 뿐만 아니라 역사를 많이 공부하여 빌망한 명明나라를 슬퍼
하는 시와 역사를 비판하는 시를 많이 짓기도 하였다.

　지은이의 이름인 서선瑞璿(상서롭고 아름다운 옥)은 고운 덕성을 지
니라는 부모나 어른들의 축원으로 부여된 것으로 추정되며, 나중에
스스로 바꿔 지었다는 이름인 극간克旰(능히 환해짐)과 자인 징자徵子
(초청 받고도 가지 않는 여인?)로 봐서는 비록 여성이지만 남모르게 자
부심을 지녔던 것으로 추정된다.

어머니 계신 친정 마을과 여기 사이에 가로놓인 강물은 폭이 넓어 배를 저어 오기 어렵기 때문에 배가 거의 오지 않아서 친정 마을에서 오는 사람을 만날 수 없으니, 요즈음 어머니께서 어떻게 지내시는지 안부를 통 알 수 없어 애타는 마음을 어떻게 했으면 좋을지 모를 판이라, 눈물이 금방 터져 나올 지경이건만 그래도 사람들 앞에서는 태연한 척하고 아무도 몰래 어머니를 생각하며 눈물이 옷깃에 젖도록 흘리는 까닭은, 내가 이렇게 어머니를 그리며 애태운다는 소식이 혹시 어떤 인편에라도 어머니께 전해지면, 어머니께서 더욱 나를 생각하셔서 한층 더 슬퍼하시며 눈물만 더 흘리시게 될까 보아, 그것이 걱정되어 아무도 몰래 운다는 말이다.

작은 정원에서 小園

장조 張藻

작은 정원 반 이랑쯤 도성 서편 붙었어도	小園半畝寄城西
언제든지 봄 깊으면 정말 정든 곳이어서,	每到春深信有情
꽃포기 속 주렴·난간 맑아 제비 날아가고	花裏簾櫳晴放燕
버들 숲에 누각에선 새벽 꾀꼴 소리 들려,	柳邊樓閣曉聞鶯
한선 옛날 읽었기에 문장 외려 익숙하나	漢書舊讀文猶熟
진의 법첩 처음 베껴 솜씨 아직 생소한데,	晉帖初臨手尚生
우습구나 경쟁심은 이내 잊혀지질 않아	自笑爭心仍未忘
조용 이웃 처녀 불러 바둑판과 마주했네!	閒招隣女對棋枰

지은이 장조는 청淸나라 누동婁東 사람으로 자는 자상子湘이고, 학자이며 호광총독湖廣總督이던 필원畢沅의 어머니였다. 시를 잘 지었으며 경전 등에도 능통하였다. 죽은 뒤에 건륭황제乾隆皇帝가 경훈극가經訓克家(성현의 교훈으로 집을 잘 다스린다)라는 네 글자를 써서 하사하였다.

작은 정원이 반 이랑쯤 되는 넓이로 도성 서쪽 한편에 겨우 붙어 있는 듯이 자리 잡고 있기는 해도, 어느 해든지 봄이 깊어지면 그냥 가 보고 싶은 정이 새록새록 들게 하는 곳이어서, 가 보면 꽃나무 숲에 둘러싸인 정자의 주렴과 난간에는 맑은 날씨가 되면 둥지에 있던 제비들이 날아가고, 버드나무 숲 속 누각에 앉아 있노라면 새벽 꾀꼬리가 즐겁게 우는 소리가 들려, 이런 분위기 속에서 독서하노라면 책상에 놓인 《한서漢書》(반고가 엮은 한나라의 역사서)는 전에 읽었던 것이라 그 문장들이 눈에 익어 친숙하게 느껴지나, 진晉나라 왕희지王羲之의 글씨 《난정서蘭亭序》 행서첩은 처음 따라 쓰자니 솜씨가 아직 생소한데, 내 자신이 스스로 우스운 건 무엇에나 이겨 보고 싶은 마음은 이내 잊혀지지 않고 아직도 남아 있어서, 조용히 이웃에 사는 처녀를 불러 바둑판을 가운데 놓고 마주해 내기를 시작했다는 사실이라는 자백의 말이다.

산속 별장에 밤을 맞아 앉아서 山館夜坐

장조 張藻

둥근 해가 절벽 넘어 내려 져 가자	圓影下絶壁
산속 별장 금방 벌써 어둑해져서,	山館忽已暝
바위 앉아 거문고를 조용히 타다	石磴靜張琴
찬 샘물로 맑게 차를 달이노라니,	雪泉淸瀹茗
밤이 벌써 깊은 것도 몰랐었는데	不知夜已深
푸른 노송 머리 위로 달 떠오르네!	月上靑松頂

맑음과 깨끗함과 조용함과 한가로움과 시원함으로 어우러진 산속의 밤 풍경

둥근 해가 저 먼 산의 절벽 아래로 넘어가 져 버리자, 이내 이 산속 별장 주위는 금방 어둑어둑해져서, 바위가 비탈진 채 평평한 곳에 앉아 조용히 거문고를 뜯고 있다가, 눈처럼 차가운 샘물을 길어다가 맑게 차를 달이고 있노라니, 어느덧 밤이 벌써 깊어진 것도 모르고 있었는데, 훤해 오는 저 푸른 노송 정수리 위를 바라보니 둥근달이 떠오르고 있다는 것이다. 너무도 별천지 같은 시간이요 공간으로 이루어진 산속의 정경이다.

수놓기 노래 刺繡詞

이합장 李合章

아침에는 길고 짧은 다릴 수놓고	朝綉長短橋
저녁에는 동서 고개 수를 놓으며,	暮綉東西嶺
서호가 어디인지 생판 모른 채	生不識西湖
서호의 풍경이라 말을 하지만,	道是西湖景
천올 굵어 바늘은 잘 받지를 않고	羅疏不受針
천올 꽉 껴 실로 수도 못 놓겠는데,	縑密不容線
잘 놓은 수 알아보는 사람만 있고	綉好有人知
수를 놓는 고생 아는 사람 없어요!	綉苦無人見

 지은이 이합장은 청淸나라 사람으로 건륭 때의 학자로서 호남포정사湖南布政使를 지낸 섭패손葉佩蓀의 둘째 부인이었다는 것만 알려져 있으며 시만 여러 수 남기고 있을 뿐이다.

남을 위해 본만 따라 애써 수를 놓는 여인의 팔자타령

이 작품은, 수를 놓을 본으로 그림을 미리 그려 넣은 비단천을 어떤 사람으로부터 제공 받고 그의 지시대로 그 비단천에 그 그림 본대로 수를 놓아 바쳐야 하는 어떤 어려운 처지의 여인의 고생스러운 사연을 대신하여 읊은 시로 보인다. 지은이 자신의 이야기는 물론 아닌 것으로 보이나 작품의 표현은 시종 일인칭 화자의 독백 형식으로 되어 있다.

　아침에 시작해서 오후까지는 내내 앉은 채 천에 그려진 대로 호수 이곳저곳에 많이 놓여 있는 짧은 다리들과 긴 다리들을 수로 놓았고, 저녁부터 밤중까지는 역시 내내 앉은 채 그 천에 그려진 대로 동쪽에 있는 고갯마루와 서쪽에 있는 고갯마루를 수로 놓으면서는, 이 수로 놓는 곳이 서호西湖(항주에 있는 호수)인 것도 모르고 놓는데 모두 서호라고 말하며, 그 비단천의 올들이 너무 굵은 것들로 아주 두껍게 짜인 것이라 수바늘을 잘 받아들이지 않았고, 역시 그 비단천의 올과 올 사이가 너무 촘촘하고 꽉 끼게 짜인 것이라 색실들이 수로 잘 놓일 수 없을 정도였는데, 이렇게 수놓기가 어려운 것이건만 세상 사람들은 고생의 결과로서 잘 놓인 수만 알아볼 뿐, 그 수를 놓는 과정의 고생이 얼마나 힘든 것인가는 전혀 모른다는 한탄이요 원망이다. 어쨌거나 이 작품은 지은이의 인간적인 애휼의 면모를 잘 엿볼 수 있는 좋은 자료가 된다.

죽기를 맹서하며 矢死

증여란 曾如蘭

경대 거울 꽃무늬만 쓸쓸한 채로
3년 내내 눈물 그냥 안 말랐었고,
시부모님 종신 봉양 이미 했지만
눈·서릿발 차가우니 다시 목메어,
나는 제냥 내 집으로 돌아가는 것
사람들아 열녀라고 하지는 마오,
저편 언덕 솔·잣나무 그 아래에서
서방님과 둘이 함께 거닐 것이니!

鏡裏菱花冷
三年淚未乾
已終舅姑老
復咽雪霜寒
我自歸家去
人休作烈看
西陵松柏下
夫子共盤桓

지은이 증여란은 청淸나라 항주杭州 사람으로 임방기林邦基에게 출가하였으나 남편이 죽은 뒤에 시부모님을 사뭇 모시다가 두 분이 늙어 궂기자 모두 장례를 잘 모시고는 드디어 이 작품을 지어서 죽음을 맹서하고 스스로 금속 물을 먹고 자결하였다. 그래서 이 작품은 그 뒤에 무수히 많은 사람에 의하여 동정을 받으며 애송되었다.

지은이의 이름인 여란如蘭(난초와 같아라)은 그 지시적 의미로 봐서 분명 부모나 어른들에게 지어 받은 것이 분명하며, 난초의 그윽한 향과 정갈한 자태는 분명 지은이 자신의 심성적 수양의 지표로 수용되었을 것이고 실제 그녀의 삶에서 그것이 확인되고 있다.

섬뜩한 죽음을 앞두고 태연자약하게 읊어 낸 자결의 고별사

'서방님이 궂기신 뒤 아껴 쓰던 경대는 쓸데가 없어서 경대에 조각되어 있는 능화문도 내가 관심을 두지 않아서 제냥 쓸쓸하게 남아 있는 채로, 서방님이 궂기신 후 3년 동안 내내 슬픔을 가누지 못해 눈물이 마를 날이 없었고, 그러면서도 시부모님을 정성껏 모시며 살다가 드디어 시부모님께서도 늙으셔서 궂기셨기로 장례를 잘 치러 드렸지만, 겨울이 와서 눈·서릿발이 차가워지자 나는 다시 목이 메는데, 이제는 내가 할 일을 다 했으니 내 스스로 내 집(서방님과 시부모님이 계신 저승)으로 돌아가야(죽어야) 하는 것이라, 세상 사람들이여 내가 이렇게 죽고 나거든 내가 남편 따라 죽었으니 열녀가 되었다며 추어올리는 일은 제발 하지를 마시오. 나는 그냥 내가 할 일 다 하고 이제 남편 옆으로 돌아가는 것뿐이니. 나는 저 서쪽 언덕(아마도 남편과 시댁 가족의 무덤이 있는 곳일 듯) 솔·잣나무 아래에서, 서방님과 둘이 함께 거닐면서 지내게 될 테니'라는 내용으로, 섬뜩하고 참담한 자살을 앞두고 오히려 무서울 만큼의 침착함으로 자신의 심경을 태연하게 가다듬으며 마지막의 고별사를 하는 지은이의 처연한 모습을 떠올리게 하는 시다.

3부

일본의 여류 한시 女流漢詩

일본의 여류 한시 역시 중국에는 물론 한국의 그것보다도 질량적으로 뒤져 있음을 확인할 수 있다. 이는 물론 한시의 수입과 그 학습의 시기가 지정학적인 이유로 해서 한국보다도 지각한 역사적 사실에 원인한 필연적 결과였음을 알 수 있다.

이런 연유 때문인지는 모르나 한국의 경우보다도 우선 작가의 수가 훨씬 적은 것은 물론 각 작가의 작품 수도 아주 많지 않은 것이 확인된다. 따라서 작품들의 제재적 범주도 주로 작가 개인적인 일상의 사연들로 한정되어 있다. 작품들의 주제적 성향은 중국과 한국의 경우와 대동소이하게 애정을 중심으로 한 정한이 주류를 이루고 있다. 역시 한국의 여류시인들과 유사하게 중국의 여류시인들의 생활 공간이나 의식 공간에 비해서는 상대적으로 더욱 제한적이고 구속적이었던 것임이 실제 작품들의 성향을 통해 확인되고 있다.

그리고 작품을 이해하는 데 있어서 아주 중요한 참고와 보조의 자료가 되는 작가의 생애적 정보, 예컨대 그 개개의 인적 사항을 확인할 수 있는 자료가 한국의 그것보다도 더욱 영성하여 그 개개인들의 가계나 생몰 연대는 물론 출생지에 대한 정보도 극히 소수인에 그치고 있다. 한국의 경우, 족보를 통해서 확인되는 바와 같이 특수한 몇몇 여성을 제외하고는 남성의 가계를 근간으로 하여 남성의 일생을 위주로 여성은 그 보좌적 인물들로 간단하게 다루어져 있는 것을 감안해 보면, 일본의 경우도 여성들에 관한 기록이나 그 자료가 많지 않은 것은 역시 우리 한국의 경우와 마찬가지로 남성 위주의 문화였던 소치로 추정되는 것이다.

그러면서도 이들의 작품 전반에서 중국과 한국 작가들의 작품들과 매우 변별적으로 차이를 보이는 점은, 바로 그 서정적 태도와 양식에 있어서 매우 집착적이고 섬세한 면들이 두드러진 것을 볼 수 있으며 또한 매서울 만큼 자기감정을 절제하고 있다는 사실이다. 그래서 한국과 중국의 여류작가들에 비해 상대적으로 시적 대상들에 대한 회화적인 작품이 많다는 것 또한 특이한 점이다.

스스로 석류 그림을 그리면서 自畵石榴圖

복씨금영 卜氏金英

석류나문 열매 맺기 몸이 닳더니	石榴貪結子
벌써 붉은 진주알들 보게 됐다만	已看蠟珠紅
복숭아꽃 질투할 걸 피해 보려고	爲避桃花妬
봄바람 속 궁엔 아니 들어갔구나!	春風不入宮

지은이 복씨금영은 복부국자卜部菊子라고도 불렸으며 강호시대江戶時代 후기의 미농美濃 사람으로 원래는 화가였다. 이름은 국국이요 자는 여화女華로 금영金英도 역시 자로 알려져 있으며 유학자儒學者 시산노산柴山老山의 아내였다.

무료한 듯 석류를 그리면서 무언가와 견줘 보는 여심

이 작품은 정녕 지은이가 실제로 가을을 맞아 붉게 익은 열매가 달린 석류나무를 보고 그것을 한 인물(특히 한 여인)처럼 상대로 삼아 놓고 그림으로 그리면서 읊은 시로 추정된다.

'석류나무야, 너는 초여름부터 초롱불 같은 빨간 꽃들을 피우며 열매 맺기를 몸 달아 하듯이 열망하더니, 어느새 가을을 맞으며 벌써 붉은 진주알들과 같은 열매를 달고 있다만, 내 짐작으로는 아마도 석류나무 너는 그냥 예쁜 꽃이 피는 꽃나무가 되어 임금님이 계신 궁 안에 들어가 살면서 봄이 되면 고운 꽃을 피울 수도 있는데, 그렇게 되면 그 궁 안에서 제냥 고운 척하며 꽃을 피우는 복숭아꽃이 고상한 매화꽃도 아닌 주제이면서 너를 질투할까 보아서 그 하찮은 복숭아꽃의 천박한 질투 같은 것은 애당초 피하려고, 봄바람이 부는 속의 궁 안에는 아예 처음부터 안 들어갔던 것이로구나' 하며 짐작해 말하는 형식의 시다.

그런데 이 시에서 지은이에 의해 인격체로 상대화하여 일방적인 추측의 대상이 되어 있는 석류나무는 우선 남성은 아니고 여성이며(꽃 피고 열매 맺는다는 점에서도 당연히 여성시해야 함), 궁 안에 안 들어갔다는 점에서 호화와 사치의, 그리고 야망적인 여인은 아니고, 또한 꽃으로 화려한 봄을 사랑하는 여인이 아니라 붉은 열매(붉은 열매는 곧 한결같은 붉은 마음)를 맺는(가슴에 다지는) 가을을 열망하는 여인이다.

이렇게 보면 이 석류나무는 매섭고 곧은 절개를 품은 여인임이 분명하거니와, 혹시는 지은이가 왕실이나 권력가에게 혼인할 수 있었던 계기를 스스로 거부하고 노산이라는 사람에게 출가한 실제 자신의 인격이나 혹은 전범시하는 인격을 은연중 대입시키고 있는 것이 아닌가 하는 추정이 가능하다. 아니면 남편인 노산에게 자신은 왕실이나 권력가에게 혼인할 수도 있었는데 오히려 매섭고 곧은 절개와 지조를 갖고 당신에게 시집왔다는 것을 은근히 암시한 것으로 볼 수도 있는 것이다.

지은이의 이름이 국菊(국화)인 것과 자가 여화女華(여인의 꽃)인 것을 보면 그녀 자신이 매우 은근한 자부심을 가졌었을 가능성이 있으며, 여기에다 이 석류나무가 당시대에 있어서 매우 고결한 여인상의 상징으로 시화된 것이라는 점을 전제로 해 보면, 이 나무에 지은이 자신의 인격을 투영시킨 것으로 볼 수 있는 여지가 있다.

졸다가 설핏 깨어 일어나서 睡起

대기大崎

졸다 깨나 정원 안서 저녁놀 속 거닐자니	睡起園中步晚霞
봄맞이 옷 좀은 얇아 남은 한기 스미는데	春衣較薄剩寒加
외려 한 줌 안타까운 마음만은 남아 있어	猶有一點芳心在
동풍 향해 지는 꽃잎 밟는 것이 겁나네요!	怯向東風踏落花

지은이 대기는 이름이 영榮이고 자는 문희文姬이며 호는 소창小窓이라는 것만 알려져 있을 뿐이다.

지은이의 자인 문희文姬(글 잘하는 아가씨)와 호인 소창小窓(조그만 창)은 그 의미들로 봐서 아무래도 지은이의 여성적 교양과 심성의 수련을 강조하고 있는 것으로 추정된다.

흘러가는 봄을 어설퍼하며 보내는 안타까운 여심

늦은 봄날 오후 낮잠에서 깨어 일어나서 정원 안에서 저녁놀이 진 속을 거닐고 있자니, 봄철 기후에 맞춰 입은 옷이 겨울철 옷에 비해 좀은 얇아서 아직도 좀 남아 있는 사늘한 기운이 몸 안으로 스며드는데, 오히려 (흘러가고 있는 봄날에 대해) 한 줌쯤 되는 안타까운 마음만은 가

솜속에 남아 있어서, 이 저녁 무렵 동쪽에서 설렁설렁 불어오는 봄바람을 향해 그 바람결에 불려 떨어지는 꽃잎들을 밟는 것이 겁난다는 말이다.

흘러가는 봄, 이 아까운 계절 앞에 곧 시들어 사라질 이 계절의 보람을 어쩌지 못한 채 못내 안타까워만 하는 마음, 바로 이 일점방심一點芳心(곧 끝나 가는 봄이 너무 아깝고 아쉽지만 어떻게 할 방법이 없어 애만 타는 겨우 한 줌 정도의 안타까움뿐인 고운 마음)이야말로 지은이의 봄 앓이 하는 섬세하고 간절한 감정을 표본으로 잘 보여 주고 있는 것이다.

우연히 지은 시偶成

진전씨 津田氏

푸른 창 앞 일어 앉자 수주렴만 늘어진 채 　　綠窓起坐繡簾垂
향 풍기며 자귀나문 가지 가득 꽃 폈어도 　　香動合歡花滿枝
옆 사람이 "게으르다" 말을 하건 상관 않고 　　一任傍人喚疎懶
전에부터 유행 따른 눈썹 모양 안 그려요! 　　從來不畵入時眉

지은이 진전씨는 이름이 계桂이고 자는 의지依之이며 호는 난접蘭蝶이라 하였다. 역시 이름이나 자, 그리고 호를 봐서 매우 결벽성의 취향을 소유한 여인으로 추정된다.

화려함의 전시 앞에 외따로 고고함을 선언하는 자부심

이 작품에서 지은이는, 눈앞에 전개되는 세상 풍조를 보면 많은 여인이 다투어 화려하게 화장함으로써 세상의 관심(특히 남성들의 애정적 관심)을 받아 호강하며 살기 때문에, 옆에 있는 사람들도 지은이 자신에게 "왜 그렇게 자신의 화장에 무관심하고 게으르게 그냥 있느냐?"고 말들을 하지만 그렇게 말들을 하거나 말거나 내버려 두고, 자신은 전부터 소박하게 있는 모습대로 눈썹을 다듬을 뿐, 결코 세상에 유행

하는 모양의 눈썹을 그리지는 않아 왔을 뿐만 아니라, 자신은 그렇게 천박한 유행적 풍조에는 초연하게 오히려 순수하고 소박한 자연 상태 대로의 눈썹을 그대로 유지하겠다는, 매우 고결한 지조를 지키겠다는 결연함을 선언한 것이라 할 수 있다. 따라서 기구에서 자신이 존재하는 시공간을 밝히고 있는 바대로, 혹시는 지은이 자신이 결혼한 뒤에 남편에게 합환화合歡花(자귀나무의 꽃을 말하며 예부터 이 나무는 그 잎이 아침에서 낮까지는 펴져 있다가 저녁부터 밤에는 서로 합쳐지기 때문에 '서로 기쁘게 합쳐진다'는 남녀의 합방을 의미하였음)처럼 화려하게 화장하고 온갖 아양으로 사랑받는 여인군(첩)들을 보고, 자신은 그녀들을 오히려 천박한 무리로 치부하고 개의치 않은 채 자신의 순수하고 고결한 자태와 지조를 의연하게 지키겠다는 선언이었는지도 모른다.

어쨌거나 승구에서는 "향기를 마구 풍기며 가지 가득 꽃을 피운 자귀나무"로 화장하고 아양 떠는 여인군들을 상징적으로 암시하고, 결구에서는 "나는 예전부터 유행 따른 눈썹의 모양은 절대 안 그려 왔어요"로 자신의 순수, 고결한 자태와 결연한 지조를 선언한 것은, 지은이의 인격적 자부심을 은근히 선언하고 있는 것이 분명하다.

봄은 늦어 가는데 春晚

고도문봉 高島文鳳

야생 살구, 산 복숭아 늦바람에 막 펴 나며	野杏山桃亂晚風
이 한 해의 봄일들은 너무 바삐 덧없건만	一年春事太忽忽
멍청히도 문득 거미 잔 재간이 귀여운 건	痴心却愛蜘蛛巧
가는 실을 다시 토해 지는 꽃잎 엮어설세!	更吐纖絲緘墜紅

지은이 고도문봉은 강호시대江戶時代 후기의 강호江戶 사람으로 호를 죽우竹雨라 하였고, 많은 한적漢籍을 읽고 글씨도 많이 써서 교양을 갖춘 시인이 되었으며, 강호성江戶城에 시녀로 들어가 그곳에서 막부幕府의 유학자 임씨林氏에게 공부하면서 그 임씨의 성으로 바꾸었다. 그런데 지은이의 이름인 문봉文鳳(문채 있는 봉황새)이나 호인 죽우竹雨(빗속의 대나무)가 시사하는 의미로 봐서 교양적 자부심을 갖고 있었을 것으로 추정된다.

깜찍한 눈썰미로 포착한 늦봄 풍경의 한 단면

야생의 살구나무와 산에 자생하는 복숭아나무들이 늦봄 바람 속에 꽃들을 마냥 한껏 피우며, 이 한 해의 봄을 맞은 모든 것은 너무 바삐 허망하게 흘러가 버리고 있건만, 그래도 내 마음은 이런 아쉬움들을 모르는 멍청이인 양 오히려 저 거미란 놈이 잔꾀 같은 재간을 부려 가느다란 실들을 토해 내서 지고 있는 붉은 꽃잎들을 제 그물에다가 엮어 놓고 있는 것을 귀여워하며 보고 있다는 말이다. 역시 깜찍한 여인의 눈썰미와 재치 있는 솜씨가 잘 살려진 작품이다.

봄날 새벽에 春曉

유소미 由小米

봄 졸음에 또 한 번의 닭 울음을 놓친 채로	春眠又是失鷄鳴
한 자락의 명주 이불 따스함을 느끼다가	一領紬衾覺暖生
고운 풀밭 못 머리서 봄꿈 마악 깨어난 뒤	芳草池頭夢醒後
문밖에선 "꽃 팔아요" 소리 벌써 들려오네!	已聽門外賣花聲

지은이 유소미는 자를 찬경粲卿이라 하고 호를 취죽翠竹이라 하였으며, 13세 때부터 시를 지었다고 하였다.

지은이의 이름인 소미小米(아마도 중국 송나라의 명필이었던 미불米芾의 아들로 옛것을 좋아하고 글씨와 그림을 잘 그렸던 미우인米友仁이 아버지인 대미大米에 대해서 소미小米라는 칭찬을 들었는데, 이 미우인을 닮겠다고 해서 지은 것이 아닐까)와 찬경粲卿(환하게 밝은 너)이라는 자와 취죽翠竹(항상 푸르른 대나무)이라는 호 등으로 봐서 역시 인성 수양에 힘쓰며 함께 자부심도 가졌을 것으로 추정된다.

춘곤증과 꿈에서 깨어난 뒤에 봄날 새벽 풍경도

춘곤증에 봄 졸음을 못 이겨 새벽이 되어 첫닭의 울음은 물론 또 한 번

닭이 우는데도 그 울음소리를 못 들어 잠을 이내 깨지 못한 채로, 덮고
자는 한 자락의 명주 이불이 따스하다는 느낌만 아물아물 의식하는 듯
마는 듯 사뭇 자다가, 봄을 맞아 새로 곱게 풀이 돋아나는 풀밭에다 그
한쪽에 있는 연못가에 자리 잡은 이 집에서 마악 꾸었던 봄꿈을 깨고
나니, 바로 대문 밖에서는 벌써 꽃장수가 지나가며 "꽃 팔아요!" 하고
외치는 소리가 들린다는 말이다. 매우 섬세하고 고운 정감으로 그려
내는 한 폭의 풍경화다.

대나무를 읊다 詠竹

소전의 篠田儀

굳은 절개 곧은 마음 어찌 바뀔 수 있으랴?	堅節貞心詎可移
포기 온통 푸르른 채 모양 들쭉날쭉해도,	滿叢翻翠影參差
한 번 폈다 한 번 굽힘 그대들은 묻질 말게	一伸一屈君休問
여름 겨울 할 것 없이 홀로 제냥 잘 버티니,	無夏無冬獨自持
빈 골짝에 구름 피면 용 돼 깨어나려 하고	虛谷雲生龍欲起
깊은 숲에 달 떠오면 봉황 날아올 터이니,	深林月上鳳來儀
이런 속의 맑은 운치 누가 능히 감상할까?	此中淸韻誰能賞
궁성 상성 어우러져 들어 보면 제냥 맞지!	和得宮商聽自宜

 지은이 소전의는 자가 운봉雲鳳이며 강호시대江戶時代 후기 사람으로, 하전下田(정강현)의 의사의 딸로 태어나서 중정동재中井董齋에게서 유학儒學을 공부하며 여러 사람과 사귀었고, 명치유신 이후 동경의 사설 학교에서 여성 교육에 헌신하였다.

대나무로 짚어 보는 표본적 인격의 표상과 여기에 투영된 자아
온통 푸르름으로 넘실대는 대나무 포기들이 키가 서로 달라 들쭉날쭉

하게 서 있어 그저 보통 있는 흔한 나무들과 별 차이가 없어 보여도, 이 대나무들은 그 고유 속성으로 지니고 있는 굳은 마디(절개)와 꼿꼿이 곧게 자라는 성질(지조)이야 어찌 바뀔 수가 있겠는가? 이 수련(1〜2구절)은 지은이가 대나무를 대신해서 절대 지조와 절개를 꺾이지 않겠다는 것을 전제하여 선언한 것이다. 그래서 지은이는 세상을 향해서, '저 대나무들이 바람이 불거나 비와 눈에 무겁게 젖어서 휘어 굽어졌다가 펴졌다가 하는 것을 보고 꼿꼿하고 곧지 않은 것이 아니냐며 묻지는 마라, 여름이고 겨울이고 할 것 없이 아무리 바람과 비와 눈에 휘어져도 결국은 꼿꼿하고 곧게 버티고 서 있으니'라고 한 것이다. 그래서 이 3, 4구절은 도치된 것이다. 또 빈 골짜기에 구름이 피어나면 땅속에 뻗어 있던 대나무 뿌리들은 용이 되어(옛날부터 사람들은 땅속에 있는 대나무 뿌리를 용에 비기어 말했음) 깨어나려 하고, 깊은 숲에 달이 떠오른 밤이 되면 봉황새가 날아서 찾아올(옛날부터 사람들은 봉황새는 대나무의 열매인 낭간琅玕만을 먹는다고 여겼음) 것이니, 이렇게 구름이 피어나고 달이 떠오르고 하는 속에 여기에 어우러진 이 대나무 숲들을 그 누가 능히 감상을 할까, 하고 사람들은 걱정할지 모르나, 이 대나무들이 서로 어우러지며(부딪치며) 내는 소리인 궁성과 상성이 서로 잘 조화되어 우리도 그것들과 함께 어우러져 그 소리를 들어 보면 그것으로 그만이지 무엇을 더 생각할 것이 있느냐는 말이다.

　이 작품은 대나무를 고결한 인격체로 비겨서 읊은 것으로, 지은이의 성씨가 소전篠田(대나무 밭)이며 자가 운봉雲鳳(구름 속의 봉황새)인 것을 보면, 여기에 지은이 자신이 스스로 목표하는 자아의 인격을 은근히 투영하고 있는 것으로 추정해 볼 수도 있다.

매화를 그리며 畵梅

수촌구서 守村鷗嶼

귀찮게도 바늘 잡고 봉황새를 수놓다가	懶把金針繡鳳凰
다시 먹물 가지고서 고고한 꽃 그리려니	且將水墨畵孤芳
손가락 끝 일찍 장미 젖은 이슬 물들어서	指頭曾染薔薇露
다만 연지 맑은 화장 더럽힐까 두렵구나!	只恐臙脂浣淡粧

지은이 수촌구서는 강호후기江戶後期 사람으로 수촌포의守村
抱儀의 누이동생이며 이 오빠의 장서를 읽으며 공부하였고,
이름을 앵경鶯卿이라 하고 자를 춘파春葩라 하였으며 호를
앵계鶯溪 또는 막수암莫愁庵이라 하였다.

이름을 앵경鶯卿(꾀꼬리 같은 너), 자를 춘파春葩(봄의 꽃송이), 호를
앵계鶯溪(꾀꼬리 우는 계곡) 또는 막수암莫愁庵(시름겨워하지 마라) 등
으로 한 걸 보면 매우 낭만적인 여인이었을 것으로 추정된다.

고결한 매화 그림을 그리며 자아를 돌아보는 여심

원래 싫었지만 할 수 없이 쇠바늘을 잡고 내 뜻과는 상관없이 강요된
채 세상 사람들이 고귀하다고 여기는 봉황새를 수로 놓고 있다가, 다

시 먹물을 가지고 고고한 매화를 그리려 하니, 이는 정녕 내가 하고 싶었던 것이긴 하지만, 내 손가락 끝에는 일찍이 장미 꽃물이 들어 있어서, 다만 이 장미 꽃물의 연지 빛깔이 맑고 소박하고 깨끗한 화장을 한 꽃인 매화를 더럽힐까 두렵다는 말이다.

자신이 원하는 바와 달리 타의에 의해 허례와 허식의 세속적인 삶을 살게 된 무슨 사연이 있었던 지은이가 정말로 매화 그림을 그리면서 세속화한 자아를 스스로 돌아보며 반성하는 자신을 보여 주고 있는 시로 판단된다.

여름날에夏日

장씨 경요張氏 景姚

바람 시원 베개 위서 꿈을 처음 깨고 나니	凉風枕上夢初回
깊은 울안 사람 없이 푸른 이끼 자랐는데	深院無人長綠苔
주렴 뚫고 나비 침입 얄궂다고 여겼더니	怪得穿簾蝴蝶入
한 화분에 붉은 눈발 불상 꽃이 피었구나!	一盆紅雪佛桑開

지은이 장씨 경요는 명치초기明治初期 기부현岐阜縣에서 도진 장호稻津長好의 딸로 태어났으며 뒤에 성을 장씨張氏로 바꾸었다. 자는 옥서玉書 또는 월화月華이고 호는 홍난紅蘭이며 시인인 양천성암梁川星巖에게 출가하였다. 원래 사군자四君子와 산수화에 능한 화가였으나 남편과 함께 시를 공부하여 시를 지었다.

지은이의 이름인 경요景姚(밝고 예쁨)와 자인 옥서玉書(신선이 준 글), 월화月華(환한 달빛), 그리고 호인 홍란紅蘭(붉은 난초) 등의 의미들로 봐서 좀은 풍류 의식을 지녔던 것으로 판단된다.

오수를 깬 여인의 눈길로 포착한 여름날 집 안의 풍경

바람이 시원하게 불어와 베개 위에서 깊이 들었던 낮잠에서 꿈을 처음

깨고 보니, 깊숙한 울안에는 아무도 없고 곳곳에 푸른 이끼들만 자라
나 있는데, 마침 쳐 놓은 주렴을 어떻게 뚫고 나비가 들어왔나 하고 얄
궂다고 여겼더니, 아 한 화분에 붉은 눈발처럼 불상화가 피어 있었구
나! 그래서 나비가 날아 들어왔다는 것을 알았다는 말이다.

늦가을에 보는 것들 晚秋所見

하천추 河千秋

수도 없는 초겨울새 들판 못에 모여들 뿐	無數寒禽集野塘
마른 갈대, 시든 연대 쓸쓸해만 여겼더니	蘆枯荷敗奈蒼茫
외려 가을 풍경 남겨 시 재료를 제공하며	猶留秋色供詩本
한 그루의 단풍나무 석양 속에 뽐내누나!	一樹丹楓媚夕陽

지은이 하천추에 관한 기록은 전하는 것이 없다. 다만 이름으로 추정되는 천추千秋(천 년)라는 의미를 놓고 추정해 보면 나름대로 여인으로서 자기 명성에 대한 안타까움을 가졌을 것으로 보인다.

쓸쓸한 늦가을 풍경 속에서 시 재료를 발견하는 눈

'무수한 초겨울새들만 들판 못에 모여들 뿐, 다 마른 갈대들과 시들어 버린 연대궁들로 쓸쓸하기만 한 걸 어찌할 수가 있는가 하며 아쉬워하고 있었더니, 아 오히려 가을 풍경을 남겨 놓고서 시의 재료를 제공하면서, 한 그루의 단풍나무가 석양 속에 고운 빛깔을 뽐내며 서 있구나!' 하며 감탄하고 있는 시다.

새벽에 잠 깨어 일어나서 曉起

강마세향 江馬細香

자두알과 같은 샛별 하나 반짝 비춰 있어	長庚如李一星明
까치 울기 전에 홀로 섬돌 돌아 거닐자니	獨先啼雅繞砌行
알겠구나 어젯밤에 부슬비가 내렸던 걸	知道夜來微雨過
파초 잎에 남은 물이 두세 방울 소릴 내니.	芭蕉殘滴兩三聲

지은이 강마세향은 강호후기江戶後期 기부현岐阜縣에서 강마난재江馬蘭齋의 장녀로 태어났다. 이름을 뇨褭 또는 다보多保라 하였고, 호를 상몽湘夢 또는 기산箕山이라 하였다. 포상춘금浦上春琴에게 그림을 배우고 뇌산양賴山陽에게 시를 배웠으며 이 뇌산양으로부터 청혼을 받았으나 아버지의 반대로 일생을 독신으로 살았다. 뒤에 양천성암梁川星巖, 소원철심小原鐵心 등과 사귀면서 백구사白鷗社라는 시 모임을 만들기도 하였다. 시집으로 《상몽유고湘夢遺稿》를 남겼다.

지은이의 이름이 뇨褭(간들거림)라고 한 걸 보면 세향細香(가느다란 향내)은 오히려 자였던 것으로 추정되며, 호인 상몽湘夢(아황娥皇과 여영女英이 죽은 소상강을 꾸는 꿈)과 기산箕山(소부巢父와 허유許由가 숨

어 살던 산)이라는 것들의 의미로 추정해 보면, 그녀는 매우 섬세한 감
정의 소유자이면서 정갈한 심성을 지녔을 것으로 짐작된다.

청신한 새벽 풍경 속을 거니는 여인의 청각으로 그려 낸 자화상

이른 새벽 저 멀리 하늘에는 자두알만 한 샛별 하나가 반짝이고 있어
서, 새벽잠에서 깨어 일어난 지은이는 아직 까치도 깨어나 울기에 앞
선 이 이른 시각에 섬돌 주위를 천천히 돌며 거닐고 있자니, 정원 한쪽
에 자라나 서 있는 파초 포기 잎 사이에서 고여 있던 물이 잔바람이 일
어서인지 두세 방울 후드득 떨어지는 소리가 들려서, 아 알겠구나 어
젯밤에 부슬비가 꽤 내렸던 것을, 하며 그 청신한 청각에 신기해하고
놀라워하며 그리듯이 읊고 있는 시다.

한가로이 지내며 閑居

훼령문희 卉翎文姬

애써 시를 읊어 봐도 정은 그렇고	苦吟情未濃
경대 앞선 못난 얼굴 부끄러워서	臨鏡愧龍鍾
문 앞 길을 쓸고 싶은 마음도 없어	門逕無心掃
이끼들만 온통 잔뜩 끼어 있구나!	莓苔盡意封

지은이 훼령문희 역시 호가 소창小窓이라는 것만 알려져 있다. 그러나 남긴 작품들이 다른 작가들에 비해 다수인 것이 눈에 뜨이고, 그중 한 작품인 〈산속에 살며(山居)〉에서 "묻혀 살아 마음 절로 넉넉한 데다, 밝은 달빛 빈 난간에 가득 비추니, 한가 롬에 시 감정은 맑아져 있고, 가난으로 도맛 편함 알게 되었네!(幽居意 自寬 明月滿空欄 閒慣詩情淡 貧知道味安)"라고 한 것이나, 그 밖에 몇몇 작품들을 통해 읽히는 정서적 성향과 문희文姬(글 잘하는 아가씨)라는 이름으로 봐서, 상당한 수준의 문예적 재능과 함께 심성 수양을 쌓은 인물이었던 것으로 추정된다.

애써 시를 읊어 봐도 시 감정이 시종 담담할 뿐 절실해지지는 않고, 경대 앞에 가서 얼굴을 들여다보면 못생긴 형상이 부끄러울 정도라, 이렇게 재능이나 외모가 모두 모자라고 못난 것을 내 스스로 알아 마음 편하게 지내면서, 누군가 알아서 찾아올 것을 기다릴 필요도 없으니 문 앞의 길을 쓸 필요도 없어 자연히 쓸고 싶은 마음도 없이 그냥 두고 있자니, 그 길에는 온통 이끼들만 제 맘대로 잔뜩 끼어 있다는 말이다. 따라서 이 작품은 시상으로 전개된 지은이의 감정이나 행태로 봐서는 제목을 '숨듯이 묻혀서 살다(幽居)'로 붙이는 것이 더 적절하다고 할 만하다.

가을밤에 秋夜

훼령문희 卉翎文姬

꿈꾸기에 더없이도 맑고 좋으니	做夢不勝淸
이제 비가 처음 갠 걸 알게 됐는데	方知雨始晴
가을 맞은 사방 벽엔 벌레 소리요	蟲聲秋四壁
달만 밝은 삼경에는 솔 그림잘세!	松影月三更

청신하고 명징한 가을밤의 풍경도

가을밤이 되어 서늘한 기운이 감돌고 공기도 맑아 편안하게 잠들어 꿈도 좋게 꿀 수 있는 밤이니, 아 오랫동안 질궂하게 내리던 가을비가 이제 처음 갠 것을 알게 됐는데, 이렇게 조용하고 시원한 밤에 가만히 앉아 있자니 사방 벽에서는 밤을 맞아 우는 가을벌레들의 울음소리가 들리고, 달빛이 환한 깊은 밤에는 솔 그림자가 어우러져 있다는 실제 상황을 있는 대로 스케치하듯 포착해 보여 주고 있다.

봄날 새벽에 春曉

훼령문희 卉翎文姬

창밖 우는 꾀꼴 소리 가만가만 들려오고	窓外啼鶯暗入聽
어린 여종 부산하게 겹문들을 열어 놓자	小奚忙殺啓重扃
바람 불린 파릇 버들 잠서 처음 깨났는데	風搖嫩柳眠初起
비에 씻긴 예쁜 도환 취기에서 못 깨났네!	雨洗夭桃醉未醒

섬세한 눈길과 애련한 정감으로 포착한 봄날 새벽의 풍경도

'봄밤이 마악 새기 시작하면서 곤하게 들었던 잠에서 깨어나자 저 창밖에서 울고 있는 꾀꼬리 소리가 가만가만히 들려오고, 어린 여종 아이는 바쁘게 부산을 떨며 닫혔던 겹겹 문들을 열어 놓자, 이들 문밖 정원을 바라보니 파릇파릇 눈을 틔우는 버들가지들은 바람에 불려 설렁설렁 흔들리며 잠에서 처음 깨어났나 싶은데, 살짝 지나간 비에 깨끗하게 씻긴 예쁜 복숭아꽃들은 오히려 무엇에 취한 듯 아직 못 깨어나 있네!'라며 매우 섬세한 눈길과 애련한 정감으로 포착하여 그려 내듯 읊고 있거니와, 특히 전구와 결구는 매우 참신한 시각으로의 포착과 섬세한 수사의 수법을 잘 보여 주고 있다.

밤에 홀로 앉아서 夜坐

다전씨 多田氏

고요한 밤 난간 기대앉아 있자니	靜夜憑軒坐
춘풍에도 옷자락이 썰렁하구나.	春風衣袖寒
고독·빈곤 모두 바로 싫어들 하고	孤貧人易厭
고생 많아 너그럽긴 저도 어렵네!	多苦自難寬
버들 짙어 안갠 처음 묽어 보이고	柳暗煙初淡
꽃 환하니 달은 아직 다 안 졌는데,	花明月未殘
생황 소리 어디에서 들려오는고?	笙歌何處起
부질없이 기쁜 옛날 그리워지네!	空憶昔時歡

지은이 다전씨는 이름이 순順이고 자는 계완季婉(순하고 예쁜 막내)이며 시를 잘 짓는 대장부大丈夫 같다는 말을 들었다. 이름과 자를 보면 자기의 심성 수양에 상당히 노력했을 가능성을 보이고 있다.

빈곤과 고독의 삶 속에서 옛날을 반추하는 여인의 자화상

이 고요한 밤 홀로 마루 난간에 기대앉아 있자니, 봄바람인데도 옷자

락에 스며 들어오니 썰렁하구나! 내 자신이 고독하고 가난하니까 사
람들 모두 나를 쉽게 싫어하고, 또 내 자신이 고생을 많이 하다 보니
내 스스로가 내 자신에게도 너그럽고 여유로워지지 못한다. 그러나 지
금 여기 앉아서 주변 풍경을 살펴보니 저기 버들가지들은 잎 색깔이
푸르르게 짙어져서 거기에 끼어 있는 안개 빛깔은 대비적으로 오히려
묽어 보이고, 밤인데도 꽃이 환하게 보이고 있으니 정녕 달이 아직 다
지지 않고 남아 있어서인 것을 알겠는데, 마침 생황 소리가 어디선가
들려오고 있어서, 부질없는 노릇인지 알면서도 기쁜 일들이 있었던 옛
날을 그리워하고 있다는 넋두리와 한탄을 함께 읊고 있는 시다. 결과
적으로는 지은이 자신의 처지를 스스로 읊어 보여 주는 한 폭의 자화
상이다.

봄날에 春日

다전씨 多田氏

봄바람 속 대문 밖엔 한 가지의 매화 피어	春風戶外一枝梅
홀로 꽃 앞 향해 서서 몇 번 시를 읊었던가?	獨向花前吟幾回
제냥 고적 위문하는 사람 없는 처지인데	自是無人問孤寂
꾀꼴 소린 무슨 일로 내게 소식 알려 오나?	鶯聲何事報儂來

꾀꼬리에게 탓하듯 하소연하는 고적한 팔자타령

'봄바람이 부는 속에 겨우 한 가지뿐인 매화가 꽃을 피워서, 나는 같이 고적한 처지에 있는 이 매화꽃을 홀로 찾아가서 그 몇 번이나 서로 위로하는 마음으로 시를 읊었던가, 스스로 물어보는 만큼이나 여러 번이었을 것인데, 실로 내 자신의 처지를 되돌아보니, 나는 지금 내 스스로의 실제 처지가 이렇게 고독하고 적막한데도 누구 하나 찾아와 위문하는 사람이 없는 형편인데, 꾀꼬리 너는 그 흥겨운 소리를 가지고 무슨 일로, 아니 어쩌자고 나에게 네 즐거운 마음을 알려 오며 나를 더욱 고적하게 만드느냐'며 탓을 하는 한편으로 또 하소연하고 있는 것이다.

소매촌에서 눈여겨본 것들 小梅村 囑目

난향 蘭香

마을 두른 들판 물은 푸른 물결 맑고 맑고　　　繞村野水碧漣漣
수양버들 그늘 속에 속세 먼지 한 점 없어　　　垂柳陰深絶點塵
노랗게 핀 장다리꽃 밭을 뚫고 헤쳐 가며　　　穿破菜花黃世界
한 떼 붉은 화오리는 봄 즐기는 여인넬세!　　　一群紅袖趁春人

지은이 난향은 강호후기江戶後期의 강호江戶 사람으로 이름이 진晉이었으며 자는 경소景昭였고 유학자 대전금성大田錦城의 딸로 글씨를 잘 썼으며, 출가 후 남편과 이별하고 비구니가 되어 살았다. 17세 때부터 시를 지었으며 《난향시집蘭香詩集》을 남겼다.

　지은이의 호로 추정되는 난향蘭香(난초 향기)과 자인 경소景昭(밝고 환함) 등의 의미로 봐서 그녀는 여인으로서의 수양적 자아의식이 있었을 것으로 짐작된다.

장다리꽃 핀 물가 마을의 봄놀이 풍경

소매촌 마을을 찾아가 보니, 마을을 둘러 흐르는 들판 물은 푸른 물결이 참으로 맑고 맑은 데다, 곳곳마다 늘어신 수양버들 그늘 속에 깊숙이 자리 잡은 이 마을은 너무도 한가롭고 평화스럽고 거기에다 잡된 먼지 한 점이 없이 깨끗한데, 마침 눈길을 사로잡는 것은 저기 흐드러지게 노오란 꽃들이 핀 장다리 밭을 뚫고 그 꽃들 포기 사이를 헤치면서 한 떼를 지어 가고 있는 붉은 화오리 입은 주인공들은 알고 보니, 바로 불원간 끝날 봄을 즐기며 노니는 여인네들이더라는 말이다. 마을을 지나가다가 눈에 뜨이는 몇 가지 풍경을 스케치하듯 한 폭의 풍경화로 읊어 낸 시다.

수를 놓으며 刺繡

규수춘취 閨秀春翠

개인 창 앞 홀로 앉아 실·바늘을 다듬자니	獨倚晴窓理線針
새끼 제비 소리 속에 봄은 깊어 가건마는	乳燕聲中春正深
상춘객들 푸른 풀밭 놀이 가도 상관 않고	不管遊人踏靑草
비단신에 먼지 껴도 모르는 채 그냥 뒀네!	羅鞋一任暗塵侵

 지은이 규수춘취는 이름이 송치松齒라는 것만 알려져 있다. 그런데 이 춘취春翠(봄의 푸르름)는 그녀의 호로 추정되거니와 이름인 송치松齒(오래 사는 소나무의 나이)와 상관시켜 보면 건강하게 오래 살고 싶어 하는 그녀 자신의 소박한 소망이 엿보인다.

들뜨는 봄인데도 다소곳이 수만 놓는 아가씨

이 작품은 새삼스럽게 더 설명할 필요도 없이 그 내적 상황을 누구나 쉽게 상상 추정해 볼 수 있는 표현으로 되어 있다. 기구는 봄날 맑은 창 앞에서 조용히 앉아 수놓기 준비를 위해서 실과 바늘을 정리하고 있는 자신의 모습을 제시하여 보여 주고 있으며, 승구에서는 새끼 제비들의 재재거리는 소리 속에 한창 깊어 가고 있는, 사실은 한창 무르

익어 가고 있는 봄이기에 또한 불원간 시들어 갈 봄이라는 것을 암시
해서, 매우 안타까움의 시기임을 스스로 설정하고, 이렇게 안타까운
시기임에도 자신만은 상춘객들이 싱그럽게 푸르러 가는 넓은 들판 풀
밭으로 즐겁게 놀이(이른바 답청踏靑놀이)를 가는 것에 대해서 전혀 마
음 쓰지 않고, 밖으로 외출도 하지 않아서 비단신을 신을 경우가 없기
때문에 아예 한쪽에 그냥 놓아두어서 먼지가 끼어도 까맣게 모른 채
내버려 두었다는 말이다.

　이 작품이 적어도 문맥상으로는, 다른 사람들에게는, 아니 누구에게
나 들뜨는 감흥을 갖는 봄인데도 지은이 자신은 아주 매서울 만큼 초
연하게 냉정을 지키고 있으나, 역시 말과 글로 읽히지 않는 저 뒤편에
는 무엇인가 말로 하지 않은 여인의 고적감이 자리 잡고 있는 느낌을
지울 수가 없다.

　어쨌거나 이 시는, 지은이 자신이 봄을 보내고 있는 어느 하루의 상
황을 곱고 차분하게 스스로 그리듯 제시하고 있는 한 폭의 생활 풍경
화다.

국화꽃을 꺾고 나서折菊

송도松濤

작은 정원 활짝 잘 핀 국화 가질 꺾고 보니   小園折取最繁枝
병에 꽂아 놓고 봐도 딱 알맞아 좋겠는데   挿得瓶中看也宜
멍청하다, 나빈 앉을 곳 없는 걸 알 터인데   痴蝶定知無着處
날아와서 전과 같이 이편 울을 맴도누나!   飛來依舊繞東籬

지은이 송도는 자를 옥성玉聲이라 하였으며 토정덕인土井德人의 아내로 알려져 있다. 그런데 이름 송도松濤(소나무 파도, 곧 우람한 노송의 가지와 잎들이 바람에 불려 움직이는 모양과 소리를 표현한 말로 매우 시원하고 꿋꿋한 기분을 상징함)와 함께 자가 옥성玉聲(옥의 소리, 맑은 소리를 의미하며 맑고 깨끗한 기분을 상징함)이라는 것을 봐서 지은이는 매우 예능 감각이 남달랐을 뿐만 아니라 심성 수양에도 뜻을 뒀던 여인으로 추정된다.

꽃꽂이 재미에 국화꽃을 꺾은 장난기 어린 여인의 눈

비록 작은 정원 안이지만 흐드러지게 활짝 핀 국화꽃 가지를 꺾어 놓고 보니, 병에다가 꽂아 놓고 보기에도 정말로 딱 알맞아 참 좋겠는데,

어럽쇼 저기 멍청하게 보이는 나비 좀 보게, 내가 이미 꺾었으니 제가
앉아 꿀을 딸 데가 없어진 걸 알 터인데, 지금도 날아와서 전과 같이
내가 꽃가지를 꺾어 버린 이편 울타리 주위를 맴돌고 있구나! 하며 장
난기 어린 눈으로 바라보며 읊고 있는 것이다.

송준호 宋寯鎬

충북 영동 출생
연세대학교 국어국문학과 졸업
동국대학교 대학원 국어국문학과 졸업(문학박사)
성신여자대학교 사범대학 한문교육학과 부교수 역임
연세대학교 문과대학 국어국문학과 교수 퇴임

저서 《韓國名家漢詩選 1》(1999)
　　《우리 漢詩 살려 읽기》(2006) 외

한·중·일 여류 한시선

초판 1쇄 인쇄 2013년 6월 21일
초판 1쇄 발행 2013년 6월 28일

지은이 송준호
펴낸이 지현구
펴낸곳 태학사
등 록 제406-2006-00007호
주 소 경기도 파주시 광인사길 223
전 화 마케팅부 (031)955-7580~2   편집부 (031)955-7585~90
전 송 (031)955-0910

전자우편 http://thaehaksa@chol.com
홈페이지 www.thaehaksa.com

저작권자 (C) 송준호, 2013, *Printed in Korea.*
이 책은 저작권법에 의해 보호를 받는 저작물이므로
저자와 출판사의 허락 없이 내용의 일부를 인용하거나
발췌하는 것을 금합니다.

값은 뒤표지에 있습니다.

ISBN 978-89-5966-588-4 03810